Une citadine à Cutler's Creek

*

Le baiser d'un médecin

ALISON ROBERTS

Une citadine à Cutler's Creek

Traduction française de
MARIEKE MERAND-SURTEL

BLANCHE

HARLEQUIN

Collection : Blanche

Titre original :
CITY VET, COUNTRY TEMPTATION

HARPERCOLLINS FRANCE
83-85, boulevard Vincent-Auriol, 75646 PARIS CEDEX 13
Service Clients — https://www.harlequin.fr/contenu/contactez-nous
ISBN 978-2-2805-2400-1 — ISSN 0223-5056

Édité par HarperCollins France.
Composition et mise en pages Nord Compo.
Imprimé en janvier 2026 par ScandBook UAB en Lituanie
en utilisant 100% d'électricité renouvelable.
Dépôt légal : février 2026.

FSC
www.fsc.org
MIXTE
Papier | Pour une gestion forestière responsable
FSC® C021394

Pour limiter l'empreinte environnementale de ses livres, HarperCollins France s'engage à n'utiliser que du papier fabriqué à partir de bois provenant de forêts gérées durablement et de manière responsable.

1

La vie ne pouvait pas être plus belle...

Jack Dunlop se leva sur ses étriers pour mieux voir le troupeau de moutons qui dévalait le ravin escarpé dans sa direction. Le soleil se couchait derrière la spectaculaire chaîne de montagnes qui bordait la propriété à la périphérie de Cutler's Creek, ce qui rendait la vision un peu plus difficile malgré le chapeau de cow-boy qu'il portait. Il se protégea les yeux avec la main. Puis il forma un U avec son majeur et son pouce, enroula ses lèvres autour et siffla bruyamment.

— C'est bon, Bess, cria-t-il. C'est bon...

Sa chienne disparut parmi les touffes d'herbe et les moutons ralentirent, se regroupant pour attendre, observant les chiens de troupeau avec méfiance. Jack attendit que son père apparaisse derrière les moutons, avec les autres chiens, après avoir rassemblé les traînards entre les affleurements rocheux des contreforts. Dave Dunlop n'était toujours pas en vue, mais Jack était plus qu'heureux de prendre un moment pour profiter du paysage. Il se détendit sur sa selle et se tourna vers l'ancienne ferme familiale - une solide maison en pierre à étage construite plus de cent ans plus tôt, et sa dépendance. La vieille bâtisse avait beau se trouver de l'autre côté de la route principale qui divisait la propriété, elle semblait faire autant partie intégrante du paysage néo-zélandais que les montagnes qui s'élevaient au-delà, dans une partie plus sauvage.

Il se pencha pour caresser l'encolure de son cheval et relâcha les rênes pour lui permettre d'abaisser la tête et de brouter quelques brins d'herbe.

— Quelle chance on a, Custard ! dit-il à voix haute. Vivre dans un endroit pareil et passer une heure ou deux ici après le travail pour se détendre avec les filles.

Les « filles » étaient un petit troupeau d'environ cent cinquante brebis. Au départ, il s'agissait simplement d'un moyen d'entretenir l'herbe dans les endroits difficiles d'accès des ravins au pied des collines, mais Jack s'était pris de passion pour l'élevage de ces moutons à la toison naturellement colorée dans toutes les nuances de noir et de brun, et c'était désormais un passe-temps agréable qu'il partageait avec son père. Ils les rassemblaient pour les emmener dans les enclos, sur le terrain plat entre la dépendance utilisée par les tondeurs et la maison. Jack avait apporté le scanner à ultrasons portable à la maison afin qu'ils puissent savoir combien d'agneaux chaque brebis portait et planifier leur alimentation complémentaire pour les semaines à venir.

Il n'était toutefois pas certain qu'ils auraient le temps de procéder au scanner et au rassemblement. En tant que seuls vétérinaires de cette communauté rurale, l'un d'eux devait toujours assurer la permanence, même s'il n'était pas officiellement d'astreinte, car l'autre vétérinaire de garde pouvait se trouver à des kilomètres de là ou être occupé par une autre intervention. De plus, sachant que personne dans les environs ne les appellerait pendant la nuit à moins d'une véritable urgence, ils voulaient tous deux faire tout leur possible pour aider un animal en difficulté dans leur secteur.

Cela dit, si son père ne se manifestait pas rapidement, ils risquaient même de manquer de temps pour emmener les moutons sur la route et les mettre dans leur enclos. Jack fit claquer sa langue et Custard releva immédiatement la tête. Bess, la chienne, se leva, attendant des instructions.

— Reste là, ordonna Jack.

Cela ne prendrait pas longtemps. Il pouvait voir les autres chiens apparaître dans le ravin, poussant deux moutons récalcitrants. Puis il aperçut le cheval de son père, une jument noire appelée Mary.

Et c'est à ce moment-là qu'il sentit les fondations solides de sa vie commencer à vaciller.

Car la selle était de travers et son père était invisible...

Les moutons se dispersèrent tandis que Jack gravissait la colline aussi vite que Custard le lui permettait. Il se jeta à terre dès qu'il franchit l'entrée du ravin et repéra la silhouette de son père, allongé sur le dos, sur le sol rocailleux.

— Oh ! mon Dieu, papa... tu vas bien ? demanda-t-il, s'accroupissant à côté de lui. Qu'est-ce qui s'est passé ?

Dave Dunlop avait les yeux fermés.

— Je ne sais pas trop, répondit-il. Je pense que Mary a glissé sur un rocher. On est tombés tous les deux. Elle... Je crois qu'elle m'est tombée sur le dos... Je ne sens plus mes jambes et j'ai des fourmillements dans les mains...

Un frisson parcourut l'échine de Jack.

— Ne bouge pas, dit-il. Je vais appeler les secours.

Ils avaient non seulement la chance d'avoir un hôpital à Cutler's Creek, mais un des médecins locaux, Isaac Cameron, était également chirurgien traumatologue. C'était aussi l'un des meilleurs amis de Jack. Tout comme Ben, le secouriste en chef de leur service d'ambulances.

— J'arrive, assura Zac à Jack dès qu'il reçut l'appel. Je vais prévenir Ben pour qu'il prenne l'ambulance, mais j'ai l'impression qu'on va avoir besoin d'un hélicoptère. Je vais leur dire de se tenir prêts. Ne laisse pas Dave bouger un muscle et soutiens-lui la tête pour qu'il ne remue pas le cou.

— D'accord, promit Jack.

Il raccrocha, puis s'agenouilla sur le sol dur. Il posa les mains de chaque côté de la tête de son père, écartant les doigts pour lui offrir le meilleur soutien possible.

— Je suis désolé, fiston...

Dave semblait souffrir atrocement et Jack eut le cœur brisé.

— Ne sois pas désolé, répliqua-t-il d'une voix rauque. Tout va bien se passer. On a déjà traversé des moments plus difficiles, n'est-ce pas ?

— Tu as raison, mon garçon, répondit Dave doucement. Et... oui... On va se sortir de ça aussi.

Cependant, le lendemain à l'aube, Jack avait du mal à rester optimiste.

Ce n'était pas seulement parce qu'il était épuisé physiquement après une nuit blanche. Il avait participé à l'importante opération de secours, qui avait mobilisé une grande partie de la communauté très soudée dans laquelle il avait grandi. Bruce, le chef de la police locale, était arrivé avec Zac et Ben dans l'ambulance et avait coordonné les efforts de tous ceux qui s'étaient arrêtés sur la route pour offrir leur aide.

Un fermier voisin avait emmené les chevaux pour leur retirer leurs selles et leurs brides et les mettre en sécurité dans un paddock à côté de la maison des Dunlop. Une infirmière qui rentrait de l'hôpital avait ramené les chiens dans leurs niches et avait promis de rester toute la nuit pour s'occuper d'eux. Les moutons se trouvaient dans le coin le plus éloigné de leur enclos, blottis les uns contre les autres, effrayés.

Jack s'était joint aux médecins, déterminés à prodiguer les meilleurs soins possibles à son père. Il aida à l'immobiliser sur une civière barquette, son corps, sa tête et son cou soigneusement maintenus par des sangles, un collier cervical et du ruban adhésif. Une perfusion fut mise en place et des analgésiques administrés, ainsi d'autres médicaments susceptibles de contrôler les complications pouvant survenir à la suite d'une lésion de la moelle épinière, telles qu'une chute de tension artérielle et un état de choc. Ils le gardèrent au chaud et à l'aise, le rassurèrent et surveillèrent ses signes vitaux en attendant l'arrivée d'un hélicoptère de secours. Même si son père était bien immobilisé, personne ne voulait risquer d'aggraver une lésion médullaire haute en le transportant sur la pente raide et glissante jusqu'à un terrain suffisamment plat pour permettre à l'hélicoptère d'atterrir. Il fallut donc recourir à un treuil.

Une petite foule de concitoyens visiblement choqués s'était rassemblée sur la route pour assister au sauvetage d'un homme qui avait consacré sa vie à s'occuper de leur bétail et de leurs animaux de compagnie. C'est à ce moment-là que Jack se souvint des funérailles de sa mère, où ces mêmes personnes s'étaient regroupées pour le voir se tenir aux côtés de son père, alors qu'il n'avait que cinq ans, et était dérouté par le tournant que prenait sa vie. Ce souvenir eut pour effet d'intensifier sa peur pour son père. Et pour lui-même, même s'il ne pouvait se permettre d'imaginer l'horreur de perdre son unique parent, l'homme qui l'avait élevé seul et avec lequel il avait tissé un lien qui faisait de lui le pilier de sa vie.

Jack était sous adrénaline lorsqu'il prit des dispositions pour qu'un vétérinaire de la ville voisine couvre Cutler's Creek en cas d'urgence au cours des prochains jours, et accompagna son père en hélicoptère jusqu'à l'équipe spécialisée dans les blessures à la colonne vertébrale la plus proche et l'unité de soins intensifs dont son père pourrait bien avoir besoin. Quelques heures plus tard, les résultats des scanners permirent aux médecins d'espérer prudemment que Dave avait échappé à une blessure qui aurait pu changer sa vie et le paralyser, mais il devait être opéré d'urgence et porter un corset de maintien cervical et thoracique fixé à son crâne à l'aide de broches métalliques afin de protéger son cou pendant sa guérison.

Jack était toujours en proie à des émotions contradictoires tandis qu'il faisait les cent pas, attendant d'être autorisé à entrer dans la salle de réveil pour voir son père après l'opération, qui semblait avoir été un succès. Il était en fait au bord des larmes en regardant le soleil se lever.

Le monde était susceptible de basculer en un instant, n'est-ce pas ?

Il pensait que sa vie ne pouvait pas être meilleure, mais le choc d'un accident qui aurait pu être catastrophique lui avait fait réaliser à quel point il avait tort. Que lui resterait-il dans l'existence s'il perdait la seule personne qui composait sa famille ? La personne la plus importante au monde à ses yeux ?

Il aurait un travail qu'il aimait.

Une communauté qui était comme une famille élargie.

Il aurait ses chiens adorés, son cheval et une maison où il voulait passer le reste de sa vie.

Il aurait ses amis, comme Zac et Ben. Même deux ex-copines, qui n'avaient réussi à accepter de former un couple avec lui – et de partager son lit – que pendant un certain temps.

D'accord… c'était beaucoup. Plus que ce que beaucoup de gens avaient dans leur vie, c'était certain.

Mais ce n'était pas vraiment suffisant, pas vrai ?

Car Jack avait entrevu ce que serait son existence dans sa maison, avec pour seule compagnie ses chiens, et il avait vu la vérité.

Et il n'aimait pas ça.

Oui, c'était une vie formidable, mais pas tout à fait celle dont il avait rêvé.

En fait, ce serait ce qu'il redoutait le plus lorsqu'il était un petit garçon de cinq ans terrifié qui venait de perdre sa mère.

Ce serait d'une solitude insupportable.

Andrea Chamberlain ne passait pas la meilleure journée de sa vie.

— Je suis vraiment désolée, madame Parker.

La vieille dame avait la main pressée contre sa bouche et les larmes coulaient sur ses joues. Un petit chien était couché sur la table de consultation entre elles et regardait maintenant sa maîtresse avec cette profonde inquiétude que les épagneuls savent si bien exprimer. Andrea caressa la tête noire et soyeuse de l'animal et lui frotta l'oreille pour le rassurer.

— Nous pouvons encore le soulager pendant un petit moment, dit-elle à sa cliente. Mais nous ne pouvons rien faire de plus. L'IRM nous a montré à quel point le cancer s'est propagé. Je suis vraiment désolée, répéta-t-elle en ravalant ses propres larmes. Je sais que ce n'est pas ce que vous vouliez entendre.

Et elle savait à quel point cela allait être difficile. Janice Parker vivait seule avec un chien qu'elle adorait. Tout comme Andrea avec son propre bébé à fourrure, Pingu.

Perdre un animal de compagnie bien-aimé qui avait occupé une place si importante dans votre vie était toujours dévastateur. Elle avait vu la peur dans les yeux de Janice – et compati de tout son cœur – lorsqu'elle avait amené en urgence son cavalier king-charles de quinze ans, Toby, à la clinique quelques semaines auparavant, après avoir senti une grosseur dans son abdomen. Toby avait subi une tumorectomie, dont il s'était rapidement remis, mais lorsque la nature agressive du cancer avait été identifiée, un scanner avait été réalisé afin de déterminer si une chimiothérapie était envisageable.

Ce n'était pas le cas. Et ce n'était qu'une question de temps avant que le mieux à faire soit de s'assurer que ce petit chien n'ait pas à souffrir. Heureusement, ce rendez-vous était le dernier de l'après-midi pour Andrea, et elle pouvait prendre le temps nécessaire pour élaborer un plan afin qu'elles puissent toutes deux aider Toby à profiter au maximum de la qualité de vie et du bonheur qui lui restaient.

Andrea resta quelques minutes dans la salle après que Mme Parker fut repartie avec Toby. Elle feignit de ranger les étagères qui contenaient toutes sortes de fournitures et de médicaments, mais en réalité, elle essayait de se ressaisir afin de pouvoir affronter ses collègues sans révéler à quel point elle avait eu du mal à gérer cette dernière consultation.

Trop s'impliquer émotionnellement dans un cas pouvait nuire à ses chances de devenir associée permanente de cette clinique ; un objectif qu'elle poursuivait depuis qu'elle avait eu la chance d'obtenir un poste de remplaçante dans l'endroit où elle rêvait de travailler depuis qu'elle avait décidé de devenir vétérinaire. Elle occupait son poste depuis près de deux ans maintenant, mais bien que l'invitation à devenir associée ait été suggérée, elle n'avait pas encore été officiellement proposée. C'était peut-être parce qu'elle se sentait si mal pour Mme Parker et Toby que son objectif tant désiré lui semblait plus loin que jamais. Elle n'avait certainement pas envie de rester tard, comme d'habitude, pour rattraper la paperasse, attendre des résultats de laboratoire ou revoir les détails des opérations prévues le lendemain matin. Elle pourrait faire tout cela plus tard dans la soirée.

Ce dont elle avait besoin maintenant, c'était d'aller câliner son petit chien, puis le ramener à la maison. Pingu avait une grande cage confortable à l'arrière de l'aile hospitalière, où il faisait la sieste entre deux petites promenades ou des visites chaque fois qu'Andrea pouvait prendre quelques minutes de pause pendant son travail. Tout le monde ici aimait Pingu et l'aidait à s'occuper de lui, et c'était une autre raison pour laquelle elle tenait tant à obtenir un poste permanent.

Quand cela arriverait, sa vie serait parfaite...

Andrea ouvrit la porte de la salle de consultation et se trouva nez à nez avec Ginny, la directrice de la clinique.

— Andi... tu es libre quelques minutes ?

— Oui, je peux l'être. Qu'est-ce qui se passe ?

— Warren veut te voir dans son bureau.

Warren était son patron. Le patron de tout le monde ici. Il avait créé son propre petit cabinet vétérinaire il y avait au moins quarante ans, peu après avoir obtenu son diplôme, et il en avait fait la clinique pour petits animaux la plus prestigieuse et la plus prospère de la ville d'Auckland.

— On dirait qu'il veut te parler de quelque chose d'important, répondit Ginny, les yeux écarquillés.

Elle savait à quel point Andrea voulait rejoindre la clinique. Elle savait également que Warren avait le dernier mot pour l'embauche – ou le licenciement – de tous les membres du personnel. Elle se pencha vers Andrea et murmura :

— C'est peut-être le moment. *L'offre*...

Le cœur d'Andrea fit un bond. Peut-être que oui.

Elle repoussa une mèche de cheveux rebelle derrière son oreille avant de frapper à la porte du bureau de Warren.

— Ah... Andi. Justement, je voulais te parler. Assieds-toi.

Le sourire de Warren suggérait qu'il était ravi de la voir, en fait. Comme s'il avait même une très bonne nouvelle à lui annoncer. Andrea lui rendit son sourire en s'asseyant dans le confortable fauteuil en cuir placé à côté du bureau ancien qui faisait la fierté et la joie de Warren.

— Tu es devenue un véritable atout pour ce cabinet, reprit Warren. J'ai entendu dire que tu reçois de plus en plus d'orientations de cas pour des interventions orthopédiques, ce qui n'est guère surprenant vu l'excellence de ta formation postuniversitaire. C'est le domaine idéal dans lequel te spécialiser à l'avenir, et ce serait un bon investissement pour nous de faciliter toute formation complémentaire que tu souhaiterais suivre. Ou de t'aider à te lancer dans la recherche.

Andrea retint son souffle. On ne finançait pas une formation spécialisée ou des projets de recherche pour une remplaçante qui pouvait partir à tout moment.

— La priorité absolue de la prochaine réunion des associés sera de rédiger un contrat de partenariat pour toi, Andrea.

Youpi... !

Mais le sourire de Warren s'estompa légèrement.

— J'ai besoin que tu me rendes un petit service en attendant, ajouta-t-il.

— Bien sûr, répondit Andrea. De quoi s'agit-il ?

Warren la regarda pensivement avant de reprendre la parole, puis hocha lentement la tête.

— Quel âge as-tu, Andrea ?

— Trente-quatre ans.

— J'étais beaucoup plus jeune que toi quand j'ai créé cette clinique, mais c'est le travail de toute ma vie et j'en suis très fier. Cela a pourtant failli ne pas se faire.

— Oh... ?

— Je n'avais pas les moyens, même si, à l'époque, il était beaucoup moins cher d'ouvrir son cabinet. J'ai eu la chance qu'on me propose un prêt. Mon meilleur ami à l'université, un homme appelé Dave Dunlop, était en train de monter son propre cabinet à Cutler's Creek. Il avait hypothéqué sa maison pour ça et il voulait m'aider à saisir la même opportunité, alors il m'a prêté l'argent nécessaire.

— C'est incroyable de sa part. Il devait être un très bon ami.

— Il l'est toujours, répliqua Warren. Je lui ai remboursé l'argent, avec les intérêts, il y a longtemps, bien sûr, mais je découvre aujourd'hui que j'ai l'occasion de l'aider autant qu'il l'a fait pour moi autrefois.

Andrea ne comprenait pas en quoi cela avait un rapport avec son éventuel partenariat. Elle était également quelque peu distraite par la mention d'un endroit appelé Cutler's Creek. Pourquoi ce nom lui semblait-il familier ?

— Il a eu de la chance de survivre à une chute de cheval il y a environ une semaine. Il a encore plus de chance que sa blessure au cou n'ait pas entraîné de paralysie. Il a été autorisé à rentrer chez lui pour se rétablir, mais il a une minerve vissée à son crâne et des attaches métalliques reliées à une sorte de corset rigide au niveau de la poitrine, ce qui l'empêchera de travailler pendant au moins trois mois. Il m'a contacté pour me demander si je connaissais quelqu'un qui pourrait venir aider son fils à faire tourner le cabinet pendant qu'il est immobilisé. C'est un cabinet mixte, en zone rurale, dans une petite ville.

Il voulait qu'Andrea lui trouve un remplaçant potentiel ?

— Où se trouve Cutler's Creek ? demanda-t-elle.

— Sur l'île du Sud. Dans le district de Central Otago. À environ une heure de Queenstown. C'est un endroit magnifique, d'après ce que j'ai entendu dire. Des montagnes, des lacs, une riche histoire liée à l'exploitation aurifère...

Mais Andrea n'écoutait plus. Elle ne voulait pas entendre parler de Central Otago. Une région à laquelle elle avait évité de penser depuis l'âge de cinq ans. Parce qu'elle n'avait plus voulu s'approcher de cet endroit de cauchemar.

— Je lui ai donc dit que j'avais la personne idéale. Quelqu'un qui sait tout faire et qui le fait bien. Tellement bien que nous avons l'intention de lui proposer d'être associée.

— Moi… ? glapit Andrea d'une voix horrifiée. Oh ! non… Je suis désolée, mais c'est impossible.

— Ah ? fit Warren, surpris. Pourquoi pas ?

— Parce que c'est ici que je vis. J'ai un chien. Un appartement rempli de plantes en pot.

D'accord… ce n'était peut-être pas une très bonne raison.

— Des clients qui dépendent de moi, ajouta-t-elle rapidement. Comme Mme Parker. J'ai dû lui annoncer aujourd'hui que Toby était en phase terminale.

L'expression de Warren lui donna l'impression qu'elle s'abaissait à utiliser le chantage émotionnel en mêlant Mme Parker et son vieux chien à tout ça. Il rétorqua d'un ton suave :

— Ce n'est pas un problème.

À moins que tu ne décides d'en faire un, semblait-il dire.

— Je m'occuperai personnellement de Mme Parker et de Toby, lui assura-t-il. Dave a dit qu'il serait ravi que tu emmènes ton chien, et je suis sûr que ton concierge pourra s'occuper de ton appartement et arroser tes plantes. Tu n'auras rien à payer pour le logement non plus. Dave a une grande maison ancienne qui appartient à sa famille depuis des générations, mais il y a aussi une dépendance si tu préfères être autonome. Il se fera également un plaisir de te rembourser tes frais de transport, comme le ferry et l'essence.

Andrea sentit sa tête tourner lentement d'un côté puis de l'autre. *Non*… non, non, non…

Le regard de Warren était fixe. Il ne souriait plus.

— Je lui dois beaucoup, reprit-il doucement. Sans sa confiance en moi et sa générosité, cette clinique n'existerait pas. Ton emploi n'existerait pas.

Oh ! au secours… Était-elle censée être reconnaissante envers ce vieil ami inconnu de Warren ? Assez reconnaissante pour se rendre dans un endroit où elle s'était promis de ne plus jamais remettre les pieds ?

— J'irais bien moi-même, mais hélas, je ne peux pas abandonner cette clinique, dont je suis responsable, poursuivit Warren. Je suis également président du comité qui organise un symposium vétérinaire international dans moins de huit semaines, et nous avons encore beaucoup à faire.

Il soutenait le regard d'Andrea.

— Je te serais très reconnaissant si tu voulais bien faire ça pour moi. Vraiment très reconnaissant.

Et voilà. L'offre de partenariat avait été faite, mais de manière informelle. Elle pouvait facilement être annulée si Andrea montrait qu'elle n'était pas prête à avoir l'esprit d'équipe et à faire passer les intérêts du cabinet – et de l'inconnu qui avait rendu son existence possible – avant ses réserves personnelles.

Elle voulait ce poste.

Ce serait l'accomplissement ultime d'une réussite totale.

Échouer dans son objectif de devenir associée signifierait que tous ses efforts, son travail et ses sacrifices personnels depuis qu'elle était en âge de comprendre que le perfectionnisme et la réussite permettaient d'être remarquée – et appréciée – auraient été vains.

Le poste d'associée serait la cerise sur le gâteau qui, jusqu'à présent, se composait de son magnifique appartement avec terrasse, de la superbe Porsche 911 qu'elle avait réussi à obtenir dans sa couleur préférée, « *Guards Red* », et, bien sûr, du plus adorable des bébés à fourrure au monde.

Toutes de bonnes choses. Mais le vrai statut, le véritable respect et la reconnaissance des autres, qui la considéraient comme quelqu'un de spécial, viendraient quand elle aurait obtenu le poste d'associée. Andrea ne voulait pas seulement ce poste : elle *devait* l'avoir… Elle ne pouvait pas se permettre d'échouer. Elle parvint même à esquisser un sourire.

— Très bien, dit-elle. Quand veux-tu que je parte ?

— Il faudra au moins deux jours de route, même avec ta voiture de sport, répondit Warren en lui rendant son sourire. Je te suggère de faire tes bagages ce soir et de prendre la route dès demain matin.

2

Elle était toujours là…

De petites croix blanches en bois étaient souvent plantées au bord des routes néo-zélandaises pour marquer l'endroit où un tragique accident de voiture s'était produit. Si l'une d'elles avait été placée récemment, elle était souvent ornée de fleurs, voire d'une photographie.

Celle-ci, cependant, se trouvait là depuis près de trente ans, et Andrea Chamberlain était probablement la seule personne à connaître encore sa signification. Elle n'avait pas prévu de s'arrêter pour la regarder – bien au contraire. Mais elle avait reconnu cet endroit, sans doute parce qu'il hantait ses rêves depuis l'accident. La pente de cette colline creusée dans le sol rocheux. Le pont qui enjambait le petit ruisseau rapide au fond, avant le virage qui menait de l'autre côté du ravin.

Il y avait une aire de repos après le pont, un espace gravillonné suffisamment grand pour garer plusieurs voitures, avec des arbres ombrageant une table de pique-nique et un chemin qui descendait vers la rivière pour permettre aux pêcheurs d'accéder à l'eau ou aux conducteurs fatigués de se dégourdir les jambes. Ce n'était pas seulement pour Pingu qu'Andi s'était garée sur le bas-côté afin de s'arrêter quelques minutes. Elle avait beau s'être préparée au flash de mémoire qu'elle savait inévitable en descendant la colline vers le pont, il fut si intense qu'il lui avait coupé le souffle.

Elle devait essayer de se recentrer et de remettre ces souvenirs là où ils ne rendraient pas les prochaines semaines insupportables.

Andi laissa le toit de sa voiture ouvert et attacha la laisse au harnais de Pingu avant de descendre vers la rivière. Prudemment. Lors de leur dernier arrêt pour prendre une collation et faire le plein, elle avait enfilé la tenue élégante et décontractée qu'elle voulait porter pour rencontrer son nouveau patron temporaire. Un jean blanc, une chemise en denim bleu foncé ajustée et des chaussures élégantes mais confortables, dans son style préféré, à bride derrière le talon. Blanches, bien sûr, pour aller avec son jean, mais les petits talons rendaient la chaussure un peu glissante sur le chemin de pierres irrégulières.

C'était un après-midi de printemps très chaud et l'air embaumait. Des papillons et des abeilles voletaient parmi les rosiers sauvages, et elle pouvait sentir le thym sauvage écrasé sous ses pieds.

— C'est ici que j'ai grandi, dit-elle à Pingu. Enfin, pas exactement ici, car on est presque à Cutler's Creek. Mais je vivais juste à l'extérieur de Queenstown avec ma mère et mon père, et c'était...

... parfait, voilà ce que c'était. Mais Pingu s'en moquait bien. Il trempait ses pattes blanches et duveteuses dans l'eau glacée d'un ruisseau de montagne. Croisement de caniche frisé, il était tout blanc, sauf autour des yeux, bordés de noir, et il avait les oreilles noires et une grande tache sur le dos semblable à un tapis de selle. Il ressemblait à un pingouin quand Andi avait vu sa photo de chiot, alors il avait été facile de lui trouver un nom.

Après qu'il eut pataugé et bu, et qu'Andi eut repris courage, elle le conduisit de l'autre côté du pont. La croix qu'un ami de la famille, oublié depuis longtemps, avait érigée était presque cachée parmi un tapis coloré de pavots de Californie orange et jaunes, et c'est alors que les larmes montèrent aux yeux d'Andi. Sa mère adorait ces petites fleurs sauvages joyeuses, et elle se souvenait d'en avoir cueilli des bouquets. Pas ici, bien sûr. Elle ne savait pas comment elle pouvait être aussi sûre qu'il n'y en avait pas à cet endroit à l'époque. Peut-être que l'idée que sa mère avait d'une manière ou d'une autre fait en sorte qu'elles poussent là était trop irrésistible. Le toucher d'un ange ? Une excuse à cette petite fille qui avait été coincée dans son siège auto, lequel l'avait protégée dans l'épave de la voiture. Attendant si longtemps que quelqu'un vienne l'aider.

Que quelqu'un réveille ses parents, qui dormaient si profondément sur les sièges avant qu'ils ne pouvaient l'entendre pleurer et les appeler.

Andi se baissa pour cueillir une des fleurs aux couleurs vives. Elle glissa la tige derrière son oreille. C'est alors qu'elle prit conscience d'un nouveau bruit tout près. Un son aussi familier que celui des cigales, même si elle ne l'avait pas entendu depuis son enfance : le tohu-bohu légèrement inquiet d'un troupeau de moutons qu'on fait avancer sans qu'ils sachent vraiment où ils vont. Les aboiements étouffés de plusieurs chiens étaient suffisamment proches pour l'avertir que les moutons arrivaient au coin du pont.

— Allez, Pingu. On ferait mieux de s'écarter.

Mais Andi avait mis une fraction de seconde de trop pour resserrer sa main autour de la laisse. Le petit chien noir et blanc avait aussi entendu les aboiements et les bêlements des moutons, et il lui arracha la laisse des mains puis partit en courant pour voir ce qui se passait, aboyant aussi fort qu'il le pouvait.

— Pingu… Non !

Il ne l'entendait pas. Ou il ne voulait pas l'entendre. Pingu avait maintenant traversé le pont, et l'excitation d'être près de cette foule de créatures énormes avec leur propre pelage laineux était trop forte. Au grand dam d'un chien de troupeau qui faisait de son mieux pour contrôler la horde depuis l'avant et du fermier à cheval de l'autre côté, Pingu courait dans tous les sens, aboyant sans arrêt et… sautant pour paraître plus grand et plus féroce. En voyant les moutons se disperser dans toutes les directions – vers l'aire de repos, sur le sentier menant à la rivière, sur le pont vers Andi et devant le cheval pour revenir sur leurs pas –, on comprenait que la tentative de Pingu de jouer au chien de berger était un échec retentissant.

L'homme sur le grand cheval palomino criait et sifflait.

— À droite, Jazz... À gauche, Bess... Stop ! Meg...

Des chiens de troupeau noirs, bruns et blancs aboyaient et couraient dans tous les sens, obéissant aux ordres secs qui leur étaient donnés pour tenter de mettre fin au chaos provoqué par Pingu. Andi avait les bras grands ouverts et faisait du bruit pour essayer d'empêcher les moutons de s'enfuir en panique devant elle et sur la route où il pouvait y avoir des voitures. Elle criait aussi après Pingu, de sa voix la plus sévère.

— Viens ici, Pingu... Tout de suite !

Non qu'elle puisse voir s'il lui obéissait. Son petit chien avait disparu dans la forêt de pattes de moutons, mais elle entendait ses aboiements aigus et excités malgré le bruit des autres chiens et les bêlements anxieux des moutons. Andi essaya de se pencher pour voir où était Pingu, mais, lorsqu'elle quitta le pont et entra sur l'aire de repos, elle glissa sur les rochers et se retrouva assise sur une partie de la route que plusieurs moutons avaient utilisée comme toilettes.

— Oh... beurk...

Andi se releva précipitamment et s'essuya les mains sur son jean. Un des chiens du fermier lui lança un regard très méprisant en passant devant elle, la tête baissée, et, lorsque Andi se pencha en avant et découvrit qu'un de ses talons s'était complètement détaché de sa chaussure, seule l'apparition d'un petit chien à l'air contrit, suivi d'une laisse dégoûtante, l'empêcha de fondre en larmes. Ses pattes blanches – ses pattes entières en fait – semblaient avoir pataugé dans une flaque de boue, mais Andi savait que ce n'était pas de la boue qui les rendait si répugnantes.

Et, d'accord... peut-être qu'il y avait autre chose qui la retenait de fondre en larmes. Le fermier à cheval s'était arrêté à côté d'elle et la regardait avec une expression assez similaire à celle qu'elle venait de voir sur son chien très bien dressé. Un chien qui, avec ses congénères, avait déjà réussi à calmer les moutons et à les rassembler sur l'aire de repos, autour de la voiture de sport surbaissée d'Andi.

L'homme semblait tout droit sorti d'un western à grand spectacle.

Il était vêtu de noir de la tête aux pieds. Bottes, jean, T-shirt et chapeau de cow-boy. Il avait la mâchoire recouverte d'une ombre de barbe sombre et...

... il ne ressemblait en rien à un homme qu'Andi aurait pu envisager de fréquenter, mais... elle devait admettre qu'il était absolument magnifique – avec son air de diamant brut, de mauvais garçon. Oui, vraiment, un charisme de cow-boy.

Il était également plus qu'agacé. Andi s'attendait à ce qu'il lui dise exactement ce qu'il pensait d'elle pour ne pas avoir contrôlé son chien et avoir mis le bétail en danger, alors elle fut totalement désarmée lorsqu'il prit la parole.

— Vous vous êtes fait mal ? demanda-t-il calmement. En tombant ?

Oh ! Seigneur... Les larmes étaient encore plus proches maintenant, mais pour une raison très différente. Ce cow-boy des temps modernes semblait réellement se soucier d'elle et, étant donné la fragilité émotionnelle dans laquelle elle se trouvait en ces lieux, cela toucha quelque chose de beaucoup plus profond qu'Andi ne pouvait le supporter.

Elle lui lança donc un regard noir.

— Non, répondit-elle. Je vais bien.

Elle devait être une des plus belles femmes que Jack Dunlop ait jamais vues. Un mannequin vedette, peut-être ? Ou une célébrité qu'il ne reconnaissait pas ? Le Lake District, avec ses montagnes, ses lacs magnifiques et ses villes pittoresques, était un haut lieu du tourisme, il ne serait donc pas surpris qu'elle soit là pour un shooting photo ou pour tourner un film.

De longues boucles blondes éclaircies par le soleil tombaient sur ses épaules et sur une chemise en jean ajustée et aux manches retroussées – et dont trois boutons étaient défaits sur le devant. Non qu'il puisse voir grand-chose à cause de la boule de poils qu'elle serrait dans ses bras.

Avait-elle pris un jet privé pour pouvoir emmener son « *designer dog* », ces minichiens issus du croisement de deux races afin d'en faire un animal stylé et un compagnon de soutien émotionnel ? Puis avait-elle loué la voiture la plus luxueuse d'une agence de location haut de gamme ? Ils auraient peut-être quelque chose à dire sur le fait qu'elle transportait un petit chien désormais très sale qui sentait probablement comme l'arrière d'un mouton. Sa célèbre propriétaire n'allait pas trouver de salon de toilettage pour chiens dans les environs. Jack eut un sourire narquois.

— Vous devriez peut-être le jeter dans la rivière.

La suggestion était censée sortir d'un ton attentionné, mais l'expression horrifiée sur le visage de la jeune femme lui fit entendre ses mots de son point de vue à elle.

Oups...

— Juste pour le nettoyer, ajouta-t-il. Vous ne voulez sûrement pas qu'il salisse l'intérieur de votre voiture de luxe.

Il tourna la tête vers le cabriolet qui formait un îlot rouge au milieu de son troupeau de moutons.

— C'est quoi ? Une Ferrari ? Une Lamborghini ?

— Une Porsche, marmonna-t-elle en détournant le regard.

Au moins, elle avait la décence d'avoir l'air gênée. Elle était l'archétype de la personne pas vraiment dans son élément, n'est-ce pas ? Une princesse de la ville qui s'était retrouvée au mauvais endroit au mauvais moment. Les taches laissées par ses mains sur son jean blanc lorsqu'elle s'était relevée après sa chute ne partiraient probablement jamais complètement, et il avait vu qu'elle marchait comme un pirate ivre avec une jambe de bois à cause du talon cassé de sa chaussure.

Il ne pouvait nier qu'elle était séduisante, mais heureusement, cela s'avérait le plus gros signal d'alarme qui soit. Il avait déjà succombé à ce genre d'attirance auparavant – tombant si amoureux qu'il avait fini par épouser une femme qui aimait les jeans blancs et les talons hauts. Même si tout cela appartenait désormais au passé, il n'était pas près d'oublier quel désastre cela avait été.

Il ne servait à rien non plus de se mettre en colère contre elle, et de lui dire qu'elle était un danger sur une route de campagne et qu'elle avait mis en péril ses précieux moutons de race. Jack rabattit le bord de son chapeau pour masquer le sourire qui tentait de se former. Vu l'état de ses vêtements et de son chien, elle était sans doute déjà assez punie comme ça. Elle avait peut-être aussi cassé un ou deux ongles lors de sa rencontre avec le bitume.

— Où allez-vous ? demanda-t-il. Queenstown ? Wanaka ? Arrowtown ?

— Cutler's Creek.

Jack tiqua. Il s'apprêtait à lui demander pourquoi elle se rendait dans sa ville natale lorsqu'elle commença à s'éloigner.

— Je suis désolée que Pingu ait poursuivi vos moutons, dit-elle. Je vais vous libérer le passage si vous pouvez les éloigner suffisamment afin que je puisse rejoindre ma voiture.

Pingu ?

Bon sang...

— Il est noir et blanc, précisa l'inconnue sans prendre la peine de se retourner vers lui. C'est le nom d'un pingouin.

Jack se mordit la lèvre. Il ne s'était pas rendu compte qu'il avait parlé à voix haute. Il soupira, se demandant s'il devait s'excuser, mais se contenta finalement de lâcher un sifflement strident.

— Allez, les filles..., cria-t-il. La fête est finie.

La vieille ferme en pierre à étage était facile à trouver, à un kilomètre ou deux de l'aire de repos, et si Andi avait eu le moindre doute quant à l'adresse, il se dissipa quand un homme ouvrit la porte, la tête entourée d'un bandeau métallique fixé à l'aide de tiges droites à un dispositif qu'il portait sous sa chemise.

— Monsieur Dunlop ?

Il devait être terriblement malaisé de se déplacer avec toute cette ferraille qui lui maintenait la tête immobile, mais il avait le sourire le plus chaleureux qu'Andi ait vu depuis...

... Oh ! Seigneur...

Était-ce parce qu'elle venait de revoir l'endroit où cela s'était passé et parce qu'elle avait pensé à lui que cet homme lui rappelait autant son propre père ? Cela lui remémora encore plus douloureusement à quel point elle l'avait adoré et à quel point il lui manquait depuis qu'il avait été arraché à sa vie.

Andi pouvait presque entendre l'écho de la voix terrifiée d'une enfant dans sa tête. *Réveille-toi, papa... S'il te plaît, réveille-toi...* Cette réaction disparut en un clin d'œil lorsque l'homme reprit la parole.

— Et vous êtes ?

— Andrea Chamberlain. Je travaille pour Warren. Vous lui avez demandé de vous trouver un remplaçant pour votre clinique vétérinaire.

Il avait l'air stupéfait.

— Vous êtes notre remplaçante ?

— Oui. Vous ne saviez pas que j'arrivais aujourd'hui ?

— Nous étions au courant qu'un remplaçant arrivait, mais nous attendions un bonhomme. Andy. Le diminutif d'Andrew, pas d'Andrea.

— C'est un problème ?

Elle se sentit soulagée à l'idée que cette visite pourrait être beaucoup plus courte que prévu. Elle pourrait faire demi-tour et quitter cet endroit rempli de souvenirs douloureux et de fermiers ridiculement beaux avec leurs chiens parfaitement dressés qui ne poursuivraient jamais un mouton à moins d'en avoir reçu l'ordre. Elle pourrait retraverser tout le pays pour retourner à Auckland après avoir prouvé qu'elle avait l'esprit d'équipe et qu'elle méritait ce partenariat. C'était sans doute normal que l'ancien copain de Warren ne veuille pas d'une remplaçante femme. Et s'ils avaient un taureau de deux tonnes qui avait besoin d'être opéré ou quelque chose comme ça ?

— Non, non... bien sûr que non. C'est un bonus, c'est tout, ajouta-t-il, son sourire étant de retour. Je suis vraiment désolé, c'était très impoli de ma part. Entrez, je vous en prie. Vous devez être épuisée après tout ce trajet.

Il devait pencher tout le haut du corps pour regarder par-dessus son épaule. Il demanda ensuite :

— Vous ne deviez pas amener votre chien ?

— Il est encore dans la voiture. Il est un peu mouillé. Il, hum..., s'est un peu baigné quand nous nous sommes arrêtés à l'aire de repos en bas de la route. Vous ne voudrez peut-être pas le laisser entrer dans votre maison avant qu'il soit sec, monsieur Dunlop.

— Appelez-moi Dave. On ne fait pas de manières, ici. Allez chercher votre petit chien. On a vu bien pire qu'un peu d'humidité dans cette maison au fil des ans, je peux vous dire...

Et il allait le lui dire, elle en était sûre. Ce vétérinaire rural, qu'elle estimait avoir l'âge qu'aurait eu son père aujourd'hui, était manifestement un conteur né, et elle l'imaginait déjà appuyé contre une barrière de la ferme, discutant avec ses clients ou racontant simplement des histoires après avoir terminé le travail qui l'avait amené là.

Il la conduisit, ainsi que Pingu, à travers la maison jusqu'à une magnifique cuisine rustique où se trouvait un ancien poêle en fonte encastré dans une cheminée en brique et un joli buffet ancien rempli de vaisselle à motifs de roses.

— Une tasse de thé ? proposa-t-il. Non... plutôt un verre de vin ? Nos voisins ont un petit vignoble et ils font un très bon pinot noir.

— Une tasse de thé serait parfaite, répondit Andi. Mais je vais la préparer. Je suppose que vous devez vous reposer autant que possible.

— Merci, mon chou... Ça me ferait du bien de m'asseoir un moment. Ce truc est plus lourd qu'il n'en a l'air.

Quelque chose changea sur le visage du vieil homme, et Andi eut un aperçu de la vie difficile que celui-ci menait depuis peu. Elle imagina la douleur qu'il devait ressentir et les efforts qu'il faisait pour se montrer si joyeux et accueillant. Elle eut un élan de compassion pour Dave. Elle l'aimait bien. Beaucoup, même.

— Comment prenez-vous votre thé ? demanda-t-elle. Ou... préférez-vous un verre de vin ?

La lueur était revenue dans les yeux de Dave.

— Je n'ai droit qu'à un petit verre, dit-il. Mais... célébrons votre arrivée. Ne le dites pas à Jack quand il rentrera.

— Jack ?

— Mon fils. Votre nouveau collègue pour les deux prochains mois.

— Je ne lui dirai pas, promit Andi. Et j'ai hâte de le rencontrer.

Elle était sincère. S'il ressemblait un tant soit peu à son père, ce fâcheux imprévu dans sa vie pourrait bien être plus agréable qu'elle ne l'avait imaginé.

Pas possible...

Que faisait cette voiture rouge, qui valait probablement plus que tout son troupeau de moutons, garée devant chez lui ?

Jack Dunlop retira ses lourdes bottes sur le porche et entra dans la maison. Bess, sa chienne préférée, le suivait de près. Elle savait que son maître était soudainement de très mauvaise humeur, ce qui n'était pas dans ses habitudes.

Il avait hâte d'aller droit à la cuisine pour prendre une bière fraîche dans le réfrigérateur après le dur travail qu'il venait d'accomplir, une tâche qui s'était avérée beaucoup plus difficile qu'elle n'aurait dû l'être. Les moutons avaient été complètement perturbés par leur transfert sur une autre parcelle et semblaient s'attendre à une nouvelle frayeur causée par un similichien en peluche. Ils étaient tous épuisés à la fin de la journée, les chiens devaient être nourris et mis dans leur enclos, et le cheval avait besoin d'être brossé et de recevoir une botte de foin. Jack avait chaud, il était crasseux, il savait qu'il ne sentait pas très bon et il avait faim.

Il était d'ailleurs sur le point de devenir carrément hargneux, et le son d'un rire – un rire féminin – provenant de la terrasse à l'arrière de la maison était la dernière chose qu'il avait envie d'entendre.

Est-ce que la star de cinéma, mannequin, princesse incognito, était toujours dans son jean blanc sale avec une de ses chaussures cassée ?

Non. Elle portait maintenant un jean bleu délavé et ce qui semblait être des baskets de marque. Elle avait dû se brosser les cheveux depuis qu'il l'avait vue, car ils tombaient comme de la soie sur ses épaules et sur un T-shirt blanc moulant qui ne cachait rien de ses courbes. Jack détourna précipitamment le regard, mais pas assez vite pour empêcher cette sensation de se former au creux de son ventre. Celle qui lui rappelait à quel point cette femme était séduisante et combien les femmes comme elle étaient...

... dangereuses, voilà ce qu'elles étaient.

Recroquevillé à côté d'elle, sur le coussin moelleux du canapé en osier, se trouvait le petit chien, qui les avait vus arriver bien avant les autres. Il remuait sa ridicule queue en tire-bouchon et semblait prêt à se jeter sur Bess pour l'inviter à jouer.

Bess se figea.

Jack aussi.

Bess grogna.

Jack, non. Mais uniquement parce que la femme blonde avait levé les yeux et qu'il avait la satisfaction de voir que sa seule présence avait suffi à effacer le sourire de son visage. On aurait presque dit que tout le sang s'en était retiré aussi.

Elle avait *peur* de lui ?

Cette pensée était pour le moins dérangeante. Jack Dunlop n'avait jamais rien fait qui puisse effrayer une femme. Bien au contraire. Il ôta son chapeau et le lança sur la grande table basse. Un bref regard vers Bess empêcha la chienne de grogner à nouveau, et elle alla se pelotonner sur son lit, à côté d'un four à pizza encastré dans cette terrasse pavée ombragée par une pergola presque invisible sous le feuillage printanier de deux vignes exubérantes.

Bess fixait les visiteurs d'un œil noir.

Jack aussi. Il ne pouvait s'en empêcher.

Son père ne s'en aperçut pas. Probablement parce qu'il était incapable de tourner la tête et qu'il était trop à l'aise, calé par tant de coussins autour de lui qu'il ne voulait pas bouger. Ce verre de vin vide n'était sans doute pas étranger à son état de grande détente.

— Jack... Tu ne vas pas le croire, mais voici Andi. Andi, je te présente Jack, mon fils.

Son père semblait plus heureux qu'il ne l'avait été depuis l'accident.

— Andy ? répéta Jack, incapable d'esquisser le moindre sourire. Notre... remplaçant... ? Remplaçante ?

— C'est elle, confirma Dave, qui n'avait aucun mal à sourire, lui. C'est le diminutif d'Andrea, pas d'Andrew. Quelle surprise, hein ?

— C'est le mot.

Le ton de Jack était aussi sec que sa gorge encore recouverte de poussière. Il avait désespérément besoin d'un moment seul. Il devait réfléchir vite et trouver un moyen de se sortir de la situation dans laquelle il s'était fourré. Une situation totalement absurde et inacceptable. Ce serait le remplacement le plus court de tous les temps. Parce qu'il n'allait même pas commencer.

— Excusez-moi..., marmonna-t-il. Je dois me laver les mains et trouver une bière.

— Apporte-moi un autre verre de vin pendant que tu y es, tu veux ? fit Dave, désignant le verre vide devant lui. Andi ne m'en a versé qu'une gorgée, et encore, après avoir vérifié chaque milligramme de médicaments que je prends. Oh ! et allume le four. Maureen nous a laissé une tourte à la viande et aux champignons et des patates pour le dîner, il suffit de les réchauffer.

Se rincer le visage et les mains à l'eau froide dans l'évier de la cuisine donna à Jack le temps de concevoir un plan. Il emporta la bouteille de vin rouge sur la terrasse, ainsi que sa bière blonde. Il n'y avait aucune raison de ne pas être poli.

— Je vous ressers ? proposa-t-il.

— Oui, merci, répondit son père.

— En fait, je parlais à Andi.

— Merci, dit Andi. Ce vin est excellent, mais je ne prendrai pas d'autre verre.

— Je veux bien le sien aussi, répliqua Dave avec un grand sourire. Ce n'est pas comme si j'allais conduire.

Jack lui versa un peu de vin. Ce faisant, son regard se porta sur le canapé, d'où deux yeux noirs comme des boutons le fixaient. Cette fois-ci, la queue bizarre ne remuait pas. Le chien pingouin ne l'aimait pas.

C'est réciproque, mon pote...

Il prit soin de ne pas le dire à voix haute. Au moins, les pattes du chien étaient nettement plus propres que la dernière fois qu'il l'avait vu. Il jeta un coup d'œil à leur visiteuse.

— La rivière ? demanda-t-il succinctement.

Elle acquiesça.

— Ça a très bien marché. Je l'ai plongé jusqu'au ventre à un endroit où il y avait du courant. Je crois qu'il a aimé ça.

Jack grogna. Il avala une longue gorgée de sa bière glacée en s'enfonçant dans un fauteuil en face de son père. Il regarda à nouveau l'emblématique chien hybride.

— C'est quoi, exactement ?

— Un schnoodle.

— Pardon ? Ou devrais-je dire « à vos souhaits » ?

Andi n'était pas amusée.

— C'est un croisement de première génération entre un schnauzer et un caniche. Un petit. Ses deux parents étaient des variétés miniatures de leur race. Le vôtre est un heading dog, n'est-ce pas ? Principalement border collie ?

Jack s'interrompit, la bouteille à mi-chemin, son sourire naissant s'évanouissant.

— Oui. Bess est un heading dog, le chien de tête. Comment savez-vous qu'elle n'est pas un huntaway ?

— Elle est plus petite et n'aboyait pas comme les autres chiens. Et les chiens de tête ont une intensité particulière, n'est-ce pas ?

Elle avait dû sentir sa surprise.

— Je travaille peut-être dans un cabinet en centre-ville maintenant, ajouta-t-elle, mais j'ai fait ma part de travail dans les fermes pendant ma formation et lorsque je me déplaçais dans l'île du Nord avant de rejoindre l'ami de votre père à Auckland et de retrouver le confort de la ville.

— Warren, intervint Dave. Je t'ai parlé de lui. On était les meilleurs potes. Il a dit qu'Andi lui manquera, mais qu'il est content qu'elle reste ici aussi longtemps qu'on aura besoin d'aide.

— Mais on n'a pas besoin d'aide.

Les mots ne sortirent pas tout à fait comme Jack l'avait prévu lorsqu'il se lavait le visage dans la cuisine, mais cette description de la ville comme une « zone de confort » avait été une sorte de détonateur, pas vrai ?

— Je me suis rendu compte aujourd'hui à quel point je m'en sortais bien tout seul depuis que tu n'es plus opérationnel, poursuivit-il, observant Andi par-dessus le bord de sa bouteille pour voir comment elle prenait son refus. Je suis désolé que vous ayez fait un si long voyage, mais vous pouvez rester dormir ici avant de repartir.

— Attends un peu, dit Dave. Tu ne peux pas prendre une décision comme ça tout seul, fiston. Je ne suis peut-être pas opérationnel, mais on est toujours partenaires. J'ai autant mon mot à dire que toi, et je pense qu'Andi devrait rester. Tu imagines peut-être que tu n'as pas besoin d'aide supplémentaire, Jack, mais on sait tous les deux qu'il y a trop de travail pour un seul vétérinaire ici. Et comment comptes-tu gérer seul un traumatisme grave ou une opération chirurgicale ?

Les deux hommes se regardèrent fixement et le silence devint rapidement tendu. C'est peut-être pour cela qu'Andi se leva du canapé.

— Excusez-moi, dit-elle. Je vais chercher les toilettes.

— Deuxième porte à gauche en direction de la porte d'entrée, lui répondit Jack d'un ton sec.

Le chien pingouin lui lança un regard noir tout en suivant Andi. Son père aussi.

— C'était vraiment nécessaire de parler comme si tu t'attendais à ce qu'elle quitte la maison ? gronda-t-il.

— Ce serait mieux, riposta Jack. C'est une vétérinaire de ville, papa. Elle ne serait d'aucune utilité ici. Je n'ai ni le temps ni l'envie de dorloter une princesse qui passe probablement son temps à s'occuper de chiens de race en surpoids ou... ou de cochons d'Inde ou autre. Je ne *veux* pas d'elle ici.

— Eh bien, moi, si, rétorqua Dave d'un ton catégorique. Je pense qu'elle est beaucoup plus compétente que tu ne le crois. Warren semble en tout cas l'apprécier beaucoup. Il envisage de lui proposer un partenariat à part entière dans son cabinet, et je peux te dire que c'est très convoité...

— Tu ne l'as pas vue cet après-midi. Elle et son chien ont failli disperser tout mon troupeau sur la route principale ou le faire descendre vers la rivière. Un tel stress pourrait provoquer des agnelages prématurés.

— Les torts sont des deux côtés, rétorqua Dave. C'est toi qui étais responsable de ces moutons. Je l'aime bien, ajouta-t-il fermement. Je veux qu'elle reste, un point c'est tout.

Andi n'écoutait pas intentionnellement.

Elle n'avait pas délibérément défait le lacet de sa chaussure – ayant de ce fait dû se baisser pour le renouer au milieu de cette cuisine rustique dallée de pierre –, mais elle n'en avait pas moins entendu chaque mot qui avait été dit à son sujet sur la terrasse.

Quand elle se redressa, elle dut prendre une profonde inspiration et trouver le courage de ne pas adopter un comportement de « princesse », comme fondre en larmes ou quitter la maison pour partir au volant de sa voiture vers le soleil couchant. Bien sûr qu'elle n'allait pas faire une chose pareille.

Elle était bien trop jeune quand elle avait appris à ne pas laisser son cœur prendre le dessus sur sa raison. Quand elle avait compris qu'on ne pouvait obtenir ce qu'on voulait qu'en gardant le contrôle. Ou, du moins, se rapprocher de ce qu'on voulait, car rien ne pourrait jamais lui donner ce qu'elle désirait le plus au monde – cette estime de soi qui ne pouvait venir qu'en ayant été aimée de façon inconditionnelle, enfant. En ayant fait partie d'une famille.

À présent, le fait que son statut de vétérinaire femme puisse poser problème aurait dû être un avantage. Elle aurait pu échapper au défi de revivre les vieux souvenirs de l'époque où son monde s'était effondré, et qui, elle le savait, allaient la mettre à l'épreuve. Curieusement, le vétérinaire cow-boy qui avait clairement fait comprendre qu'il était tout à fait d'accord avec elle l'avait, de façon assez spectaculaire, complètement fait changer d'avis.

Ce n'était pas simplement parce que sa raison lui rappelait que sa promotion au poste d'associée dans la clinique de ses rêves pourrait être compromise si elle abandonnait le vieil ami de Warren. Ou parce que le fils dudit ami pensait qu'elle n'était pas à la hauteur parce qu'elle était une femme, et qu'il fallait lui prouver qu'il avait tort.

Non… ce qui l'avait vraiment convaincue, c'était qu'il pensait qu'elle serait incompétente dans le métier qui la passionnait.

Et il avait même dit à voix haute qu'il ne voulait pas d'elle ici. Il n'aurait pas pu trouver de déclencheur plus efficace pour provoquer une réaction émotionnelle aussi profonde.

Un mélange puissant de peur, de chagrin et… de honte ?

Oui. La honte de réaliser qu'on n'était pas assez bien, ou assez spéciale, pour être désirée…

Elle pouvait entendre, et ressentir, les échos de la réaction de sa grand-mère lorsque celle-ci avait dû venir la chercher après la mort de ses parents et l'emmener à Auckland pour l'élever. Un autre fragment de conversation surpris derrière une porte, qui n'avait rien perdu de son pouvoir malgré le passage des années.

« Je suppose que je vais devoir le faire… mais élever un autre enfant est la dernière chose que je souhaite dans ma vie. »

Mais le père du cow-boy souhaitait sa présence. Il l'aimait bien. Il savait qu'elle devait être douée dans son travail, sinon Warren ne lui aurait pas proposé de devenir son associée.

Il voulait qu'elle reste. Il était lui-même confronté à des difficultés, mais il avait fait tout son possible pour qu'elle se sente la bienvenue. Désirée… Elle l'aimait beaucoup pour cela.

Et bon sang, si Dave Dunlop voulait qu'elle reste, alors Andi allait rester. Jack finirait bien par trouver un autre remplaçant qui lui convenait mieux, mais Andi resterait jusqu'à ce qu'il le fasse, pour Dave. Qui sait… peut-être que cela suffirait pour prouver à Jack qu'elle n'était pas inutile. Qu'il y avait des raisons pour lesquelles les gens pouvaient sincèrement vouloir sa présence.

Elle voulait vraiment le prouver. Ce n'était pas seulement pour avoir la satisfaction de voir Jack Dunlop ravaler ses paroles.

Peut-être avait-elle aussi besoin de se le prouver à elle-même.

3

Il faisait assez chaud pour dîner dehors, sous la vigne, sur une table en bois avec des bancs de chaque côté. Jack et Dave étaient assis en face d'Andi. Pingu était blotti aux pieds d'Andi, et Bess, le chien de troupeau, dormait profondément près du four à pizza.

Le corset cervical et thoracique gênait considérablement Dave pour manger.

— Ne fais pas attention à moi, dit-il à Andi. Je suis redevenu un petit enfant et on doit me préparer mon assiette. J'ai aussi tendance à la faire parfois tomber par terre.

— Tu t'en sors très bien, affirma Jack, qui coupait la nourriture de son père en tout petits morceaux. Ils ont dit qu'il faudrait du temps pour t'habituer à l'appareillage.

— Vous devez le porter combien de temps ? demanda Andi.

— Douze semaines environ, si tout guérit bien.

— Ça doit être difficile de dormir avec.

— Je dors dans un fauteuil inclinable pour l'instant. Avec beaucoup d'oreillers pour me soutenir. On m'a dit que je m'y habituerais et que je pourrais bientôt dormir à nouveau dans mon lit, mais en attendant, le pauvre Jack est devenu aide-soignant en plus de tout ce qu'il a déjà à faire. J'avoue cependant que je ne voudrais pas que quelqu'un d'autre le fasse. Je suis très reconnaissant de l'avoir auprès de moi.

— Et moi, je suis très reconnaissant que tu ne te sois pas tué, grogna Jack. Du coup, on est quittes.

Andi surprit le regard que s'échangèrent les deux hommes. Elle sentait à quel point ils étaient proches, et une étrange douleur lui serra la poitrine. Comme ce serait merveilleux d'avoir un lien familial aussi indestructible ! Elle les enviait tellement.

Le ton de Jack s'adoucit.

— Et si on parlait moins et qu'on mangeait plus ?

— La tourte est délicieuse, déclara Andi.

— Maureen est une bonne cuisinière, admit Dave. Elle a commencé il y a plus de quarante ans comme réceptionniste à mon cabinet, puis elle a suivi une formation d'infirmière vétérinaire, mais elle est une sorte de gouvernante pour nous depuis que nous avons perdu la mère de Jack, alors qu'il était encore petit.

— Oh... Je suis désolée d'apprendre ça.

Andi observa Jack à la dérobée. Il ne l'aimait peut-être pas et ne voulait pas d'elle ici, mais ils avaient quelque chose d'important en commun, n'est-ce pas ? Il avait toutefois la chance d'avoir encore un parent, et l'amour qui les unissait était manifestement aussi solide que les chaînes de montagnes de cette région du pays.

Il ne remarqua pas son regard. Il aidait Dave à récupérer un morceau de nourriture qui lui échappait dans son assiette, puis il remit la fourchette dans la main de son père avant de prendre une bouchée de son propre repas.

— Alors..., dit-il ensuite à l'attention d'Andi. Qu'est-ce qui vous a donné envie de devenir vétérinaire ?

— J'ai découvert que j'aimais les animaux plus que la plupart des gens.

Dave pouffa. Jack eut un demi-sourire et elle eut l'impression qu'une petite partie de la glace avait fondu.

— Vous avez un animal préféré ?

— J'aime bien les cochons d'Inde.

Elle sentit le moment où Jack réalisa qu'elle avait entendu ce qu'il avait dit plus tôt. Elle croisa deux yeux sombres qui la fixaient, les coins plissés dans une expression d'excuse. Cela le faisait beaucoup ressembler à son père.

Un autre petit morceau de glace fondit. Elle sourit juste assez pour lui faire comprendre qu'elle ne lui en voulait pas pour ses remarques désobligeantes à son égard.

— Être vétérinaire de campagne n'est pas quelque chose pour lequel je pense être douée ou que je risque d'apprécier particulièrement, admit-elle. J'adore ma clinique vétérinaire pour petits animaux. Si vous trouvez un remplaçant plus approprié, je ne vous en tiendrai pas rigueur, mais je serai ravie de rester et de combler l'intervalle d'ici là.

Jack et son père échangèrent un nouveau regard. La façon dont Dave haussa les sourcils était le genre d'expression qu'un parent adresse à un enfant dont le comportement l'a déçu. Andi ne connaissait que trop bien ce regard. Son existence même, sans parler de son comportement, avait été une déception constante pour sa grand-mère. Elle éprouva un élan de compassion pour Jack.

— Les chiens..., reprit-elle pour rompre le silence gênant. Ce sont mes animaux préférés. Et les chevaux aussi, même si je n'en vois pas beaucoup à l'heure actuelle.

— Vous montez à cheval ?

— Oui. Enfin, je montais. Je n'ai plus mon propre cheval depuis que j'ai quitté la fac.

— Tu pourrais faire faire de l'exercice à ma fifille pendant que tu es ici, si ça te dit, dit Dave. C'est une jolie petite jument baie. Pas trop capricieuse. Elle s'appelle Mary.

— C'est un cheval rustique, pour encadrer les troupeaux, marmonna Jack. Elle ne serait pas adaptée au dressage dans un paddock. Elle aime courir dans les collines et sauter un peu.

La compassion qu'Andi avait ressentie s'évanouit illico. La bouche pleine, elle se contenta d'émettre un son qui pouvait signifier qu'elle ne serait pas capable de monter un cheval de ferme. Elle n'allait pas dire à Jack qu'elle avait participé avec brio à des concours hippiques nationaux de trois jours, donc qu'elle n'était pas aussi nulle qu'il le pensait.

— Ça me dirait bien d'aller galoper dans les collines pendant que je suis ici, dit-elle d'un ton désinvolte, après avoir avalé sa bouchée. Ça a l'air sympa.

— Tu pourrais l'accompagner avec Custard, suggéra Dave. Montre-lui les limites de la ferme ou emmène-la sur le sentier qui longe la rivière.

— Custard ? répéta Andi, utilisant le même ton incrédule que Jack lorsqu'il avait répété le nom de Pingu la première fois qu'il l'avait entendu. C'est le nom de votre palomino ? « Crème anglaise » ?

— Il s'appelait déjà Custard Pie quand je l'ai acheté, marmonna Jack. Ce n'est pas moi qui ai choisi ce nom.

— C'est un super nom, murmura Andi. Très… jaune.

Cette fois, lorsque Jack leva les yeux, c'était elle qui le regardait. Elle souriait et, après un instant, Jack lui rendit son sourire. Un vrai sourire, comme s'il était sincèrement amusé. Lui reconnaissait-il le mérite de s'être défendue ?

C'était la première fois qu'elle voyait cet homme sourire vraiment et… cela valait la peine d'avoir attendu.

Il était déjà assez beau quand il était maussade et de mauvaise humeur, mais quand ce sourire illuminait son visage, il ressemblait à une publicité pour une nouvelle série de télé-réalité – celle où le célibataire choisit parmi un groupe de belles femmes. Ou celle où un fermier part à la recherche d'une épouse. Peu importe…

Ce sourire avait un effet très étrange sur le corps d'Andi – créant une sensation lui rappelant la glace qui les avait cernés au début du repas. Mais cette fois, la glace ne se brisait pas. Elle fondait si vite qu'elle semblait s'écouler jusqu'à ses os.

Elle n'aimait peut-être pas beaucoup cet homme, et il n'était certainement pas son type. Elle comprenait pourquoi beaucoup de femmes le trouveraient irrésistible, mais son charme décontracté, légèrement négligé et espiègle, ne lui plaisait pas. Même si cela avait été le cas, cet homme avait clairement dit – tout haut – qu'il ne voulait pas d'elle.

Elle devait mettre un terme à cette sensation fondante. Une telle réaction physique à un homme n'était pas seulement imprudente, mais dangereuse. Il y aurait inévitablement une composante émotionnelle dans ce qu'elle éprouvait, ce qui ne ferait que rendre un éventuel conflit entre son cœur et sa raison plus difficile à contrôler. Cette réaction indésirable à la présence de Jack Dunlop n'était là que parce qu'elle était fatiguée. Et parce qu'elle avait été plongée dans un océan d'émotions dans lequel elle n'avait même pas voulu tremper le bout des orteils. Mais Andi avait l'habitude de rester à l'écart des sentiments qui l'empêcheraient de se concentrer sur ce qui était important.

Comme la réussite. Le respect. La reconnaissance.

Elle pouvait y faire face.

Après tout, elle avait affronté bien pire dans le passé.

Jack voyait bien que son père était fatigué après avoir fini de manger.

— On va s'occuper de tes broches et te laisser dormir, proposa-t-il.

— D'accord, dit Dave. Ensuite, tu montreras à Andi où se trouve la chambre d'amis. Ou la dépendance. Tu pourrais aussi lui faire visiter la clinique.

Jack ne dit rien tout en rassemblant les assiettes. Même s'il aurait préféré ne pas dormir sous le même toit que cette visiteuse, cela n'avait pas beaucoup de sens d'ouvrir pour juste une nuit ou deux la vieille maisonnette destinée à héberger les saisonniers durant la période de tonte. Avec un peu de chance, après une bonne nuit de sommeil, son père se rendrait compte qu'Andrea Chamberlain n'était pas la remplaçante qu'il leur fallait et ils pourraient rapidement trouver quelqu'un d'autre. Ce n'était pas simplement parce qu'elle était une princesse de la ville incroyablement séduisante qui portait des jeans blancs et des chaussures à talons et semblait se faire faire régulièrement des mèches et une coupe par un coiffeur professionnel. Ni même parce qu'elle lui rappelait trop le désastre qu'avait été son mariage après qu'il était tombé amoureux d'une femme exactement du même type. Cette année infernale avait beau être de l'histoire ancienne, bon sang, les effets pouvaient persister, non ?

Non... Il y avait peut-être des raisons très personnelles à sa répugnance pour cette situation, mais elles étaient surpassées par des raisons professionnelles. Leur clinique vétérinaire était mixte, et il y avait beaucoup d'animaux de bétail lourds, difficiles – parfois dangereux – à soigner. Andi avait elle-même admis que ce n'était pas le genre de travail qui l'intéressait ou même qu'elle aimerait. Jack ne voulait pas renvoyer la nouvelle associée potentielle de l'ami de son père à Auckland avec une blessure qui pourrait changer sa vie. Il prenait soin d'elle, voilà tout. Plus vite il trouverait un remplaçant, mieux ce serait. Pour eux deux.

Convaincu qu'il faisait le bon choix en décidant de renvoyer Andi dès que possible, il lui montra où se trouvait la chambre d'amis, puis aida son père à nettoyer les broches de sa minerve afin de protéger sa peau contre les infections. Il s'assura qu'il avait pris ses médicaments et qu'il était confortablement installé dans son fauteuil inclinable pour regarder un moment la télévision et, ensuite, avec un peu de chance, passer une meilleure nuit.

Andi sortit promener son chien avant de rapporter son sac de voyage resté dans la voiture.

Vingt minutes plus tard, lorsqu'il entendit le crissement des pneus sur les graviers de la longue allée, Jack crut qu'Andi avait pris la fuite. Il se dirigea vers la porte d'entrée, s'attendant à voir les feux arrière de la Porsche disparaître au loin et se demandant comment il allait annoncer à son père que la femme qui lui avait tant plu avait été trop impolie pour lui dire au revoir en face.

Au lieu de cela, il trouva une camionnette agricole garée devant le bâtiment de la clinique et quelqu'un qu'il connaissait très bien en train de soulever un gros chien hirsute du plateau du véhicule.

— Terry..., cria-t-il. Qu'est-ce qui se passe, mon pote ?

Terry posa le chien par terre, qui se tint, l'air misérable, une patte arrière en l'air.

— C'est Jed. Je pense qu'il s'est cassé la patte.

— Oh ! non, s'exclama Jack en se précipitant vers lui. Et les épreuves qui ont lieu à la fin de la semaine prochaine...

C'est alors qu'il vit qu'il n'était pas le seul à s'approcher de ces clients inattendus. Avec Pingu sur ses talons, Andi n'était qu'à quelques mètres d'eux.

— Des épreuves de chiens de troupeau ? demanda-t-elle.

— Les championnats régionaux, répondit Jack. Jed est le favori pour remporter les épreuves de conduite en zigzag et de montée en ligne droite. Il affrontera ma Meg, qui est d'ailleurs enceinte de Jed. Oh ! bon sang... Rentrons-le pour voir à quel point c'est sérieux. Qu'est-ce qui s'est passé ?

— Il courait en descente, a sauté par-dessus une clôture métallique et a atterri bizarrement. Il a poussé un petit cri. Il peut marcher sur trois pattes, mais il ne pose plus du tout le poids sur sa patte arrière. Allez, viens, mon grand.

Terry reprit le gros chien dans ses bras.

— Vous avez un appareil de radiographie ici ? De préférence numérique ?

Andi et Pingu les suivaient tandis que Jack composait un code et conduisait Terry dans une salle d'accueil déserte.

— Oui. Et une salle d'opération bien équipée. Mon père et moi nous occupons de toutes les interventions de routine et nous pouvons faire appel à un chirurgien spécialisé de temps en temps. Mais si c'est quelque chose de compliqué ou d'urgent, nous stabilisons les animaux et les envoyons dans un établissement plus important, à Queenstown ou Dunedin.

— Je suis inscrite à l'Australasian Veterinary College en tant que chirurgien orthopédiste spécialisé, si cela peut vous aider, annonça Andi.

Jack s'arrêta, la main sur la porte d'une des salles de consultation, et se retourna pour la regarder. Pour une raison obscure, apprendre qu'elle était plus qualifiée que lui était... un peu embarrassant. Était-ce parce qu'il avait été si prompt à supposer qu'elle serait inutile en tant que vétérinaire de campagne qu'il l'avait dit à voix haute, et qu'elle l'avait entendu ? Ou était-ce parce qu'il aurait préféré que ce soit elle qui soit impressionnée ? Par *lui* ? Non qu'il ait l'intention de consacrer le moindre instant à cette question dans l'immédiat.

— Vous êtes spécialiste ? En chirurgie orthopédique vétérinaire ?

Andi le fixa du regard.

— Oui. Ce n'est pas ce que je viens de dire ?

Terry regardait Jack lui aussi, l'air interrogateur.

— Euh... je te présente Andi, dit Jack à son ami. Elle est... euh... venue d'Auckland pour nous aider pendant que papa est hors d'état de travailler.

Terry fixait maintenant Andi.

— C'est une chance, alors. Elle peut examiner Jed, hein ?

— Oui, acquiesça Andi. Amenez-le et posez-le sur la table.

Elle ôta le cardigan qu'elle avait enfilé pour sortir et le laissa tomber dans un coin de la pièce.

— Couché, Pingu, ordonna-t-elle calmement.

Le petit chien se coucha aussitôt sur le cardigan et posa son museau sur ses pattes pour observer Andi de loin.

Jed haletait et souffrait visiblement.

— Il va falloir lui donner un sédatif et un analgésique, dit Andi. On ne pourra pas l'examiner correctement ni faire de radios s'il n'est pas détendu.

Terry avait la main posée sur le dos de son chien.

— Faites ce qu'il faut, docteur. J'y tiens, à celui-ci.

La voix du grand fermier costaud tremblait.

Jack prépara les médicaments nécessaires pour soulager Jed, jetant un ou deux coups d'œil de côté pour observer Andi rassembler ce dont elle avait besoin sur les étagères. Elle regardait Terry, qui avait toujours la main posée sur son chien.

— C'est un beau chien, dit-elle. Il a une bonne dose de beardie, non ?

— Oui... avec un peu de border collie et de labrador. Je pense qu'il y a aussi un peu de rottweiler chez ses ancêtres, avec cette robe noire et feu, mais ça ne se devine pas. Jed est un gentil géant.

— Je vois. Il est adorable.

Andi avait préparé un garrot, un rasoir et une canule dans un haricot, et elle était prête à insérer une canule intraveineuse dans la patte avant du chien, mais elle ne le fit pas tout de suite. D'abord, elle tendit le dos de sa main pour que le chien la renifle, puis la posa sur sa tête hirsute et le gratta derrière l'oreille.

— Hé, Jed, dit-elle. Tu es un bon chien, n'est-ce pas ? On va s'occuper de toi, d'accord ?

Jack voyait la façon dont le chien regardait Andi, avec cette confiance totale qui ne manquait jamais de le faire fondre. Il voyait Terry regarder Andi avec une expression assez similaire, sauf que sa confiance était mêlée à l'espoir désespéré que cette blessure ne soit pas aussi grave qu'il le craignait. Comme si Andi était une fée qui pouvait agiter sa baguette magique et tout arranger.

Jack observa la dextérité avec laquelle Andi glissa l'aiguille dans une veine de la patte avant de Jed et fixa la canule. Les médicaments ayant rendu le chien somnolent et détendu en quelques minutes, elle commença un examen approfondi de son dos, de ses hanches et de ses pattes. Elle savait manifestement ce qu'elle faisait, et sa compétence tranquille était… eh bien, Jack devait admettre que c'était sexy, et pas au sens physique du terme.

— Il n'y a rien de cassé, apparemment, annonça-t-elle à Terry. Mais on va faire une radio pour confirmer. Vu la façon dont il s'est blessé, je pense qu'il doit s'agir d'une rupture du ligament croisé crânien. C'est le ligament du genou qui empêche le tibia de glisser vers l'avant sur le fémur. C'est l'équivalent canin du ligament croisé antérieur chez l'humain.

Terry lâcha un soupir bruyant.

— Je me suis déchiré le mien en jouant au rugby quand j'étais au lycée. Ça faisait un mal d'enfer.

— Étant donné qu'il ne met aucun poids sur sa patte, plutôt que de simplement boiter, il s'agit probablement d'une rupture complète plutôt que d'une déchirure partielle.

Andi posa la main sur le haut de la patte arrière de Jed et saisit le bas de sa patte de l'autre main. Elle la bougea délicatement d'avant en arrière.

— Vous voyez ça ?

— Qu'est-ce que c'est ?

Jack répondit à la place d'Andi.

— Dans une articulation normale et stable, on ne devrait pas pouvoir bouger le tibia comme ça. Cela indique une lésion importante du ligament croisé. Je pense qu'Andi a raison de penser qu'il s'agit d'une rupture complète.

Andi caressa à nouveau les oreilles de Jed.

— Brave toutou, fit-elle. J'ai presque fini.

Cette fois, elle saisit la patte du chien d'une main tandis que l'index de l'autre main reposait sur la rotule. Elle fléchit le jarret et hocha la tête en voyant le mouvement. Jack l'imita. Andi savait ce qu'elle faisait.

Les radiographies confirmèrent qu'il n'y avait pas de fracture à ajouter au diagnostic.

— Ce n'est peut-être pas une rupture complète, dit Andi à Terry, et certaines déchirures partielles peuvent être traitées avec succès par des mesures médicales telles que le repos, la kinésithérapie, la thérapie au laser et des compléments alimentaires pour les articulations, mais à mon avis, cette blessure est suffisamment grave pour que je recommande une intervention chirurgicale.

— Je dirais que c'est la seule option, ajouta Jack, si tu veux qu'il retrouve une articulation pleinement fonctionnelle. Le LCC est plus sollicité chez les chiens que le LCA chez les humains, car les chiens ont toujours les genoux fléchis.

Terry se frottait le front. Il jura entre ses dents.

— Jed vit pour travailler avec les moutons, dit-il. Je dois le soigner. Il n'a que quatre ans, il a encore de belles années devant lui. Cela prendra combien de temps ?

— L'opération ?

— Non… Avant qu'il puisse retravailler.

— Dans le meilleur des cas, il devrait retrouver des mouvements quasi normaux dans environ trois mois, déclara Andi. Il faut compter six mois maximum pour une guérison complète, en général.

— Tu ne pourras pas concourir avec lui tant qu'on ne lui aura pas donné le feu vert, ajouta Jack.

— Une attelle peut aider à accélérer la guérison, dit Andi. Le fait de maintenir le membre immobile après l'opération peut prévenir les complications. Vous en avez en stock, Jack ?

— Non, mais on peut prendre les mesures nécessaires et en commander. De toute façon, il ne pourra pas l'utiliser avant quelques jours, le temps que l'œdème disparaisse après l'opération. Vous pensez à une technique TPLO ?

— Oui, surtout pour un gros chien comme Jed.

Elle se tourna vers Terry.

— Je ne vais pas entrer dans les détails, sauf si vous le souhaitez. En gros, cela consiste à retirer toutes les parties endommagées du ligament et du cartilage, puis à modifier la forme du tibia, à le repositionner et à le maintenir en place à l'aide d'une plaque et de vis.

— Il devra rester ici ?

— Ce serait une bonne idée pour cette nuit, dit Jack. Comme ça, on pourra éviter qu'il remue trop et s'assurer qu'il reste à jeun. Enfin, si Andi est d'accord pour faire l'opération dès demain matin ? Sinon, je vais voir si on peut te trouver une place pour une opération d'urgence en ville.

Andi croisa son regard au moment où il se retournait, et ils eurent un bref échange silencieux.

Désolé pour tout à l'heure... Je sais à présent que vous n'êtes pas inutile. J'aurais vraiment besoin de votre aide ici.

Laissez tomber. Il ne s'agit pas de vous. Mais d'un chien qui a besoin d'aide.

— Bien sûr que je suis d'accord, dit-elle à voix haute. Je vais faire un tour dans la salle d'opération ce soir pour m'assurer que nous avons tout ce qu'il faut. Si tout se passe bien, il devrait pouvoir rentrer demain soir.

— Il ne pourra faire que quelques très courtes promenades par jour, en laisse, pendant les deux prochaines semaines, précisa Jack. Et rien d'intense, comme courir ou sauter, pendant huit à douze semaines, mais on pourra commencer la rééducation et l'attelle l'aidera.

Terry déglutit visiblement. Il regarda Jack, puis Andi, puis Jack à nouveau. Enfin il jeta un coup d'œil au petit chien noir et blanc dans le coin de la pièce, qui fixait toujours Andi avec adoration, et Jack le vit se détendre légèrement.

Elle savait, n'est-ce pas ? À quel point un chien pouvait être important ?

— Si ça peut vous rassurer, dit Andi, j'ai des patients qui viennent de tout Auckland pour cette opération. Surtout des chiens, mais aussi quelques chats. L'année dernière, j'ai même eu un alpaga. Un reproducteur de grande valeur qui avait été frappé du pied par une femelle ingrate. Il a repris le travail douze semaines plus tard, complètement rétabli. Laissez-le-nous, dit-elle doucement en souriant à Terry. Nous prendrons grand soin de lui, je vous le promets.

Jack retint son souffle. La façon dont elle regardait Terry et le ton de sa voix… Comment ne pas faire confiance à cette femme ? Si les compétences dont elle avait fait preuve lors de l'examen de Jed étaient une indication de ses capacités chirurgicales, alors Terry avait tapé dans le mille tout à l'heure. C'était un coup de chance qu'Andrea Chamberlain soit arrivée à Cutler's Creek.

Il ne la quittait pas des yeux.

Jack surveillait Jed aussi, bien sûr, car c'était lui qui avait administré l'anesthésiant et qui contrôlait maintenant la respiration et les autres signes vitaux du chien tout en assistant Andi pendant l'opération ; mais elle avait l'impression que les yeux de Jack ne quittaient pas ses mains. Peut-être retenait-il son souffle en attendant de savoir s'il avait pris la bonne décision la veille au soir en lui demandant de pratiquer cette opération ?

Ce contact visuel n'avait pas été assez long pour être significatif, mais il semblait néanmoins exprimer à la fois des excuses pour ce qu'elle avait entendu Jack dire à son sujet et une demande d'aide étonnamment humble.

Andi s'était endormie la nuit dernière en pensant que sa capacité à admettre qu'il avait tort, ainsi que sa volonté de demander de l'aide pour quelqu'un d'autre, étaient des qualités que beaucoup d'hommes ne possédaient pas et qui le rendaient... plus sympathique ?

Intéressant, même ?

Non pas qu'elle pensât à lui maintenant que l'opération avait commencé. Elle ne pouvait pas non plus reprocher à Jack de l'observer avec tant d'attention. Andi n'était pas seulement responsable de l'avenir professionnel du chien de berger de compétition qui se trouvait sur la table devant elle. Elle opérait le compagnon de travail bien-aimé d'un de ses amis. Le père d'une portée de chiots que l'une de ses propres chiennes devait mettre au monde dans quelques semaines.

Heureusement qu'elle était dans son élément. C'était une intervention qu'elle maîtrisait, et elle avait passé toute sa vie à être perfectionniste. Il n'était donc pas surprenant que Jack émette parfois des sons admiratifs en la regardant travailler, retirer tous les tissus endommagés, puis pratiquer une incision circulaire au sommet du tibia et faire pivoter le fragment osseux.

— Joli, murmura-t-il. C'est une idée ingénieuse, n'est-ce pas ? Rendre le ligament superflu en retirant cette pente tibiale et en stabilisant l'articulation.

— C'est très satisfaisant quand on maîtrise une procédure qui est assez simple sur le plan théorique, mais très efficace quand elle est bien exécutée.

Andi saisit la plaque en acier inoxydable qui serait vissée pour maintenir le fragment osseux en place.

— Parfois, ajouta-t-elle en levant les yeux vers Jack, quand je taille un peu l'os pour qu'il s'ajuste parfaitement, je me souviens qu'on considérait autrefois les chirurgiens orthopédistes comme des charpentiers.

On aurait dit que Jack souriait sous son masque.

— Et les neurochirurgiens étaient les électriciens.

— Et la cardiologie, c'était un peu de la plomberie.

Cet amusement partagé détendit l'atmosphère, et Andi ne se sentit plus jugée. Elle avait plutôt l'impression d'être appréciée. Admirée, même ? Quoi qu'il en soit, elle aimait ça.

Beaucoup.

Reprenant ses esprits, elle termina l'opération et referma la plaie sur la patte de Jed. Jack arrêta l'anesthésie et s'assura que le chien avait assez d'antidouleurs avant de le transporter jusqu'à une cage confortable dans la salle de réveil.

— Je vais appeler Terry pour lui dire quel bon travail vous avez fait, dit-il, lui offrant son incroyable sourire. Merci, Andi.

— Merci à vous. Je n'aurais pas pu y arriver toute seule.

Ils s'étaient mutuellement évalués, ce qui était tout à fait normal pour des personnes qui n'avaient jamais travaillé ensemble auparavant. Quant à savoir si elle aurait l'occasion de découvrir l'étendue de ses compétences, c'était une autre histoire. Il était heureux qu'elle soit là et qu'elle puisse pratiquer cette opération, mais ce n'était pas du travail de vétérinaire de campagne, n'est-ce pas ? Trouver un remplaçant plus utile serait probablement la prochaine tâche de Jack pour aujourd'hui.

4

Une semaine s'était écoulée et personne n'avait évoqué un nouveau remplaçant pour prendre la place d'Andi.

Elle avait été présentée à Maureen lors de son premier jour de travail officiel, juste après avoir terminé l'opération de Jed. Maureen avait une soixantaine d'années et était ravie de jouer à la fois le rôle de réceptionniste et celui d'infirmière vétérinaire au Cutler's Creek Animal Hospital – avec des tâches régulières de ménage et de cuisine en plus.

— Ne t'occupe pas de nettoyer la salle d'opération, ma belle, lui avait dit Maureen en guise de bienvenue. Je suis très douée pour utiliser le stérilisateur et m'occuper du linge souillé. Donne-moi simplement la liste des articles à commander.

Elle avait un sourire des plus chaleureux et adorait s'arrêter pour bavarder. Le tutoiement lui était venu naturellement.

— Jed va bien, annonça-t-elle à Andi plus tard dans la matinée. Et je viens de rencontrer ton chien, qui semble très heureux dans sa caisse. Je ne pense pas avoir jamais vu quelque chose d'aussi mignon. Il me rappelle ces moutons. Tu vois ? Ceux de Suisse, avec le museau noir.

— Ah non, fit Andi. Je ne les connais pas.

— Regarde sur Internet, tu verras ce que je veux dire. Bon, ne t'inquiète pas pour ton toutou. Je m'occuperai de lui si tu es appelée pour un travail dans une ferme.

Mais Andi n'avait pas été appelée à l'extérieur de toute la

semaine. Sortir avec Jack dans son pick-up double cabine avec tout son matériel dans le plateau couvert à l'arrière, l'après-midi de son deuxième jour, c'était ce qui s'était le plus rapproché d'un travail avec de grands animaux, et c'était seulement pour un bouc domestique qui avait besoin qu'on pare ses sabots. George le bouc vivait dans la commune de Cutler's Creek et c'était la première fois qu'Andi voyait cette petite ville rurale qui ne pouvait pas être plus différente de la plus grande ville de Nouvelle-Zélande, d'où elle venait.

— C'est la rue principale, lui dit Jack alors qu'ils passaient devant un terrain de rugby, puis un bâtiment moderne qui était le siège commun des services d'urgence locaux – ambulance et pompiers. En fait, c'est la seule rue. On va aller à l'autre bout pour que tu puisses tout voir. Cela ne prendra pas longtemps.

Il conduisait, le coude posé sur la portière à la vitre baissée, mais gardait les doigts sur le volant afin de pouvoir utiliser son autre main pour lui montrer les attractions locales.

— Nous avons la chance d'avoir un bon supermarché. Ça évite d'avoir à faire trop de route pour faire les courses. Les cafés sont bons aussi, si tu as envie d'un grand crème décent.

Le monument aux morts, incontournable dans toutes les petites villes de Nouvelle-Zélande, procura à Andi une nostalgie inattendue. Un retour vers le passé presque aussi puissant que la vue des montagnes qui formaient la magnifique toile de fond de la ville. Elle avait refusé toute sa vie de revenir dans cette partie du pays. Elle avait même évité de lire des articles ou de laisser son regard s'attarder sur des photos de Central Otago, car elle préférait ne pas déclencher la survenue de souvenirs traumatisants.

Mais… elle n'avait pas simplement tourné le dos à ce qui était la plus belle partie de ce pays, n'est-ce pas ? Elle avait rejeté l'endroit où elle était née. Un paysage qui faisait partie de son héritage. L'endroit où son enfance avait été idyllique.

Où le monde et tous ceux qui le peuplaient étaient dignes de confiance. Où elle avait pu aimer en toute sécurité parce qu'elle avait elle-même été tellement choyée.

Le rappel traumatisant que tout cela avait été brisé – détruisant sa foi en l'humanité – était douloureusement poignant, mais, pour la première fois, Andi était reconnaissante d'avoir été contrainte de venir ici. Peut-être que cela lui permettrait de tourner la page et de rentrer à Auckland sans être hantée par cette partie de sa vie dans laquelle elle n'avait jamais osé s'immiscer.

— Voici notre salle des fêtes, reprit Jack d'une voix enjouée. J'y ai passé quelques bonnes soirées.

— J'en suis sûre, répliqua Andi en souriant. Un peu de danse en ligne ?

Jack tira sur le bord de son chapeau de cow-boy.

— Oui, m'dame. Ne critique pas avant d'avoir essayé. Qu'est-ce que tu fais comme loisirs à Auckland ? Du yoga ? Du tai-chi ? De l'entraînement avec un coach personnel ?

— Tout ça, oui.

Elle ne se formalisa pas de cette taquinerie.

— C'est quoi ce grand bâtiment ? L'hôpital local ?

— Oui. Mon ami Zac y est médecin. C'est petit, juste une dizaine de lits, mais il y a un service d'urgence et une salle d'opération pour les interventions mineures. J'essaye de le convaincre d'installer un appareil d'IRM pour que je puisse l'utiliser à la clinique vétérinaire. Bon... voilà la route que nous cherchons. Tu as déjà taillé les sabots d'un bovidé ?

— Jamais.

— Je ne pense pas que ce sera très difficile pour toi, décréta Jack avec un sourire en coin. Pas alors que je t'ai vue raboter quelques millimètres d'une tête de tibia.

Le regard qu'il lui lançait rappela à Andi ce qu'elle avait ressenti durant cette opération. Comme il avait été agréable de se sentir admirée. Le sourire qu'il lui adressait suffit à provoquer à nouveau en elle cette sensation qu'elle avait eue de fondre sous son regard, et cela l'empêchait de rompre le contact visuel.

Par chance, Jack s'en chargea en secouant la tête.

— Heureusement qu'il ne pleut pas aujourd'hui. On s'arrêtera à la quincaillerie en rentrant pour t'acheter une paire de bottes en caoutchouc. Tes baskets sont peut-être parfaites pour le sport en ville, mais elles ne resteront pas propres très longtemps ici.

Andi s'apprêta à suggérer que cet achat n'était pas nécessaire si elle ne devait rester que peu de temps, mais se retint. Quelque chose avait changé entre elle et Jack lorsqu'elle lui avait parlé de ses diplômes postuniversitaires, et ce sentiment s'était renforcé pendant qu'ils travaillaient ensemble sur l'opération de Jed. Ce n'était peut-être que temporaire et professionnel, mais ils étaient en train d'évoluer vers une sorte de relation, et si c'était une partie d'échecs, le prochain coup revenait à Jack, pas à elle.

Cependant, en passant devant une cour d'école où couraient un nombre surprenant d'enfants, elle brisa le silence.

— Il y a beaucoup d'enfants. Je pensais que Cutler's Creek était une petite ville.

— Le bus scolaire les amène de tout le district. Tu n'aimes pas les enfants ?

— Je les adore, répondit Andi. Tant que ce ne sont pas les miens.

— Tu n'en veux pas, alors ?

Comment aurait-elle pu vouloir avoir des enfants ? Mettre au monde des bébés totalement vulnérables dans un monde qui pouvait basculer et les abandonner, seuls et indésirables. Les rendre mal aimés et désespérément malheureux…

— Absolument pas, répondit-elle d'un ton qu'elle garda léger. À moins qu'ils ne soient à quatre pattes. Et toi ?

— Moi ? Oui… J'en voudrais environ six, du genre à deux pattes. J'étais enfant unique et notre maison a besoin d'être plus animée.

Houla… Si être cow-boy, play-boy ou simplement mauvais garçon ne suffisait pas à faire de Jack Dunlop un choix peu judicieux en matière d'hommes, le fait qu'il veuille une maison pleine d'enfants le plaçait dans une autre galaxie en termes de zone de confort. Ce n'était pas un problème, cela dit. Cela ne la regardait pas. Andi réussit même à prendre un air impressionné.

— Qui est l'heureuse élue, alors ?

— Quoi ?

— Celle que tu as choisie pour être la mère de tous ces enfants ?

Jack gara le pick-up au bord de la route. On pouvait voir George, le bouc, attaché à sa chaîne, broutant l'herbe haute le long de la clôture. Jack coupa le moteur.

— Oh ! fit-il, je ne l'ai pas encore trouvée. Il y a des choses sur lesquelles il faut être un peu exigeant, tu vois ?

— Je suis tout à fait d'accord, répondit Andi. Et les conjoints et les enfants sont sans aucun doute en tête de liste.

Elle regardait fixement à travers le pare-brise.

— George a de grandes cornes, non ?

— Peut-être que ce sera un défi pour toi, après tout, répliqua Jack en riant.

Jack avait toujours eu l'intention de tenir les cornes du bouc pour protéger Andi pendant qu'elle lui taillait les sabots avec un sécateur. Il n'avait pas été surpris qu'elle s'acquitte si bien de cette tâche, même si celle-ci était à l'opposé de ce qu'il avait vu en salle d'opération le premier matin.

L'intervention sur Jed avait radicalement changé son opinion sur elle. Avec sa chevelure blonde cachée sous un bonnet et son corps dissimulé sous une blouse ample, on aurait même pu oublier qu'elle ressemblait davantage à un mannequin qu'à une vétérinaire. La concentration et la précision avec lesquelles elle manipulait les instruments chirurgicaux pour obtenir exactement le résultat souhaité témoignaient non seulement d'années d'études et de pratique, mais aussi d'un niveau de compétence que de nombreux chirurgiens n'atteignent jamais.

Jack avait été très impressionné.

Jed était rentré chez lui avec Terry le jour même, et lorsqu'il était revenu pour essayer l'attelle élastique qui soutiendrait l'articulation, le chien et son maître avaient l'air beaucoup plus heureux. Ce qui était aussi le cas de Jack.

Il n'avait pas cessé de constater à quel point Andi était une femme séduisante, mais il parvenait à surmonter la réaction de son corps en se rappelant qu'il s'agissait d'une relation professionnelle. De toute façon, cela ne pourrait jamais être autre chose. Les filles de la ville étaient hors limites. Un autre désastre en puissance. Jack avait été suffisamment échaudé pour les éviter à tout jamais. Cependant, il était très heureux d'avoir Andi à ses côtés en tant que collègue.

C'était bien plus utile qu'il ne l'avait pensé d'avoir ici une vétérinaire de ville. Cela lui permettait de se consacrer à son travail rural sans se soucier des urgences à la clinique ou des tâches routinières telles que les examens, les vaccinations, les tests de laboratoire et les renouvellements d'ordonnances qui s'accumulaient. Maureen était tombée amoureuse de Pingu et était visiblement ravie d'aider Andi pour les consultations et les petites interventions chirurgicales, tandis que son père appréciait sa compagnie en dehors des heures de travail. Tous deux avaient vraiment bien accroché, pour une raison ou une autre, et Dave Dunlop semblait en fait plus heureux qu'il ne l'avait été depuis son accident. La présence de quelqu'un qui n'avait jamais entendu toutes ses histoires et qui les appréciait sincèrement, ainsi que l'excuse pour boire un verre ou deux de vin avant le dîner pendant qu'il les racontait, donnaient à son père quelque chose à attendre chaque jour, ce qui ne pouvait que contribuer à rendre son rétablissement moins pénible.

Cela suffisait à justifier le statu quo, alors les jours se succédaient et Jack n'avait pas encore pris le temps de chercher un remplaçant ayant de l'expérience dans un cabinet mixte. Andi ne lui avait pas demandé où en était sa recherche. Elle avait dit qu'elle serait heureuse de combler l'intervalle, alors peut-être n'était-elle pas pressée de partir ?

Et peut-être que Jack n'avait pas spécialement hâte qu'elle s'en aille, lui non plus.

Bess avait même cessé de grogner après Pingu. Elle l'ignorait désormais, et Pingu était assez sensé pour maintenir entre eux une distance respectueuse. Il ne bougea pas quand il vit Jack et Bess entrer sur la terrasse par les portes-fenêtres ce soir-là. Peut-être se sentait-il en sécurité, coincé sur le canapé entre Andi et le père de Jack, alors que la vétérinaire tenait son téléphone suffisamment haut pour que son compagnon puisse voir l'écran sans avoir à plier le cou.

— Maureen m'en a parlé l'autre jour, disait Andi. Mais je n'ai regardé qu'aujourd'hui. Elle a raison. Ils sont super mignons, non ?

— Quoi donc ?

Andi leva les yeux au son de la voix de Jack.

— Les moutons nez noir du Valais, lui répondit-elle. Ils sont connus pour être les moutons les plus mignons du monde. Regarde..., ajouta-t-elle en lui tendant son téléphone. Regarde ces adorables museaux et oreilles noirs. Ils ont même des chaussettes noires et des taches noires sur les genoux.

Jack grogna et rendit le téléphone.

— Il y a des attributs plus importants que l'apparence.

— Je crois que j'en veux un, dit Andi. Maureen avait raison. Ce sont les équivalents ovins de Pingu. Tu pourrais en acheter quelques-uns. Ton père m'a dit que tu avais des moutons de couleur spéciale. Ceux-là iraient très bien avec les tiens.

— Mon troupeau est sélectionné pour produire une laine colorée de la plus haute qualité, répliqua Jack d'un ton offensé. Pas seulement pour ressembler à des peluches. On a passé des années à mettre au point non seulement la couleur, mais aussi la finesse, la longueur, le ressort et le lustre de la fibre. Notre laine est très prisée des artisans qui la filent, la tissent et la tricotent. D'ailleurs, certains de mes agneaux sont tout aussi mignons que ceux-là. Tu verras par toi-même dans quelques semaines.

Bon sang... Venait-il vraiment de dire qu'il s'attendait à ce qu'Andi soit encore là au moment de l'agnelage ? Admettant pratiquement qu'il n'allait même pas essayer de trouver un remplaçant ? Ce qui expliquait le regard étrange qu'Andi lui jetait.

— Ma mère filait, dit-elle doucement. Et elle tricotait. Je me souviens de l'avoir aidée à enrouler la laine en pelotes.

— Tu parles d'elle au passé ? demanda Dave gentiment.

— J'ai perdu mes deux parents dans un accident de voiture. J'avais probablement le même âge que toi, Jack, quand tu as perdu ta mère.

Jack tiqua. Il aurait dit qu'il n'avait rien en commun avec Andi, à part leur profession. Qu'ils ne pouvaient pas être plus différents, en fait. Un garçon de la campagne, une fille de la ville. Une voiture de sport rutilante contre une camionnette de ferme couverte de boue. Quelqu'un qui préférait de loin avoir un bébé en peluche plutôt qu'un vrai enfant.

Mais peut-être avaient-ils plus en commun que leur métier.

Non qu'il ait envie de comparer leurs souvenirs de la perte d'un parent à un jeune âge – pas plus qu'il ne voulait parler de son mariage raté. Il avait l'impression qu'Andi ne souhaitait pas non plus évoquer le passé, mais il savait à quel point son père, parfois trop compatissant, pouvait aimer en savoir plus.

— Je suis vraiment désolé, dit Dave. C'est terrible, ce qui t'est arrivé. Ces autoroutes autour d'Auckland peuvent être dangereuses.

— Ce n'était pas près d'Auckland, rectifia Andi. Je m'étais arrêtée à l'endroit où c'est arrivé en venant à Cutler's Creek. C'est pour ça que j'étais sur la route avec Pingu quand on a rencontré Jack et les moutons. Il y a encore une croix là-bas, près du pont.

— Mon Dieu..., fit Dave, qui semblait choqué. Ils étaient en vacances ici ?

— Non. Nous vivions près de Queenstown. C'est ma grand-mère qui m'a emmenée vivre à Auckland. Elle était la seule famille qui me restait. Je n'étais pas revenue ici depuis.

Jack était aussi choqué que son père. Pas étonnant qu'elle ait été distraite et n'ait pas maîtrisé son chien sur la route ce jour-là. Et comme cela avait dû être difficile pour elle de revenir dans cette région ! Pourquoi donc avait-elle accepté ?

Il sentait que son père voulait poser les mêmes questions.

Il pourrait peut-être rendre service à Andi et lui épargner d'avoir à revivre des souvenirs douloureux. Bon sang, s'il y avait quelqu'un qui savait à quel point cela pouvait rouvrir de vieilles blessures, c'était bien lui. La préserver des questions bien intentionnées mais peut-être malvenues de son père contribuerait peut-être même à réparer la façon dont il l'avait traitée lors de leur première rencontre, alors qu'elle essayait probablement d'échapper aux fantômes de son propre passé.

— En parlant de moutons mignons, dit-il. J'allais justement aller déplacer mon troupeau. Pas le long de la route, juste d'un pâturage à l'autre. Tu veux venir m'aider, Andi ? Il reste encore assez de lumière pour emmener les chevaux et quelques chiens. Mais pas Pingu, ajouta-t-il avec un demi-sourire. Il vaudrait mieux le laisser ici avec papa.

Cela faisait des années qu'Andi n'avait pas monté à cheval. Pas seulement monter, mais faire tout ce qui allait avec et qu'elle avait toujours aimé pratiquer. Attraper le cheval et le conduire à l'endroit où il pouvait être attaché. Brosser la boue séchée qui le gênait sous la selle ou la sangle. Nettoyer les sabots pour enlever les cailloux. Toutes ces tâches lui étaient si familières. La sensation et l'odeur de ce corps immense et chaud. Le coup de tête amical qui essayait de lui faire comprendre qu'il voulait aussi le morceau de carotte qui restait dans sa poche.

Trois chiens de troupeau, dont Bess, attendaient patiemment pendant que Jack emmenait Andi dans la grange pour trouver une bombe à sa taille et rassembler le harnachement pour les chevaux. Il vint vérifier que les boucles de la sangle étaient bien serrées lorsqu'elle eut mis la selle sur Mary.

— Je ne veux pas d'autre accident sous ma responsabilité, murmura-t-il.

Ils partirent au trot le long de la longue allée, traversèrent la route principale, puis Jack se pencha depuis le dos de Custard pour ouvrir la barrière métallique et les laisser entrer dans le premier enclos, vide. Celui-ci était parsemé de touffes d'herbe et assez plat près de la route, mais grimpait en pente plus loin, où le sol plus escarpé et rocailleux ralentissait la progression. Les chiens s'élancèrent dans une course joyeuse, Meg aboyant sans discontinuer, en direction de la prochaine barrière au sommet de la colline, et Custard secouait la tête, réclamant une bride plus lâche pour pouvoir courir lui aussi. Jack se tourna vers Andi.

— Ça va ? demanda-t-il.

— Très bien.

Elle savait qu'elle souriait jusqu'aux oreilles. Elle était déjà aux anges. Jack lui rendit son sourire.

— Allons-y, alors…

Il claqua la langue, relâcha les rênes et Custard partit au galop. La petite jument baie n'était pas prête à se laisser distancer. Andi se pencha en avant pour alléger le poids sur le dos de sa monture. Jack regarda par-dessus son épaule. Il souriait à nouveau alors que la course s'intensifiait.

— Tu sais monter à cheval, pas vrai ?

— Un peu.

Oh… il avait à nouveau ce regard admiratif, et cette sensation dans le bas de son ventre n'était pas entièrement due aux mouvements de la jument sous elle. Ils se connaissaient tellement mieux maintenant. Ils avaient peut-être réussi à maintenir une relation strictement professionnelle, mais il y avait des moments comme celui-ci où Andi se rappelait ce qui couvait entre eux depuis leur première rencontre.

Elle serra les jambes contre Mary et repartit. Une autre montée rapide et un saut par-dessus un fossé lui apportèrent exactement la libération physique dont elle avait besoin.

Ils arrivèrent au sommet de la colline en quelques minutes, et la vue était spectaculaire. Ils pouvaient voir la commune de Cutler's Creek d'un côté, la mosaïque de terres agricoles et de collines traversées par les veines d'une rivière et de ses affluents, et, au loin, ils apercevaient un lac miroitant et les sommets imposants des chaînes de montagnes.

Andi observa Jack à la dérobée. Il portait son T-shirt noir préféré et avait les bras nus. Ainsi que le chapeau de cow-boy qui faisait tellement partie de son look. Il était beau.

Mais pas seulement beau, n'est-ce pas ? Il était... de très bonne compagnie.

Il était exactement comme son père. Deux hommes de la campagne, au grand cœur et dotés d'une multitude de compétences dont un citadin ne pouvait que rêver. Ils étaient tous deux vétérinaires, et Andi avait suffisamment observé et discuté de leur travail avec eux au cours de la semaine pour savoir qu'ils étaient tout aussi passionnés qu'elle par le soin des animaux. La différence entre eux était que, si elle aimait beaucoup Dave Dunlop, son fils Jack lui inspirait une attirance qu'elle combattait.

Et plus elle apprenait à le connaître, plus cela devenait difficile, car il ne s'agissait pas seulement d'apparence ou d'alchimie. C'était un homme en qui on pouvait avoir confiance. Qui était même digne d'admiration. Et cela brouillait les limites bien définies de sa zone de confort. Un peu comme le fait de renouer avec un endroit où elle n'avait jamais voulu retourner. Elle était encore capable de contrôler ses émotions. Mais cela la déconcertait de les sentir si proches de la surface.

Jack faisait la démonstration de ses admirables talents de berger. Il se tenait en selle, pivotant sur lui-même pour changer rapidement de direction, dirigeant ses chiens à l'aide de sifflements et de cris, rassemblant les moutons en un troupeau compact et contrôlé, et... c'était incroyablement sexy de le regarder faire.

Non qu'Andi ait le temps de s'attarder à le contempler. Elle recevait presque autant d'instructions que les chiens tandis qu'ils déplaçaient les moutons vers un autre pâturage où il y avait plus de nourriture. Avec l'aide de Mary, Andi parvint à suivre les changements de direction et de vitesse nécessaires pour que les moutons continuent d'avancer en bloc.

Elle était à bout de souffle lorsque Jack ferma la barrière du nouveau pâturage, une fois tous les moutons en sécurité. Les chiens avaient sauté dans un abreuvoir en béton rempli d'eau pour se rafraîchir, et Andi et Jack mirent pied à terre pour laisser les chevaux se reposer un peu.

Ils s'appuyèrent contre la barrière pour regarder les moutons brouter l'herbe fraîche.

— C'est quoi, ces taches de peinture de différentes couleurs sur leur tête ? demanda Andi.

— Les taches bleues indiquent que les brebis portent des jumeaux. Je devrai les séparer la semaine prochaine et leur donner un supplément de nourriture.

— Je vois aussi une tache rose. Là-bas...

— Des triplés. Les brebis n'ont que deux mamelles, donc les jumeaux, c'est facile, mais un de plus, ça peut être trop, alors on en enlèvera probablement un pour l'élever au biberon. Je m'assurerai que ce soit un agneau mignon et ton vœu se réalisera, dit-il en la regardant. Il sera tout à toi.

Les yeux d'Andi s'écarquillèrent lorsqu'elle se tourna vers lui, et elle réalisa alors à quel point ils étaient proches.

— Tu as dit que tu en voulais un.

La voix de Jack était sexy et rauque. C'était comme s'il disait : « Tu as dit que tu me voulais... » Andi déglutit. Elle ne pouvait détacher son regard de lui. Quelque chose était en train de changer. Elle savait qu'elle devait essayer d'empêcher ça, mais... elle ne voulait pas. C'était irrésistible.

Une conversation silencieuse s'engagea entre eux. La lueur de surprise dans les yeux de Jack se transforma en autre chose.

Andi n'avait aucune idée du message qu'elle envoyait, car son cerveau était complètement embrouillé. Elle essaya de détourner le regard, mais ne réussit qu'à le baisser. Sur les lèvres de Jack. Juste à temps pour voir le sourire appréciateur s'effacer alors qu'il inclinait la tête.

Pour l'embrasser ?

Andi leva les yeux et vit la question dans le regard de Jack.

Le voulait-elle ?

Andi ne parvint pas à articuler un mot, mais elle était certaine que ses pensées se lisaient sur son visage.

Oh ! oui...

5

— Qu'est-ce que c'est ?

— Aucune idée. Ça a été mâché.

Jack déplaça l'extrémité du tube endoscopique pour mieux voir quelque chose qui paraissait partiellement enfoncé dans l'estomac du jeune chien.

— C'est sans aucun doute du plastique, ce qui explique pourquoi cela apparaissait mieux à l'échographie qu'à la radio. Oh… attends. Ce sont des *jambes* ?

Andi se rapprocha pour regarder l'écran. Elle ne s'était pas trouvée aussi près de lui depuis qu'ils avaient été sur la colline, une heure environ auparavant. Quand il l'avait embrassée…

Oh ! bon sang… qu'est-ce qui lui avait pris ?

Il n'avait pas réfléchi, c'était ça le problème. Il avait cédé à une attirance qui était là depuis le début, alors qu'il savait parfaitement que c'était une faiblesse dont il devait se méfier.

Non que ce n'eût pas été un bon baiser. Cela avait même été un baiser *incroyablement* bon. Mais il ne l'avait pas prévu, et même si Andi avait semblé parfaitement heureuse de céder à cette impulsion, ils avaient tous deux été un peu abasourdis après coup, n'est-ce pas ?

L'un des chiens, Bess sans doute, avait renoncé à se baigner dans l'abreuvoir et décidé de venir près de Jack, se secouant vigoureusement et les aspergeant tous les deux d'eau froide et sale. Le baiser avait été aussitôt interrompu, mais quelque chose flottait encore entre eux. Il ignorait quoi, mais ils étaient restés là tous les deux, à se regarder, groggy.

Jusqu'à ce que son téléphone se mette à sonner. Dave le prévenait qu'un patient en urgence venait d'arriver à la clinique. Il avait toutefois été soulagé que ce moment soit brisé. Qu'ils aient ainsi une autre chose sur laquelle se concentrer, sans compter la distraction physique de remonter à cheval et de descendre la colline aussi vite que possible.

— On dirait une occlusion intestinale, dit Jack à Andi dès qu'ils furent en chemin. Un jeune chien qui ne mange plus et vomit depuis plus de vingt-quatre heures. Il ne laisse personne toucher son abdomen et il est agité, il souffre manifestement.

— Ils ont une idée de ce qu'il a pu manger ?

— Non. Mais Rufus était un chiot destructeur. Du genre qui s'ennuie quand les enfants sont à l'école.

Ils galopaient en silence sur le terrain plat. Jack était légèrement devant Andi et sûr de sentir son regard dans son dos. À quoi pensait-elle ? Avait-elle autant apprécié ce baiser que lui ? Est-ce qu'elle... voudrait recommencer ?

Non qu'il ait l'intention de le découvrir. Même s'il n'avait pas été confronté aux fantômes de son passé, avec quelqu'un qui lui rappelait son ex-femme, Jack imaginait sans mal ce que son père dirait s'il apprenait qu'il séduisait leur invitée. Il devait penser à autre chose. Vite.

— Quel est l'objet le plus bizarre que tu aies jamais retiré d'un chien ? demanda-t-il.

— L'extrémité d'une balayette pour toilettes. Et toi ?

— Je ne peux pas rivaliser avec ça. J'ai déjà récupéré des cailloux, une balle de golf, des élastiques à cheveux et plusieurs chaussettes. Des sous-vêtements, une fois.

— Ça vaut bien une balayette pour toilettes. Je me demande ce que ce sera cette fois-ci.

— Espérons juste que ça ne nécessite pas d'opération. Je ne sais pas pour toi, mais moi, je meurs de faim...

Ils avaient retardé le dîner pour profiter de la lumière du jour afin de déplacer les moutons, avec l'intention de manger à leur retour, mais là, il semblait qu'ils risquaient encore d'attendre un moment avant de pouvoir passer à table.

Andi regardait l'écran avec une sorte de fascination.

— Oui... De drôles de pattes courtes. Et ça, c'est un bras.

— À mon avis, ça va être une figurine type Action Man. Ça me dit vaguement quelque chose...

— Tu penses que tu peux l'enlever par endoscopie ?

— Je vais essayer avec une pince à préhension, mais je n'aime pas les extrémités pointues qui ont été mâchées. Une perforation aggraverait la situation. Ouille, fit-il ensuite. Il y a du sang ici. Je pense qu'il y a déjà une perforation, on va peut-être devoir abandonner la solution rapide.

— Je vais prévenir la famille. Ça ne sert à rien qu'ils attendent ici toute la nuit.

— Tu veux bien faire l'anesthésie ? On peut tirer à pile ou face, si tu préfères opérer.

— C'est toi qui décides, répondit Andi.

Elle se dirigeait déjà vers la porte de la salle d'opération pour rejoindre le père et le fils inquiets qui avaient amené leur animal de compagnie bien-aimé.

— Je ferai tout ce que tu veux, ajouta-t-elle.

Oh... Non. Non, non, non... Pas question que Jack pense à quoi que ce soit de non professionnel qu'il pourrait être tenté de demander à Andi. Il n'allait pas écouter cette petite voix dans sa tête qui lui disait qu'Andi n'avait rien à voir avec son ex-femme et que, quoi qu'il se passe entre eux, ce ne pouvait être que passager, car elle n'avait pas caché son envie de retourner en ville. Son cerveau perfide lui suggéra même une nouvelle idée – qu'il pourrait peut-être se débarrasser pour de bon de ces fantômes en vivant une belle expérience avec quelqu'un comme Andi. Cela prouverait peut-être que l'échec de son mariage n'était pas entièrement sa faute, et qu'il pourrait enfin tourner la page et aller de l'avant.

Non… Elle était leur vétérinaire remplaçante.

Ils devaient travailler ensemble.

Elle vivait dans la même maison que lui. Et son père…

Cela ne pouvait pas se produire. Peu importait à quel point il mourait d'envie de l'embrasser à nouveau.

Sur le chemin du retour, Andi s'était convaincue qu'embrasser Jack avait été une très mauvaise idée et qu'elle ne voulait en aucun cas que cela se reproduise.

Bon, d'accord… elle avait peut-être été tentée de revenir là-dessus pendant qu'ils examinaient ce pauvre chien, surtout quand leurs mains n'arrêtaient pas de se frôler tandis qu'elle l'aidait à faire l'échographie et les radios, mais la partie raisonnable de son cerveau avait fini par l'emporter.

Jack Dunlop était tellement éloigné de sa zone de confort en matière d'hommes qu'il n'avait jamais été un candidat pour un baiser, encore moins pour permettre que cela se reproduise ou, le ciel lui vienne en aide, pour aller plus loin.

Parce qu'il était dangereux.

Il lui faisait ressentir des choses qu'elle ne voulait pas éprouver. Que, peut-être, l'attirance physique était trop forte. Que, même si elle n'avait aucune intention que cela arrive, on pouvait tomber amoureuse d'un homme comme Jack Dunlop. Les émotions – surtout celles aussi intenses que l'amour – étaient dangereuses parce qu'elles avaient le pouvoir de détruire votre monde. Elle devait garder le contrôle. Parce que c'était la seule façon de rester en sécurité.

Andi ne savait pas trop comment, mais elle réussit à chasser tout ça de son esprit alors qu'ils entamaient la tâche sérieuse que représentait l'opération. Elle anesthésia le chien déjà bien sédaté, s'assura de l'apport suffisant en oxygène, puis elle rasa le ventre, le désinfecta et positionna Rufus sur le dos pendant que Jack se lavait les mains. Il aurait été utile d'avoir un autre assistant, mais le rétracteur utilisé par Jack pour maintenir le champ opératoire ouvert et visible était presque aussi efficace.

Il n'y avait pas si longtemps, Andi avait vu ces mains s'affairer à des tâches de fermier, comme jeter une selle sur un cheval ou serrer des sangles, ouvrir des loquets de barrière ou nourrir sa meute de chiens. On aurait dit les mains d'une autre personne maintenant, totalement à l'opposé, couvertes de gants stériles et maniant des instruments chirurgicaux, scalpels et pinces, avec une habileté et une précision qui permettaient à Andi de se détendre et de simplement observer.

Mauvaise idée, songea-t-elle quelques instants plus tard. Car son regard restait fixé sur les mains de Jack, et elle repensait à ce qu'elle l'avait vu faire avec plus tôt dans la soirée. Ou plutôt, de ses sensations à elle. Elle pouvait encore sentir la façon dont il avait pris son menton entre son pouce et son index – une version relâchée de celle dont il les tenait entre ses lèvres lorsqu'il sifflait ses chiens – alors qu'il baissait la bouche pour toucher la sienne. Elle avait été tout aussi consciente du contact de ses doigts que de la façon dont les lèvres de Jack bougeaient sur les siennes. Elle avait voulu que ces doigts se déplacent vers d'autres parties de son corps, n'est-ce pas ? Puis elle avait senti sa langue contre la sienne et avait perdu toute capacité à réfléchir, jusqu'à ce qu'ils soient aspergés par l'eau glacée de l'abreuvoir, grâce à Bess. Le choc les avait séparés d'un sursaut, mais il y avait eu un moment où ils s'étaient juste regardés, avec une intensité… qu'Andi n'avait jamais ressentie de toute sa vie.

Elle observait toujours ses mains tandis qu'il localisait l'objet que le chien avait avalé, et prit un haricot pour le recueillir. Elle entendait le tic-tac régulier du moniteur cardiaque et voyait que tous les signes vitaux du chien étaient normaux, elle pouvait donc profiter de ce répit pour laisser son esprit vagabonder. Ce qu'elle avait ressenti après ce baiser serait-il une raison suffisante pour vouloir que cela se reproduise ? Et si ce sentiment totalement nouveau n'était pas quelque chose qu'il lui fallait fuir ? Si c'était un élément important qui manquait à sa vie sans qu'elle le sache ?

Peut-être que ce serait une bonne idée de passer un peu plus de temps seule avec Jack ?

— Ah ! s'exclama soudain ce dernier. Je sais ce que c'est.

Andi, brusquement tirée de ses pensées, le fixa sans un mot.

— J'en avais un quand j'étais gosse, dans les années 1990. C'était une publicité dans les stations-service. Pas vraiment des jouets, plutôt des objets à collectionner pour célébrer les fameux All Blacks. Je crois me souvenir que celui-ci était le plus recherché.

La forme indistincte en plastique tomba dans le haricot qu'Andi tenait dans ses mains avec un bruit sourd. Elle l'examina. C'était une figurine avec une tête surdimensionnée, vêtue d'un maillot noir et d'un short.

— C'est Jonah Lomu, dit Jack. Tu n'aimes pas le rugby ?

— Pas vraiment, non...

— Quelqu'un va vouloir le récupérer. Il sera peut-être un peu déçu que ses jambes aient été amputées sous les genoux, mais ça surpasse ta balayette de toilettes, non ?

— Tout à fait. Tu mérites largement le premier prix.

Andi percevait le sourire dans la voix de Jack. Elle voyait les rides au coin de ses yeux. Elle la ressentait à nouveau. Cette sensation étrange, quelle qu'elle soit, provoquée par la façon dont son regard retenait le sien – comme s'il pouvait voir directement dans son âme. Et elle n'aimait pas ça.

Et s'il voyait ce que sa grand-mère avait vu ? Qu'elle ne méritait pas d'être admirée, encore moins aimée ?

Qu'il avait eu raison de ne pas vouloir qu'elle reste là ?

Cette pensée était suffisamment dérangeante pour qu'elle détourne le regard. De plus, il était temps de vérifier à nouveau les signes vitaux de leur patient.

— Bon, fit Jack, s'éclaircissant la gorge. Réparons cette perforation, puis nous pourrons refermer.

Mais il releva les yeux un instant plus tard.

— En parlant de premier prix... Tu veux venir aux compétitions de chiens de troupeau ce week-end ? Ils ont besoin d'un vétérinaire, mais je serai aussi beaucoup plus concentré sur ma participation si quelqu'un veille sur papa et s'assure qu'il ne fait pas trop d'efforts pour sa première sortie.

Cette invitation n'était pas une occasion d'être seule avec Jack. Elle serait entourée de gens, avec son père comme chaperon, et donc en parfaite sécurité, à l'abri de toute intention qu'ils pourraient avoir de répéter ce baiser. Andi n'était jamais allée à des épreuves canines. Cela valait toujours la peine d'essayer quelque chose de nouveau, n'est-ce pas ?

— Bien sûr, se surprit-elle à répondre. Pingu peut venir ?

Pingu était absolument fasciné par les épreuves canines.

Il était assis bien droit aux pieds d'Andi, tremblant d'excitation avec la foule des spectateurs, les aboiements incessants des chiens de troupeau et le spectacle de ces derniers travaillant avec les moutons. Andi, qui tenait fermement sa laisse, était tout aussi fascinée, et reconnaissante à Dave, à ses côtés, de lui expliquer ce qui se passait pendant que les concurrents et leurs chiens étaient sur le parcours.

— Ça, c'est la chasse en zigzag pour les huntaways, les conducteurs de troupeau. Il faut une belle colline escarpée comme celle-ci, les trois moutons sont lâchés en bas et le chien doit les faire remonter en zigzag entre ces balises et passer le fossé entre les deux barrières en haut de la colline. Le chien doit toujours faire face aux moutons et non à son maître. C'est pourquoi on les appelle des huntaways : ils éloignent les moutons du maître. Les chiens de tête ramènent les moutons vers leur maître.

— Oh... c'est au tour de Jack. Regarde...

— Je ne serais pas surpris que Meg gagne, en l'absence de Jed. Tout dépendra de la coopération des moutons, bien sûr. Les plus récalcitrants peuvent être impossibles. L'un d'eux va s'enfuir et les autres le suivront.

Andi observait Jack avec autant d'attention que Pingu, écoutant ses sifflements et ses cris, retenant son souffle tandis que Meg conduisait les moutons à travers la première série de balises, puis les faisait changer de direction. Il semblait très à l'aise, grand, sûr de lui, vêtu d'un jean, de bottes en caoutchouc et de la chemise à carreaux rouges et noirs caractéristique des hommes de plein air. Il tenait même une houlette de berger, et Andi se surprit à le regarder plutôt que de suivre la progression des moutons sur la colline.

En repensant à ce baiser...

Lorsque la course prit fin et que les applaudissements et les sifflets des spectateurs indiquèrent que Jack et Meg s'étaient très bien débrouillés, Andi vit Meg, qui ne semblait pas ralentie par sa grossesse, redescendre la colline à toute vitesse en réponse au sifflement de Jack. Elle s'enroula autour des jambes de son maître, remuant la queue et le regardant avec adoration, et Andi se surprit à sourire lorsque Jack se pencha pour lui donner un peu d'amour, ébouriffant ses poils et lui tapotant le dos. Même à cette distance, elle pouvait sentir le lien qui unissait l'homme et la chienne. Être gentil avec les chiens, c'était... Eh bien, c'était sacrément sexy, voilà tout.

Tout le monde se connaissait ici et il semblait que toute la communauté voulait parler à Dave et Jack. Maureen arriva et insista pour que Dave se repose un moment. Elle l'emmena s'asseoir dans le pick-up et manger des hot-dogs, provenant d'un barbecue destiné à collecter des fonds pour une association caritative locale. Andi n'était pas seule pour autant. Elle n'était dans le coin que depuis peu, mais elle ne se sentait pas étrangère. Elle reconnaissait certaines personnes qui étaient venues à la clinique vétérinaire, et Terry était là avec Jed, qui portait sa genouillère.

— Je vais le remettre dans le camion dans une minute, dit Terry. Je viens voir Jack et Bess dans la course à l'enclos.

— La quoi ?

— C'est une épreuve pour chien de tête : le chien doit conduire les moutons le long d'un parcours balisé, franchir des obstacles, puis les rassembler dans un enclos. La seule chose que le maître-chien a le droit de faire pour l'aider, c'est de tenir la porte de l'enclos ouverte. Ils ont jusqu'à quatorze minutes, mais j'ai vu Jack et Bess le faire en moins de sept.

Sept minutes. Ce n'était pas long, mais bien assez.

Trop long, même, si elle devait passer tout ce temps à regarder Jack Dunlop et à repenser à ce baiser. À ressentir ces délicieuses sensations qui naissaient au plus profond de son ventre et se propageaient comme un feu liquide dans tout son corps chaque fois qu'elle se remémorait le contact de ses lèvres sur les siennes. Plus elle y pensait, plus Andi se convainquait qu'elle voulait que cela se reproduise. Pour savoir si ce serait aussi bon que la première fois. Pour voir si cela irait plus loin. Pour découvrir ce qu'elle avait peut-être manqué en évitant le genre d'homme qu'elle avait toujours considéré comme totalement incompatible avec elle.

Après tout, elle l'avait dit elle-même : quelle que soit l'issue, l'expérience acquise valait presque toujours la peine d'essayer quelque chose de différent.

Jack imbiba la gaze de solution antiseptique et nettoya délicatement autour d'une des broches fixant l'orthèse au crâne de son père. Puis il sécha la peau avec une autre gaze.

— Ça a l'air bien, papa. La peau n'est ni rouge ni suintante. Tu as mal ?

— J'ai un peu mal à la tête, mais je suis resté debout beaucoup plus longtemps aujourd'hui.

— J'aurais dû demander à Maureen de te ramener à la maison plus tôt.

— Et rater l'occasion de te voir recevoir tous ces rubans ? rétorqua Dave, avec un sourire fatigué mais heureux. Ça a été une journée formidable. Je pense qu'Andi a apprécié ces moments autant que nous. Pingu oui, en tout cas. Je crois qu'il a attiré plus d'attention que tous les chiens de troupeau. Tous les enfants sont venus le caresser.

Jack grogna. Andi et Pingu avaient peut-être passé un bon moment, mais si les gens les avaient autant remarqués, c'était parce qu'ils détonnaient clairement dans une ferme de montagne. Personne ne leur aurait accordé un regard s'ils avaient été assis dans un café branché d'une grande ville.

Non… ce n'était pas vrai. Andi aurait attiré les regards partout, surtout ceux des hommes. Il en avait remarqué quelques-uns braqués sur elle lors des épreuves aujourd'hui. Quelqu'un devait avertir ces jeunes fermiers de ne même pas y penser. Ces filles de la ville pouvaient tomber amoureuses d'un garçon de la campagne et être tout à fait prêtes à relever le défi de vivre au milieu de nulle part, mais elles s'ennuieraient vite et se désintéresseraient de tout, y compris d'eux, et tout le monde serait malheureux.

Comme ça avait été le cas pour lui.

Il avait eu l'impression que c'était sa faute. Il était incapable de vivre en ville. Sa femme n'était pas heureuse à la campagne. Être avec lui ne lui avait pas suffi.

Lui-même ne lui avait pas suffi. Pas étonnant qu'il ait depuis des années évité de s'engager avec quelqu'un. S'il ne restait pas trop longtemps avec une femme, elle ne pourrait pas découvrir qu'il était un raté dans les relations à long terme.

— Tu as fini ? demanda Dave, le tirant de ses pensées.

— Oui.

— Bien. Je dois encore me brosser les dents et Andi est probablement rentrée de sa promenade. Elle va sûrement vouloir prendre une douche après la journée à la ferme. Elle préférerait sans doute avoir plus d'intimité.

Jack ne voulait pas penser à Andi sous la douche. Debout, nue, sous un jet d'eau chaude. Avec peut-être une cascade de bulles de shampoing coulant le long de son dos… Oh ! bon sang… allait-il jamais pouvoir oublier ce baiser ? Il dut faire un effort pour se reconcentrer sur ce que disait son père.

— Tu penses à la petite dépendance ?

— Oui. Andi n'est pas sur le point de s'enfuir à Auckland, et je pense qu'elle apprécierait d'avoir un peu plus d'espace pour elle.

Son propre espace ? En dehors de la maison ? À l'écart de son père ? Un espace… privé ?

— Je passerai voir demain si on peut rendre la dépendance plus habitable après le passage des tondeurs, poursuivit Dave.

Jack eut besoin de secouer la tête pour s'éclaircir les idées.

— Je peux m'en occuper. J'irai quand tu seras couché. Je veux m'assurer que Meg n'a pas trop forcé aujourd'hui. L'arrivée des chiots est pour bientôt.

Il apporta à Meg un peu du poulet rôti qui restait du dîner et s'assura qu'elle avait un nid confortable fait de couvertures dans sa niche. Il la ferait bientôt monter à la maison et elle pourrait vivre dans la buanderie pendant qu'elle élèverait ses petits. Cela risquait de déplaire à Bess, car celle-ci était la seule chienne de la ferme à vivre à la maison, mais cela faisait déjà un certain temps qu'elle avait cessé de grogner après Pingu. Elle avait même laissé le petit chien s'asseoir à côté d'elle lorsqu'ils avaient regardé les autres concourir aujourd'hui.

Pingu avait-il vu cela comme un dégel dans leur relation ? Était-ce pour cela qu'il bondit hors de l'ombre de la grange lorsque Jack et Bess s'éloignèrent des niches ? Bess se figea.

— Tout doux, ma fille, murmura Jack.

Andi apparut également au coin de la grange. Le clair de lune donnait un aspect intéressant à ses cheveux blonds, les rendant argentés plutôt que dorés.

— Tu as fait une longue balade ce soir, dit-il.

— On a travaillé, répondit Andi. Je crois que Pingu veut apprendre à devenir chien de berger. On s'est entraînés à aller à droite et à gauche. Je vais devoir m'entraîner à siffler, de mon côté.

Andi porta ses doigts à ses lèvres et souffla, mais aucun son ne sortit. Jack éclata de rire.

— Tu es bien une fille.

— Tu ne peux pas dire ça, protesta Andi, outrée.

— Je le faisais déjà à l'école primaire.

— Je n'en doute pas.

Andi semblait avoir du mal à réprimer un sourire. Jack la regarda dans les yeux.

— Mais nous sommes adultes maintenant, je suppose que je devrais m'excuser d'avoir dit ça.

Elle soutenait son regard. Et quelque chose était en train de changer. Il y avait un sous-entendu dans cette plaisanterie qui poussa Jack à se demander si elle repensait à ce baiser.

Parce que lui, c'était certain…

Ça allait se reproduire.

Jack était sur le point de l'embrasser, et cette sensation fondante était incontrôlable. Elle avait même les genoux qui faiblissaient. Tout son corps fondait, et Andi avait le terrible pressentiment que toute la volonté dont elle aurait besoin pour empêcher ce baiser d'avoir lieu l'abandonnait.

Jack a raison, lui disait la partie de son cerveau qui n'était pas raisonnable. *Vous êtes tous les deux adultes. Tu as le droit de l'embrasser. Tu sais que tu en as envie.* Ce serait le cœur qui l'emporterait sur la raison. Il n'en était pas question. *Pourquoi pas ? Tu ne vas pas épouser ce type. Ni même tomber amoureuse de lui. C'est juste comme des vacances.*

Ce serait totalement contraire à l'éthique professionnelle.

Ce n'est pas pendant les heures de travail, n'est-ce pas ?

La voix s'estompa à mesure que le visage de Jack se rapprochait. Un sentiment de déjà-vu. Sauf qu'elle n'était pas appuyée contre une barrière de ferme alors qu'il faisait encore jour. L'obscurité et l'intimité de la nuit les enveloppaient, et il faisait assez froid pour que le premier contact des lèvres de Jack soit aussi brûlant que des flammes.

Andi eut immédiatement la réponse à sa question. Ce baiser était aussi bon que le premier. Mais il s'intensifia encore lorsque

Jack posa les mains sur ses épaules et l'attira à lui jusqu'à ce que tout son corps soit contre le sien.

Doux Jésus...

Andi tenta de reprendre le contrôle dès qu'elle put respirer à nouveau, mais sa voix trahissait son indécision.

— On ne devrait pas faire ça.

Est-ce que Jack lui *souriait* ?

— Tu n'en as pas envie ?

Andi essaya de dire non, mais le mot ne sortit pas.

— Qui le saura ? murmura-t-il.

— Ton père, pour commencer, tenta faiblement Andi. Et il pourrait le dire à son ami Warren, qui pourrait changer d'avis au sujet de mon statut d'associée dans sa clinique en raison de mon comportement peu professionnel, et... et ce partenariat est quelque chose que je veux vraiment, vraiment. C'est la seule raison pour laquelle j'ai accepté de venir ici.

— Personne n'a besoin de le savoir. Pas même papa.

— On vit sous le même toit.

— Ah... C'est pour ça que je suis là. Papa a pensé que tu aimerais avoir ton propre espace, alors je vais aller voir si la maisonnette des tondeurs est en état.

Il ne lui souriait plus. Cependant, il la regardait avec une intensité qui fit frissonner Andi.

— Viens avec moi, dit-il doucement. On ira voir ensemble si ça te convient. Il n'est pas nécessaire que ce soit parfait. Je veux dire... ce n'est pas pour toujours, n'est-ce pas ? Tu pourrais essayer une nuit ou deux, et si ça ne te convient pas, on n'en parlera plus. Ou tu pourrais en profiter pendant le reste de ton séjour ici. C'est toi qui décides. Aucune obligation.

Andi ne pouvait plus respirer. Jack ne parlait pas de l'utilisation de la dépendance, n'est-ce pas ? Il parlait exactement de ce à quoi elle avait trop pensé. Découvrir ce que ce serait d'être avec quelqu'un avec qui elle n'aurait jamais envisagé d'avoir une relation dans sa vie normale. Une partie du cerveau d'Andi lui soufflait que c'était une occasion unique. Combien de cow-boys allait-elle rencontrer à Auckland ? La question était : pouvait-elle vraiment faire confiance à Jack Dunlop ?

Puis elle se souvint du lien qu'elle avait senti entre Jack et son père. Elle repensa à la façon dont ses chiens le regardaient et à la manière dont il avait ébouriffé le pelage de Bess lorsqu'elle avait bien travaillé aujourd'hui.

Oui. Elle pouvait entièrement avoir foi en Jack.

— Oui, s'il te plaît..., murmura-t-elle. J'aimerais voir la maisonnette.

6

Jack avait presque oublié qu'Andi possédait un jean blanc.

Elle avait même suivi son conseil et acheté une combinaison de travail bleu vif à manches longues quelques jours auparavant, dans le magasin d'articles agricoles de Cutler's Creek. Elle la portait pour la première fois aujourd'hui et Jack se demandait comment elle réussissait à rendre sexy un vêtement aussi informe. Il la regarda rentrer les jambes de la combinaison dans ses bottes en caoutchouc noires ornées d'une bande rouge. Jack lui sourit par la portière ouverte de son pick-up. Il ne pouvait pas lui dire à quel point elle était sexy. Pas pendant les heures de travail, en tout cas.

— On dirait presque une vétérinaire de campagne, dit-il.

— Je me sens comme telle, répliqua Andi. Maintenant que tu me laisses enfin aller travailler dans une ferme. Bess vient aussi ? reprit-elle en regardant la banquette arrière.

— Oui. Elle m'accompagne toujours partout.

Andi lui lança un regard. Jack haussa les sourcils.

— Tu veux que le chien pingouin vienne aussi ?

— Et pourquoi pas ?

— Parce qu'il pourrait semer la pagaille.

— Pas s'il reste près de Bess. Tu sais bien qu'il se contente de la regarder. Il a commencé à copier tout ce qu'elle fait. Je crois qu'il est complètement amoureux...

— Va le chercher, alors, dit Jack avec un soupir. Mais fais vite. Marigold ne se sent pas très bien.

Elle courut maladroitement dans ses bottes en caoutchouc, ce qui le fit sourire. Elle ressemblait à une enfant qui jouait à se déguiser. Mais Jack savait à quel point Andrea Chamberlain pouvait être peu enfantine. Il avait en fait découvert un tout autre niveau d'amusement adulte dans la vieille dépendance l'autre soir, lors d'une expérience érotique qui l'avait… pris au dépourvu, pour être honnête.

C'était une femme passionnée. Et ce mélange captivant qui la rendait à la fois vulnérable, courageuse et aventureuse lui avait donné envie de ralentir le rythme et de faire durer le plaisir le plus longtemps possible.

Ils étaient rentrés discrètement dans la maison et Dave ne semblait pas s'être douté de quoi que ce soit lors du petit déjeuner le lendemain matin.

— Jack m'a dit qu'il t'a montré la petite maison. Qu'est-ce que tu en as pensé ?

Andi parut avaler précipitamment sa bouchée de toast, puis elle répondit en souriant, évitant le regard de Jack :

— Elle m'a bien plu. Avec ses pierres et sa vieille cheminée, c'est un bout d'histoire de Central Otago, non ?

— Fais-en ton chez-toi, alors. Et profites-en pendant que tu es là, conclut Dave.

Jack en avait lui-même à nouveau profité un jour ou deux plus tard, après que Maureen l'avait nettoyée de fond en comble et mis des draps propres sur le lit, mais en vérité, rien ne pourrait égaler la première fois, quand tout était un peu poussiéreux et vide et qu'ils avaient fait l'amour sur un matelas nu, à la lueur de la lune qui se faufilait à travers une fenêtre sale. Il s'était complètement trompé en pensant qu'Andi était une princesse, n'est-ce pas ?

Elle n'avait pas du tout paru rebutée par cette chambre vieillotte et ce lit rudimentaire.

— Tu ferais mieux de bien te tenir, murmura Andi à Pingu lorsqu'elle lui mit son harnais. C'est la première fois que je suis autorisée à accompagner une intervention à la ferme…

Ils se précipitèrent vers le pick-up. Ce qu'elle voulait vraiment aujourd'hui, c'était montrer à Jack sa capacité à sortir de sa zone de confort. Pas seulement le fait qu'elle puisse opérer loin d'une salle bien équipée et hygiénique dans une clinique vétérinaire. Elle souhaitait qu'il soit aussi impressionné par elle qu'elle l'était par lui. Qui aurait cru qu'un homme aussi sûr de lui, aussi viril, parfaitement à l'aise avec les chevaux, les chiens et les moutons, capable de siffler comme un pro même sans l'aide d'un sifflet ou de ses doigts, pouvait être aussi… tendre au lit ? Attentionné. Excitant. D'une drôlerie et d'un plaisir aussi irrépressible.

Andi n'avait eu aucune idée de ce qu'elle avait manqué.

Le sentiment d'être désirée, même si ce n'était que d'un point de vue physique, était quelque chose de très puissant.

Désirée. Appréciée. *Aimée*, même, pendant ces quelques minutes magiques où rien ni personne d'autre n'existait.

Elle savait bien qu'il était très peu probable qu'elle trouve quelqu'un comme Jack à Auckland. Et c'était son excuse pour se comporter de manière si inhabituelle pendant son séjour ici. Elle allait profiter au maximum du temps passé avec Jack Dunlop. Toutefois, elle voulait qu'il se souvienne d'elle pour autre chose que leur relation personnelle en dehors du travail. Elle aimerait qu'il envoie une référence élogieuse à Warren pour s'assurer que celui-ci n'oublie pas son offre de partenariat.

Elle se retrouvait donc dans une ferme pour voir une vache domestique nommée Marigold, et elle s'efforçait de se souvenir de tout ce qu'elle avait appris à l'école vétérinaire sur le traitement des problèmes de santé chez les ruminants. Elle soupçonnait Jack de trouver amusant de la jeter dans le grand bain. Elle ne s'était pas trompée. Il gara le pick-up avec tout leur équipement à l'arrière, à côté de l'enclos où la fermière, Glenys, les attendait.

— Voici Andi, dit-il à Glenys. Elle va examiner Marigold.

Andi observait déjà Marigold, une magnifique vache jersey aux grands yeux bruns et au visage qui trahissait sa douceur.

— Nous la trayons à la main, lui expliqua Glenys. Elle a perdu l'appétit, et sa production de lait a considérablement diminué.

Andi caressa le museau de Marigold.

— Il y a eu d'autres changements ? Elle a mis bas récemment ?

— Oui. On a enfermé le veau dans la grange pour qu'il ne soit pas dans ses pattes. Je pense que Marigold est soulagée de ne plus avoir à l'allaiter. Je crois qu'on va devoir commencer à nourrir le veau au biberon.

Andi sentait le regard de Jack posé sur elle tandis qu'elle examinait leur patiente, même s'il essayait de se fondre dans le décor en se baissant pour cueillir un long brin d'herbe. Du coin de l'œil, Andi voyait Bess qui observait la scène depuis la vitre arrière du camion. Et... oui, Pingu devait se dresser sur ses pattes arrière pour que sa tête passe dans l'encadrement de la fenêtre. Glenys tenait le licol de Marigold.

— On aime tous Marigold, dit-elle d'une voix étranglée. Nous l'avons depuis qu'elle est petite et elle fait partie de la famille. Les enfants seraient complètement dévastés s'il lui arrivait quelque chose.

Il était évident que Marigold n'était pas perturbée par la séparation d'avec son veau, ce qui suggérait que son comportement n'était pas normal. Andi remarqua également une asymétrie au niveau de l'abdomen de la vache lorsqu'elle la regarda par-derrière. Elle passa ses mains sur le ventre de Marigold, puis posa son stéthoscope contre la peau et commença à ausculter l'abdomen en tapotant fermement avec ses doigts. Elle entendit un bruit distinct, comme si elle frappait un tambour métallique, sur le côté gauche.

— Je pense qu'elle a un déplacement de la caillette à gauche, dit-elle à Glenys. C'est le quatrième estomac de la vache. Il se remplit de gaz, flotte comme un ballon et se déplace vers le côté gauche.

Jack mâchait le bout d'un brin d'herbe. Il acquiesça.

— J'ai entendu le *ping* d'ici.

— Ça peut se soigner ? demanda Glenys. Est-ce que c'est dangereux ?

— Ça peut l'être, répondit Andi. Mais on peut arranger ça.

— Avec une opération, confirma Jack. On pratique une incision dans le flanc droit, on trouve ce qui ressemble à un ballon de basket sur le côté gauche, on fait sortir l'air et on remet la caillette dans sa position normale. On peut la recoudre au muscle pour s'assurer que cela ne se reproduira pas.

— Mon Dieu... fit Glenys, appuyant son front contre le cou de Marigold. Ça a l'air grave.

— Tu serais surprise, dit Jack d'un ton rassurant. J'ai vu des vaches se remettre à brouter dès qu'elles étaient recousues. Elle se sentira beaucoup mieux quand tout sera réglé.

Il laissa tomber le brin d'herbe et croisa le regard d'Andi.

— Je vais préparer l'intervention, d'accord ?

Marigold n'était pas la seule à se sentir beaucoup mieux une fois l'opération terminée. Andi poussa un énorme soupir de soulagement que tout se soit bien passé.

Glenys aussi. Elle regardait Andi faire les derniers points de suture pour refermer l'incision.

— C'est très propre. Et ça ne gêne pas Marigold du tout.

— L'anesthésie locale n'a pas encore disparu, dit Andi, mais elle va bien. Surveillez-la et prévenez-nous si vous remarquez un écoulement ou un gonflement.

— Merci beaucoup, Andi. J'avais entendu dire que tu étais douée. Terry n'a pas arrêté de chanter tes louanges après que tu as opéré Jed. Comment va Dave ? ajouta Glenys à l'attention de Jack.

— Mieux. Il devra garder son corset encore quelques semaines et rester prudent quand il l'enlèvera, mais son médecin est satisfait de son évolution.

— Andi va donc devoir rester dans les parages pendant un certain temps ? lança Glenys en souriant à Andi. Dave devrait peut-être lever le pied et prendre sa retraite, un de ces jours.

— Ah, tu fais fausse route, Glenys. Andi est une citadine pure et dure. Il a fallu la forcer pour qu'elle vienne ici, et je suis sûr qu'elle est pressée de retourner à Auckland.

Andi se surprit à froncer les sourcils tout en vérifiant une dernière fois la plaie avant de vaporiser un pansement liquide dessus. Jack avait raison, bien sûr. Elle avait hâte de rentrer à Auckland. Dans son appartement chic près du front de mer qui offrait une vue spectaculaire sur le port. Il était situé en plein cœur de la ville la plus animée de Nouvelle-Zélande, avec un choix illimité de restaurants et de bars incroyables, ainsi que des salles de concert et des lieux où se déroulaient des spectacles de renommée internationale. Elle avait de magnifiques parcs où se promener avec Pingu et d'innombrables plages à proximité. Et ses cours de yoga, son entraîneur personnel et les pauses « puppuccino » avec Pingu dans son café préféré lui manquaient.

Alors pourquoi se sentait-elle vaguement blessée que Jack semble si enjoué à l'idée qu'elle veuille quitter Cutler's Creek ?

Il ne lui avait pas donné l'impression qu'il attendait avec impatience qu'elle retourne à Auckland la dernière fois qu'il était venu lui rendre visite dans la maisonnette, c'était certain. Elle avait au contraire eu l'impression qu'il serait heureux de partager son lit encore longtemps.

Aussi heureux qu'elle l'était de l'avoir à ses côtés ?

Ce n'était pas qu'elle fût vraiment blessée, bien sûr. Ils savaient tous les deux que ce n'était qu'une aventure temporaire. Quelque chose pour passer le temps avant qu'elle ne retourne là où était sa place. Une parenthèse avant que Jack ne se mette sérieusement à la recherche d'une gentille fille de la campagne qui serait heureuse de lui donner la grande famille dont il rêvait. Ils étaient tellement différents que cela ne pouvait être qu'une aventure.

Une relation purement sexuelle. Amicale et sexuelle.

Alors pourquoi avait-elle le sentiment qu'il y avait quelque chose de tapi sous la surface, qui n'aurait pas dû être là ?

Pourquoi cela lui donnait-il l'impression qu'ils devraient carrément s'abstenir de poursuivre leur relation, même si elle ne voulait pas être celle qui y mettrait fin ? De toute façon, ça allait se terminer un jour, n'est-ce pas ?

— Voilà. Je crois qu'on a fini.

Elle rangea le pansement liquide dans la boîte de matériel et s'apprêtait à la ramasser, mais Jack la devança.

— Je m'en occupe. Tu ne peux pas faire tout le travail. La nouvelle pourrait se répandre dans le coin, et quelqu'un lancera une pétition pour te convaincre de rester à Cutler's Creek.

Son sourire était nonchalant. Il s'éloigna en direction du pick-up et, pour une raison qu'elle ignorait, Andi eut du mal à ne pas le regarder. Elle se baissa pour ramasser un gant froissé et quelques emballages restés à terre.

Glenys était en train de détacher Marigold, mais elle observait Jack.

— Dommage que tu ne restes pas plus longtemps, dit-elle. Ça doit être une bouffée d'air frais pour les Dunlop d'avoir une femme dans les parages pendant un certain temps. Cela pourrait même suffire à convaincre l'un d'entre eux de passer à autre chose.

— Passer à autre chose ?

— Dave ne s'est jamais remis de la perte de la mère de Jack, mais tout le monde voit bien que Maureen et lui formeraient un couple idéal. Et quant à Jack... Ça fait presque dix ans. C'est largement suffisant pour s'en remettre.

Andi haussa les sourcils, mais Marigold tirait Glenys vers un coin d'herbe grasse. La vache se sentait manifestement mieux et réalisait qu'elle avait faim, ce qui était bon signe. Glenys jeta un coup d'œil par-dessus son épaule.

— Oui..., reprit-elle. Ce n'est pas parce que son mariage n'a pas marché qu'il doit rester célibataire toute sa vie, si ?

Tout était très silencieux.

Jack n'entendait que le bruit du moteur et celui des pneus tout-terrain qui roulaient sur la route de campagne non goudronnée. S'il jetait un coup d'œil par-dessus son épaule, il contemplait deux chiens heureux assis sur la banquette arrière, les vitres suffisamment entrouvertes pour leur permettre de respirer l'air frais, mais seule Bess était assez grande pour atteindre l'espace avec son museau. S'il regardait sur le côté, il voyait le profil d'Andi. Son joli nez retroussé et une mèche de cheveux plus courte qui s'était échappée de sa queue-de-cheval et bouclait devant son oreille.

Elle regardait droit devant elle à travers le pare-brise et quelque chose dans son langage corporel suggérait qu'elle était plongée dans ses pensées.

— Qu'est-ce qui te trotte dans la tête ?

Elle lui jeta un coup d'œil mais ne dit rien.

— Tu n'avais jamais pratiqué cette intervention avant, n'est-ce pas ?

Andi fit non de la tête.

— Tu t'en es très bien sortie.

— Seulement parce que tu m'as guidée. Je ne me serais probablement pas souvenue de faire l'incision du côté opposé, puis de passer la main comme ça pour trouver l'estomac. Ni où était le meilleur endroit pour le fixer.

Mais elle avait réussi. L'expression sur son visage quand elle avait le bras à l'intérieur de Marigold, concentrée sur le perçage de l'organe distendu pour libérer la pression de l'air, valait le détour. Cette réelle détermination à faire de son mieux était assez impressionnante.

— Tu as fait du bon travail, répéta Jack. Qu'importe si je t'ai guidée. Tu n'auras pas besoin de moi la prochaine fois.

Ils restèrent tous deux silencieux pendant un moment. Ils savaient qu'il n'y aurait sans doute pas de prochaine fois.

Andi sortit pour ouvrir le portail de la ferme qui menait à la route principale, mais évita de regarder Jack lorsqu'elle remonta dans le véhicule.

Bon… quelque chose clochait. Depuis leur première fois dans la dépendance… non, depuis leur premier baiser, il y avait quelque chose en suspens entre eux. Il avait vraiment pensé que rien ne pourrait surpasser la première fois qu'ils avaient fait l'amour sur le matelas nu dans la maisonnette poussiéreuse, mais, incroyablement, chaque fois était meilleure que la précédente. Ils commençaient à bien se connaître. Ils étaient assez à l'aise physiquement l'un avec l'autre pour que le sexe soit… eh bien, exceptionnel, voilà tout.

Et quoi qui flottât dans l'air, c'était suffisamment dense pour qu'il puisse presque le toucher. Une sorte d'électricité ? Ça ressemblait à des étincelles, c'était certain. Même un bref contact visuel suffisait à lui faire ressentir cela, et… Jack aimait ça. Beaucoup. Cette connexion entre eux le faisait se sentir de plus en plus vivant, augmentant son impatience de se retrouver seul avec Andi.

Mais ils étaient seuls, présentement, et… il ne sentait plus les étincelles.

Andi avait-elle appuyé sur un bouton pour les éteindre ?

Était-elle vexée qu'il l'ait guidée pour son opération ?

Ou… une seconde…

— Je ne t'ai pas froissée ? demanda-t-il. Quand j'ai dit à Glenys que tu avais hâte de retourner dans la grande ville ?

— Pourquoi ? C'est la vérité.

La route était déserte devant et derrière eux. Ils étaient assez loin de Cutler's Creek, entourés de champs parsemés de moutons et d'une chaîne de montagnes à l'horizon. L'accotement était suffisamment large pour s'arrêter, et c'est ce que fit Jack, sans même y réfléchir.

— Pourquoi on s'arrête ? lança Andi. Il y a un problème ?

— À toi de me le dire.

Andi soutint son regard. Pendant un instant, il crut qu'elle allait faire ce que les femmes savent si bien faire, à savoir prétendre qu'il n'y avait aucun problème alors qu'il y en avait clairement un, mais elle ne le fit pas.

— Tu ne m'as jamais dit que tu étais marié, lâcha-t-elle.

— Je ne le suis pas, riposta Jack, stupéfait.

— Mais tu l'as été.

— C'est de l'histoire ancienne. Quel rapport avec nous ?

Andi semblait maintenant déconcertée.

— Je ne sais pas. Je… Je pensais qu'on était amis, Jack.

— On l'est. Je ne couche jamais avec quelqu'un que je n'aime pas.

Son humour tomba à plat.

— Glenys t'a dit quelque chose ?

— Oui. Elle a dit qu'il était temps que tu tournes la page. Elle a raison, tu sais. Tu dois aller de l'avant si tu veux avoir cette tribu d'enfants dont tu rêves. À moins que tu ne penses avoir la chance d'avoir des triplés, comme ta brebis.

Sa tentative d'humour était encore pire que celle de Jack, alors celui-ci ne réagit pas, mais elle avait raison.

— Je vais peut-être en adopter, dit-il. Pour arriver au nombre souhaité.

Andi resta silencieuse et Jack se maudit intérieurement. Elle avait été orpheline très jeune. L'idée de l'adoption avait-elle touché une corde sensible peut-être encore à vif après tant d'années ? Non… elle était déjà contrariée bien avant sa remarque maladroite.

— Je ne comprends pas pourquoi tu es fâchée, dit-il. Pourquoi ça t'importe que mon mariage ait échoué ?

— Je ne suis pas fâchée. Je suis juste… surprise, je suppose.

— Que quelqu'un ait voulu m'épouser ?

Au moins, ça la fit sourire.

— Non… Peut-être que je suis surprise que ça n'ait pas marché. Tu es un type bien, Jack. Je te fournirais une bonne lettre de recommandation.

— Je m'en souviendrai, dit Jack en riant, puis il soupira. Je ne t'ai pas dit que j'avais été marié parce que c'est quelque chose auquel je préfère ne pas penser. J'ai rencontré Roz à Queenstown quand je venais de terminer mes études de vétérinaire. Elle était organisatrice d'événements et elle était douée. Plus c'était grand, mieux c'était, mais elle disait qu'elle était heureuse de tout abandonner par amour et de devenir la femme d'un vétérinaire rural. Jusqu'à ce qu'elle ne soit plus heureuse, c'est-à-dire quasiment juste après la lune de miel, lorsqu'elle a découvert ce qu'était la vie dans une petite ville de campagne. Nous avons tenu bon pendant un an – et même essayé de vivre en ville pendant un certain temps –, mais c'était insupportable pour nous deux et la seule issue était de nous séparer. Elle est partie à New York pour retrouver l'homme avec qui elle avait rompu pour être avec moi.

— Aïe… Je suis désolée.

— Ce n'était pas ta faute.

— Je suis désolée de t'avoir fait parler de ça.

Jack haussa les épaules.

— Ça devait finir par sortir. Tout le monde en sait trop sur toi dans un endroit comme Cutler's Creek. Ils m'observent depuis des années, attendant que je passe à autre chose, mais… ça risque encore moins d'arriver quand je sais qu'on me surveille.

— Je ne te surveille pas.

Jack rit.

— Non… C'est toi qui es surveillée. C'est pour ça que j'ai dit à Glenys que tu n'allais pas tarder à retourner en ville. J'aime ce qu'on vit, tous les deux, ajouta-t-il doucement. Et ça ne va pas durer, alors je préfère que ça reste entre nous.

Andi soutenait son regard.

— Moi aussi, j'aime ça, dit-elle.

Jack souriait à nouveau. Les étincelles étaient de retour. Si intenses dans l'espace confiné de la cabine du véhicule qu'il pouvait presque les goûter. Il les voyait même danser dans les yeux d'Andi. Tout allait à nouveau pour le mieux dans le meilleur des mondes. Il détacha sa ceinture de sécurité et se pencha vers elle. Un baiser s'imposait, n'est-ce pas ?

Juste pour sceller leur accord et s'assurer que tout était revenu à la normale.

7

Les jours passaient à toute vitesse alors que la charge de travail printanière montait en puissance.

En plus des tâches habituelles à la ferme et à la clinique, il y avait des bébés animaux partout. Les veaux étaient arrivés à la fin de l'hiver, les poulains, les chevreaux et les chatons naissaient et la saison des agneaux battait son plein. Les journées étaient longues et le temps changeait sans cesse – un jour il faisait chaud, le lendemain il pleuvait à verse, le vent soufflait si fort qu'il faisait tomber les fleurs des arbres fruitiers, et il y avait même une menace de neige tardive.

Andi portait un imperméable en toile cirée et ses bottes en caoutchouc pour aider Jack à conduire ses moutons dans une pâture derrière la bergerie alors que le jour déclinait. Ils n'avaient pas pris les chevaux cette fois-ci, car c'était la fin d'une longue journée et il commençait à pleuvoir. Il valait mieux terminer le travail le plus vite possible.

Jack conduisait son véhicule tout-terrain, une sorte de moto à quatre roues avec un siège assez large pour deux personnes et un plateau à l'arrière où les chiens pouvaient s'asseoir. Bess et Jazz les accompagnaient. Meg allait bientôt mettre bas et était restée à la maison avec Pingu et Dave, ce dernier étant désormais suffisamment mobile pour préparer le dîner.

La tâche d'Andi consistait à sauter pour ouvrir et fermer les barrières, et elle commençait à avoir assez froid pour se réjouir de la proximité du corps chaud de Jack sur la banquette étroite.

Qui aurait cru, alors qu'elle avait été horrifiée à l'idée que Warren l'envoie dans la clinique rurale de son ami et à celle de vivre dans une ferme pendant des mois, qu'elle puisse se retrouver dehors par tous les temps à faire le genre de travail vétérinaire rustique qui ne l'avait jamais attirée et... qu'elle finirait par aimer ça ?

Non qu'Andi n'eût pas hâte de retrouver sa vie prévisible et sécurisante en ville et ses conditions de travail confortables. Au contraire, elle allait les apprécier davantage après avoir connu un tel contraste.

Serait-elle également heureuse de se retrouver parmi des hommes qu'elle avait toujours considérés comme prévisibles et sûrs ? Des hommes qui ne donnaient ni n'exigeaient un niveau d'implication émotionnelle susceptible de menacer les limites sécurisantes d'une vie qu'elle s'était construite avec tant de peine. Des hommes qui n'avaient rien à voir avec Jack Dunlop. Mais c'était justement ce qui les rendait inoffensifs, n'est-ce pas ?

Andi n'était pas très convaincue de cette partie de son retour à son ancienne vie. Elle essayait de ne pas y penser, en fait, mis à part que c'était l'excuse parfaite pour profiter au maximum de cette parenthèse unique dans sa carrière.

Les moments secrets volés avec Jack avaient placé la barre très haut dans sa vie sexuelle, et il était fort improbable qu'elle puisse un jour revivre cela. Pour être honnête, Andi avait toujours cru que ce genre d'alchimie physique n'existait que dans les livres ou les films, pas dans la vraie vie.

Était-ce l'expérience de Jack qui le rendait si doué pour la recherche du plaisir partagé ? Ou cela venait-il du fait que leur relation était presque illicite, étant donné qu'elle était là à titre purement professionnel, pour rendre service à l'homme qui avait le pouvoir de lui offrir la carrière dont elle avait toujours rêvé ?

Non... elle savait qu'une étrange alchimie rendait cette... amitié avec Jack Dunlop si extraordinaire. Elle était sortie de sa vie réelle, ce qui lui permettait de prétendre être quelqu'un d'autre. Quelqu'un qui n'était pas entravé par le souci de ne rien faire qui puisse compromettre l'avenir qu'elle était en train de se construire ? Quand bien même Jack souhaitait une famille nombreuse, élément rédhibitoire en ce qui la concernait ?

Oui. C'était l'occasion d'essayer tout ce qu'elle n'avait jamais osé faire auparavant, et elle n'avait qu'à se rappeler que le temps lui était compté pour trouver le courage de se lancer.

Elle cligna des yeux pour chasser les gouttes de pluie et tenta de se concentrer sur la tâche à accomplir.

— Comment accède-t-on à la pâture ?

— Il y a une barrière entre ta maison et la bergerie. La pâture est protégée par des cyprès. Je te laisserai des manteaux pour les agneaux. Tu pourras voir les nouveau-nés depuis ta fenêtre et leur mettre leur manteau dès leur naissance.

— Des *manteaux* ?

— J'ai des modèles en plastique ou en feutre vendus dans le commerce, mais les meilleurs sont ceux que Maureen et son club de tricot fabriquent.

Andi rit à l'idée de femmes tricotant des manteaux pour des agneaux, mais Jack lui lança un regard sévère.

— Les basses températures, la pluie verglaçante et le vent glacial sont dangereux. L'hypothermie est la principale cause de mortalité chez les agneaux nouveau-nés. Je sais qu'ils ont leurs mères et cette haie épaisse de cyprès pour les réchauffer, mais les manteaux de Maureen sont très mignons et… j'aime prendre soin de mes bébés, conclut-il d'une voix aussi chaleureuse que son sourire.

Andi descendit du siège pour ouvrir la barrière. Une botte de jonquilles courageuses fleurissait à côté du poteau, ce qui lui procura suffisamment de plaisir pour compenser la difficulté d'ôter le crochet de l'anneau et d'ouvrir la barrière avec ses doigts à moitié gelés. Les chiens sautèrent du quad, prêts à se précipiter dans le pré où les moutons se blottissaient, le dos tourné contre le vent. Elle regarda Jack, debout derrière le volant, qui franchissait le portail avec le véhicule.

Il s'occuperait de ses propres bébés avec encore plus de dévouement que pour ces agneaux tout neufs, n'est-ce pas ? Elle l'imaginait dans dix ans avec quelques-uns de ses enfants, adoptés ou biologiques, serrés sur le siège du quad à côté de lui, impatients d'aider leur père pendant une nouvelle saison d'agnelage. La mère de ces enfants était quelque part, probablement pas très loin, étant donné l'antipathie de Jack pour les femmes qui vivaient en ville. Pendant un instant, Andi eut un sentiment troublant... Qu'était-ce donc ?

De l'envie envers un enfant inconnu qui allait peut-être être adopté par une vraie famille qui l'avait choisi parce qu'il était désiré, et qui aurait le genre d'enfance dont Andi n'avait pu que rêver ? Il aurait aussi un endroit incroyable où grandir et un papa très cool qui portait un chapeau de cow-boy.

Peut-être était-ce de l'envie envers cette femme inconnue qui allait conquérir le cœur de Jack et rester à ses côtés pour toujours ? Ou peut-être était-ce de la déception du fait qu'elle appartenait à un monde si différent et qu'elle ne pourrait jamais être cette fille de la campagne, cette femme maternelle ? Elle avait été une fille de la campagne autrefois. Elle avait vécu près d'ici, sur des terres entourées de ces montagnes magnifiques. Elle avait barboté dans l'eau claire des superbes lacs, profité du soleil estival et joué dans la neige en hiver. C'était le foyer dont elle avait été arrachée et qu'elle allait bientôt quitter à nouveau, cette fois pour toujours. La conscience de cette perte imminente ne lui faisait que prendre davantage conscience de combien elle appréciait la compagnie de Jack et combien elle allait chérir les souvenirs de ce temps passé ensemble avec lui.

— Tu peux rester près de la barrière, Andi, lui cria Jack. Ça ne prendra pas longtemps de rassembler toute la troupe, puis on pourra rentrer à la maison.

À la maison... ?

Cette région avait peut-être été son foyer autrefois, mais la vieille maison des Dunlop ne serait jamais son chez-elle. Andi n'était que de passage, et c'était pour ça qu'elle avait découvert les joies qu'une liberté temporaire, loin des contraintes habituelles, avait rendues possibles.

Lorsque Jack redescendit la colline, après avoir dirigé les moutons vers l'allée de la ferme, il avait sur les genoux deux agneaux nouveau-nés, noirs comme du charbon, tandis que leur mère trottait nerveusement à côté du véhicule.

— Il y en a une qui a commencé tôt, dit-il. Ils sont mignons, ces jumeaux, non ?

— Magnifiques, acquiesça Andi.

Elle regardait Jack conduire d'une main et tenir les agneaux fermement de l'autre, et elle sentit son cœur se serrer.

Oui... il était indéniable qu'Andi allait regretter certaines choses de la vie ici lorsqu'elle serait de retour dans la grande ville. Mais il y avait toujours un prix à payer pour essayer quelque chose de différent, et à ce moment-là, elle avait l'impression que tout valait la peine d'être vécu pour connaître ce sentiment de... bonheur, voilà ce que c'était.

Quelques jours plus tard, peu avant l'aube, un léger coup frappé à la porte de la chambre de Jack le tira d'un rêve très agréable. Il n'avait pas conscience de l'identité de la femme sublime qu'il embrassait en songe si passionnément, mais en sortant du sommeil, il se souvint d'une chevelure blonde ondulée et d'une paire d'yeux vert noisette assez singuliers.

Cela ne pouvait être qu'Andi, mais ce fut un choc lorsque la porte s'ouvrit et qu'elle apparut.

— Jack ? Tu es réveillé ?

— Maintenant, oui...

— C'est toi, Andi ? lança la voix de Dave dans le couloir. Il y a un problème ?

— Il y a une brebis juste devant la fenêtre de ma chambre. Je l'observe depuis un moment et je vois un sabot dépasser sous sa queue, mais il ne se passe rien et elle tourne en rond, se couche puis se relève aussitôt. Elle a l'air en détresse.

Jack enfila son T-shirt sur son torse nu. Heureusement, il s'était couché en caleçon, car Andi et son père se tenaient désormais tous deux dans l'embrasure de la porte.

— Enfile une tenue décente, fiston, ordonna Dave.

Andi semblait essayer d'éviter de regarder Jack.

— J'ai mon pyjama sous mon imperméable, dit-elle à Dave. Jack a juste besoin de s'habiller pour ne pas avoir froid.

— Il n'y a pas de temps à perdre.

Jack revêtit son jean et sa chemise en laine rouge et noir.

Dave recula pour le laisser passer.

— J'irais bien vous aider, mais je ne suis toujours pas d'une grande utilité avec ma tête dans une cage.

— Il nous faudra un petit déjeuner quand on aura sorti cet agneau coincé, papa. Rendors-toi si tu peux, mais ce serait super si tu voulais bien préparer des toasts et des œufs plus tard. J'ai l'impression que la journée va être longue.

La brebis était toujours au même endroit. Jack pouvait voir Pingu debout sur le lit d'Andi, derrière la fenêtre, ses petites pattes posées sur le rebord, qui les observait avec inquiétude. Bess les avait accompagnés, bien sûr, mais Jack lui ordonna de rester de l'autre côté de la barrière.

Bess se coucha par terre et posa son museau sur ses pattes.

Jack sortit un long gant vétérinaire de la trousse qu'il avait apportée de la clinique. Il s'apprêtait à l'enfiler lorsqu'il leva les yeux vers Andi.

— Tu devrais le faire, dit-il.

— Mais...

— Tu sais que tu en es capable. On dirait qu'une patte est repliée, c'est un problème courant. Elle pourrait mettre bas toute seule, mais ça risquerait de prendre un certain temps et c'est le premier de la file, alors on ne veut pas qu'elle se fatigue trop. Tu as remarqué la tache de peinture ?

— Oh... c'est rose... Ce sont les triplés...

— Mets le gant. Je vais te trouver du lubrifiant.

Jack fouilla à nouveau dans la trousse. Quelques instants plus tard, ils étaient prêts. La lampe frontale qu'Andi portait lui offrait une meilleure lumière que le soleil, qui commençait à peine à poindre à l'horizon. Le sol était froid, mais Andi n'avait pas hésité à s'agenouiller, avec son pyjama fin entre le haut de ses bottes en caoutchouc et le bas de son imperméable.

C'était tellement loin de l'image d'une princesse que Jack se sentit coupable d'avoir pensé ça d'Andi. Cela tournait également en dérision ses propos selon lesquels elle ne serait pas douée pour être vétérinaire de campagne – et qu'elle n'aimerait pas ça. Elle était tout à fait dans son élément. Et ne semblait pas sur le point de se plaindre des conditions dans lesquelles elle travaillait, ni de ce qu'elle avait à faire.

Jack maintenait la tête de la brebis pour qu'elle reste couchée et expliquait à Andi comment s'y prendre.

— Fais glisser ta main le long de l'épaule et essaye de trouver le pied de la patte qui est retournée.

— Oui... je l'ai trouvé.

— Garde ta main autour du sabot pour éviter de blesser la mère et fais avancer la patte.

La main d'Andi réapparut, ainsi que le deuxième sabot minuscule de l'agneau à naître. Jack sentit la brebis avoir une autre contraction. Il l'encouragea gentiment.

— Allez, ma belle. Pousse fort. Ça devrait marcher, là.

Et ça marcha. Le museau posé sur ses pattes avant comme un plongeur, l'agneau glissa rapidement hors du ventre de sa mère, le sac amniotique se déchirant au moment où il touchait le sol. Presque immédiatement, il leva la tête et la secoua, agitant ses oreilles comiquement grandes.

— Tourne-le vers le visage de sa mère, indiqua Jack. Elle sera occupée à le nettoyer et on pourra se concentrer sur le suivant.

— Oh ! regarde-le, fit Andi en prenant l'agneau. Il a les yeux et les oreilles noirs, comme Pingu. Il est trop mignon.

Le bébé suivant était déjà en train d'arriver et il avait la même couleur que le premier. Ils attendirent le troisième agneau, le soleil montant assez haut dans le ciel pour chasser la fraîcheur de l'herbe. D'autres moutons dans le pré s'approchèrent pour voir ce qui se passait, et Jack s'aperçut que plusieurs autres nouveau-nés étaient arrivés pendant la nuit. Ils étaient encore chancelants, mais ils étaient debout et tétaient le lait de leur mère. L'estomac de Jack gargouilla et il songea au petit déjeuner que Dave était en train de préparer.

— Il se peut que le résultat de l'échographie soit erroné, dit-il, mais on ferait mieux de vérifier. Je ne veux pas la laisser mettre bas seule un troisième agneau.

C'est Jack qui enfila le long gant chirurgical cette fois-ci. La brebis était tellement occupée à nettoyer son deuxième bébé qu'elle ne prêtait aucune attention à ce qu'il faisait. Andi était également très occupée à enfiler un manteau tricoté en patchwork sur le premier-né. Le troisième bébé était là, mais Jack ne sentait que sa queue.

— Celui-ci est petit, mais il se présente par le siège, dit-il à Andi. Je vais le repousser dans l'utérus et repositionner ses pattes. Il va falloir le tirer.

Une fois l'agneau sorti du ventre de sa mère, ils constatèrent qu'il était plus petit que ses frères et d'une couleur inhabituelle, principalement noir avec une poitrine blanche et une grande tache blanche sur le dessus de la tête. Il semblait étrangement mou, alors Jack le tint à l'envers et le secoua doucement.

— Qu'est-ce que tu fais ?

— Quand ils sortent les pattes arrière en premier comme ça, ça aide à évacuer le liquide des voies respiratoires.

Il posa alors le petit agneau sur le sol et ils le regardèrent tous les deux. Pendant un long, long moment, il resta parfaitement immobile. Jack vit des larmes monter aux yeux d'Andi, mais ensuite son visage s'illumina et il comprit que l'agneau avait dû au moins tressaillir. Il ressentit une chaleur envahir sa poitrine et se propager rapidement dans tout son corps. Malgré la faim et le froid, Jack se sentait incroyablement heureux. Lorsqu'il détourna son regard de l'expression d'Andi – qui se transformait en joie –, l'agneau secouait la tête avec suffisamment de vigueur pour suggérer qu'il allait survivre, mais qu'il avait besoin d'aide.

— Celui-ci est un peu plus petit que les deux autres, il ne pourra donc pas se battre pour téter. On doit absolument s'occuper de lui. Séchons-le un peu et essayons de lui faire avaler le colostrum de sa mère pour qu'il ait une bonne dose d'anticorps, puis nous le ramènerons à la maison.

Jack enveloppa l'agneau dans une vieille serviette et le tendit à Andi.

— On dirait que tu as ton premier bébé à nourrir au biberon. Papa pourra s'en occuper pendant qu'on sera au travail, mais tu peux le garder avec toi dans la maisonnette.

— Je vais l'appeler Lucky, dit Andi, rayonnante.

— Parce qu'il est en vie ?

— Et parce qu'il est chanceux. Pingu va t'adorer, assura-t-elle à l'agneau dans ses bras.

Lucky avait une grande boîte en carton, tapissée de journaux et de vieux sacs, pour dormir, et Dave descendait à la maisonnette pendant leurs heures de travail pour alimenter le poêle à bois afin de garder la pièce au chaud et de lui donner un biberon. Après quelques jours de lait enrichi au colostrum, l'agneau passa à un substitut de lait normal et s'épanouit. Andi mélangeait le lait en poudre et l'eau, versait le mélange dans un petit biberon et vissait la longue tétine en caoutchouc sur le goulot. Lucky était tellement impatient qu'il donnait presque des coups de tête dans le biberon, et, quand il commençait à téter, sa petite queue remuait plus fort que celle de Pingu, ce qui ne manquait jamais de faire sourire Andi.

— J'adore faire ça, dit-elle. J'avais oublié que j'avais élevé un agneau quand j'étais petite, mais quand j'ai senti sa petite tête pousser contre le biberon, je m'en suis souvenue.

— Tous les enfants de la campagne devraient avoir un agneau à élever.

Jack était venu dans la maisonnette, après que Dave était allé se coucher. Bess l'avait accompagné et se tenait à sa place habituelle, juste à côté de la porte, comme si elle comptait les minutes avant de pouvoir ramener Jack à la maison.

Elle allait devoir patienter un moment. Jack n'avait pas passé de soirée en tête à tête avec Andi depuis plusieurs jours et il avait l'intention de profiter au maximum de cette visite ce soir. Il n'allait toutefois rien précipiter, pas même cette veillée avant qu'ils ne finissent au lit. Ce genre d'instants passés ensemble étaient spéciaux à leur manière.

— Tu peux emmener ton agneau à la journée des animaux de compagnie à l'école, reprit-il. Et ils sont généralement si gros à ce moment-là qu'ils t'entraînent partout sur le terrain de rugby quand vient l'heure de la course d'agneaux.

— Tu as gagné un prix avec tes agneaux ? demanda Andi.

— Je crois que tout le monde gagnait un prix. Si ce n'était pas pour le plus gros agneau, c'était pour sa propreté ou sa gentillesse. J'ai gagné un prix pour ma soucoupe de sable une fois.

— Ta quoi ?

— C'est une tradition dans les écoles locales. Tu remplis une soucoupe de sable, puis tu la décores avec des fleurs, des feuilles, des brindilles et des cailloux. C'était toujours le jour que nous attendions avec le plus d'impatience, ajouta Jack avec un soupir heureux. Il n'y avait pas que des agneaux. Il y avait aussi des veaux et des poneys qui pouvaient participer au concours de déguisements et à la grande parade à la fin, qui se transformait généralement en chaos total. Une fois, un lapin s'est échappé et n'a jamais été retrouvé, et le chat de Barry Wrigley a mangé la souris de Jendi quand elle l'a fait tomber par accident. Elle a pleuré pendant une semaine.

— La pauvre. Il y avait des cochons d'Inde ? Dis-moi qu'il y avait des cochons d'Inde, dit-elle en riant, et il rit aussi.

Ils se rappelaient tous les deux combien il avait été cinglant à propos de ses compétences de véto de campagne, lorsqu'il avait dit qu'elle ne savait probablement soigner que des chiens de race en surpoids et des cochons d'Inde.

Quand il avait dit qu'il ne voulait pas d'elle ici. Il avait très vite compris à quel point il s'était trompé sur les compétences d'Andi en tant que vétérinaire. C'était sans doute aussi bien qu'il n'ait pas eu idée de combien il finirait par apprécier sa présence. C'était dans des moments comme celui-ci que Jack réalisait à quel point elle allait lui manquer.

Il se focalisa sur Lucky qui tétait les dernières gouttes de son biberon. Un jour, il voulait voir ses propres enfants nourrir des agneaux orphelins comme ça. Il voulait aller à l'école le jour de la fête des animaux et revivre tout ça à travers leurs yeux. Il voulait... une famille.

C'était quelque chose qu'Andi avait clairement dit ne pas envisager, mais, d'une certaine manière, elle l'aidait à se rapprocher de ce rêve. Elle lui montrait une grande partie de ce qui manquait à sa vie. Elle lui avait aussi dit qu'il ferait mieux de se mettre en quête de la femme qui serait la mère de tous ces enfants dont il voulait remplir la maison.

Elle avait raison.

Elle lui avait également montré autre chose.

Qu'il était capable de faire suffisamment confiance à quelqu'un pour risquer à nouveau son cœur. Si les choses avaient été différentes, cela aurait pu être avec Andi, mais, même si elle allait terriblement lui manquer, savoir qu'il était prêt à aller de l'avant était déjà un cadeau... inestimable, voilà.

— Tu sais quoi ? lança subitement Jack, qui venait d'avoir une super idée. La journée des animaux à l'école de Cutler's Creek approche.

Je sais que papa a été invité à juger le concours de déguisements, et je fais partie, comme la plupart des gens ici, des Amis de l'école. Cela signifie que nous participons tous à la collecte de fonds pour l'école. Il y aura un groupe qui s'occupera du barbecue payant et certaines œuvres d'art des enfants seront vendues aux enchères. Ça peut devenir très compétitif, ce qui est plutôt divertissant. On pourrait annuler la plage de consultation de l'après-midi et croiser les doigts pour ne pas être appelés en urgence, et aller y faire un tour.

— Pour voir les cochons d'Inde ? ironisa Andi, hilare.

— Exactement...

— Ça marche. Je ne veux pas rater ça.

Le bruit de fin de succion signala que le biberon de Lucky était vide. Andi se pencha vers lui.

— Il est temps de retourner dans ta caisse.

Mais Lucky était loin d'être prêt à aller se coucher.

— Tu avais raison, dit Jack en souriant. Pingu adore Lucky.

— Pour l'instant, il adore surtout nettoyer le lait que Lucky a sur la figure, mais cet amour est réciproque. Je suis sûre que Lucky pense que Pingu est juste un agneau de forme bizarre.

— Peut-être qu'il se souvient d'avoir eu de la compagnie dans l'utérus. Au moins, ses frères et sœurs ne lui manquent pas. Et lui ne leur manque certainement pas non plus. On a eu six nouveau-nés aujourd'hui. La saison de l'agnelage sera terminée en un rien de temps.

Andi ne voulait pas penser à la fin de la saison d'agnelage. Comme tout se passait bien, Dave serait libéré de son corset cervical et thoracique d'ici là, et, même s'il ne pourrait pas reprendre tout de suite un travail physique intense, il serait capable d'effectuer des tâches légères, et d'assurer les consultations et le suivi des patients à la clinique vétérinaire. Andi n'aurait alors plus aucune raison de rester à Cutler's Creek.

L'invitation à la journée des animaux était réjouissante, mais avait un inconvénient : cela la rapprocherait encore plus de la fin de son séjour ici. Il lui fallait une autre distraction.

Et Andi voulait entendre à nouveau le rire délicieux de Jack. Elle adorait que sa remarque sur la présence de cochons d'Inde l'ait autant fait rire. Quant à Dave, elle s'entendait si bien avec lui... Andi ne voulait pas non plus penser au vide que laisseraient les deux hommes Dunlop dans sa vie. Il était temps de prendre les choses en main.

Elle se plaça près de Bess, à la porte d'entrée.

— Regarde ça... À droite, Pingu, ordonna-t-elle en tendant la main droite sur le côté. Va à droite.

Pingu obéit docilement. Lucky trottina derrière lui.

— À gauche, reprit Andi en tendant la main gauche.

Lorsque Pingu eut fait quelques pas vers la gauche, elle ajouta : « Stop. »

Pingu s'arrêta si brusquement que Lucky trébucha sur ses propres pattes, tomba à genoux, puis roula sur le sol.

Jack riait aux éclats.

— Regarde la tête de Bess, dit-il.

Andi se tourna vers la porte. On aurait vraiment dit que la chienne levait les yeux au ciel. Elle regarda Jack et vit les rides au coin de ses yeux, ses cheveux ébouriffés et ce sourire qui illuminait la pièce.

Qui illuminait toute une vie, en fait.

Elle arrivait à sentir cette lumière autant qu'elle la voyait. Tout autour d'elle. Elle pouvait la respirer et la laisser se déposer autour de son cœur, et cela ressemblait à... de l'amour.

Pur et simple. Sauf que ce n'était pas simple, pas vrai ?

Cela n'aurait pas dû arriver. Andi était tellement sûre de pouvoir se protéger, mais elle avait échoué de manière assez spectaculaire. Elle était tombée amoureuse de Jack Dunlop.

C'était la dernière chose qu'elle aurait laissée se produire si elle l'avait vue venir. La dernière chose que Jack aurait voulue, lui aussi. Elle entendait encore ses paroles la nuit où ils avaient fait un pas de géant l'un vers l'autre. La nuit où il lui avait proposé de lui montrer la maisonnette et où ils comprirent tous les deux qu'il ne parlait pas de lui donner un peu d'indépendance.

« Je veux dire… ce n'est pas pour toujours, n'est-ce pas ? Tu pourrais essayer une nuit ou deux, et si ça ne te convient pas, on n'en parlera plus. Ou tu pourrais en profiter pendant le reste de ton séjour ici. »

Ce n'était pas pour toujours. Si elle était tombée amoureuse, c'était son problème, pas celui de Jack. Elle devrait peut-être prêter davantage attention à cette conversation lourde de sens. Il vaudrait mieux ne plus jamais mentionner ce qu'elle ressentait. Même à elle-même.

8

Le ciel bleu sans nuage confirmait les prévisions météorologiques idéales pour la très attendue journée des animaux de compagnie à l'école du secteur de Cutler's Creek.

Les enfants excités étaient surpassés en nombre par les animaux et les membres de leurs familles venus assister à cet événement, qui était autant une fête communautaire qu'une occasion pour une école rurale d'allier éducation et divertissement. Depuis plusieurs semaines, les enfants avaient étudié le bien-être et le dressage des animaux tout en préparant leurs agneaux, leurs veaux et tous les autres animaux domestiques de leur famille pour cette grande journée.

Dans le cadre de leurs études sur les questions environnementales et le recyclage, ils avaient réalisé des sculptures à partir de déchets, lesquelles étaient désormais fièrement exposées dans l'une des salles de classe. Un projet sur l'alimentation saine était présenté dans une autre salle, où le traditionnel concours de soucoupes de sable avait été remplacé par un plateau graphique de fruits et légumes.

— Regarde celui-là...

Andi prit avec son téléphone une photo d'un sapin de Noël fait de fleurettes de brocoli, avec un tronc en bâtonnets de bretzel et décoré de boules en tomates cerises, de lumières en poivrons jaunes, de guirlandes en spaghettis et d'une étoile en ananas au sommet.

— Pas étonnant qu'il ait remporté le premier prix. Je vais en faire un pour la prochaine réception de Noël où je dois apporter quelque chose. Ce serait génial avec du houmous à côté, non ?

— Ça devrait plaire aux adeptes de la vie saine à Auckland, répliqua Jack en lui souriant jusqu'aux oreilles. Tu pourrais en faire un pour ton coach sportif.

Andi secoua la tête. Elle n'allait pas mordre à l'hameçon. Jack ne semblait pas s'en soucier. Il enchaîna :

— Ça te va de continuer à flâner un peu avec Pingu ? J'ai quelques personnes à voir. On se retrouve au barbecue dans une demi-heure ? Tu ne voudrais pas rater les fameux petits pains au bacon et aux œufs de Pete.

— Ça me va, répondit Andi.

Pour être honnête, elle était même ravie. Passer du temps comme ça avec Jack, sans que cela n'ait rien à voir avec le travail, c'était comme avoir carte blanche pour le considérer autrement que comme un collègue.

Comme un ami.

Comme un amant.

Et, d'accord… ce n'était pas une bonne chose qu'elle soit tombée amoureuse de lui, mais elle ne pouvait rien y faire et cela ne s'avérait pas trop difficile à contrôler. En fait, elle réussissait à garder ça pour elle, mieux qu'elle ne l'aurait imaginé. Andi savait qu'elle aurait à en payer le prix plus tard, car, comme Jack l'avait précisé dans les conditions de leur relation, ils n'en profiteraient que pendant la durée de son séjour, et il était indéniable qu'Andi en profitait. Beaucoup, même.

C'était délicieux. Addictif. Andi n'avait jamais ressenti l'euphorie grisante de tomber amoureuse et il était à l'évidence impossible de tenter simplement de l'ignorer. Pourquoi le voudrait-elle, d'ailleurs ? Si elle devait le payer chèrement plus tard, autant en profiter pleinement maintenant.

— Pingu et moi, on va peut-être aller voir s'il y a des cochons d'Inde, ajouta-t-elle en souriant.

— Je crois que les petits animaux sont derrière les poules et les canards. Près des abris à vélos. Je vais te montrer.

Dès qu'ils sortirent du bâtiment, deux petits enfants coururent vers eux.

— Oncle Jack ! Oncle Jack !

— Salut, Milly, dit Jack, s'accroupissant pour leur tendre les bras. Et Hugo… comment va mon petit bonhomme ?

Les enfants se jetèrent dans ses bras, mais ensuite Milly aperçut Pingu.

— Oh ! il est trop mignon. Je peux le caresser ?

— Bien sûr.

— C'est bien de demander, dit Jack d'un ton approbateur. Certains chiens ont peur des inconnus et peuvent mordre.

Les parents n'étaient pas loin derrière leurs enfants.

— Hé, Jack !

Il présenta rapidement Andi, puis ses amis.

— Voici mon ami Zac et sa femme, Liv. Ils sont tous les deux médecins à l'hôpital local. Et Milly, qui va à l'école ici, et enfin Hugo - il souleva le petit garçon sur sa hanche et s'adressa à Liv. Je n'arrive pas à croire qu'il ait autant grandi. Difficile à croire de la part d'un tel préma.

— Il était prématuré ? demanda Andi.

— Vingt-neuf semaines, admit Liv. Il a passé beaucoup de temps en soins intensifs néonatals à Dunedin.

— Ça a dû être dur à vivre.

— Oui, c'est vrai, répliqua Zac. Mais le bon côté, c'est qu'à cette occasion JJ est venue ici en tant que remplaçante et qu'elle est toujours là. Elle s'est mise en couple avec Ben, qui est notre chef secouriste. Ça a été le coup de foudre.

— Un peu plus que ça, à mon avis, intervint Jack en riant.

Des gens de la campagne, songea Andi en écoutant la chaleur dans leur voix. Ils faisaient tous partie de la vie des uns et des autres. Pour une citadine comme elle, cela pouvait sembler envahissant et intrusif, mais il y avait un autre côté à la médaille, n'est-ce pas ?

Le soutien qui était là quand on en avait besoin. Les souvenirs communs qui renforçaient les liens et faisaient d'un petit moment, comme le combat pour la vie d'Hugo à sa naissance, quelque chose à célébrer à nouveau.

Liv ébouriffa les cheveux d'Hugo.

— Tu es un grand garçon maintenant, n'est-ce pas, mon cœur ? Je ne comprends pas comment le temps peut passer aussi vite. Hugo va bientôt entrer à l'école et nous devrons élever deux agneaux pour la fête des animaux.

— Notre fille est tombée amoureuse de ton chien, dit Zac à Andi. Je ne peux pas lui en vouloir. C'est quelle race ?

Le regard d'Andi croisa celui de Jack et il y eut le frisson d'un souvenir commun. Un souvenir qui n'appartenait qu'à eux deux et qui renforçait le lien invisible qui les unissait.

Ce fut Jack qui répondit que c'était un schnoodle.

— On dirait le nom d'un casse-croûte allemand, ironisa Zac.

— Il s'appelle Pingu, précisa Andi.

— Comme le pingouin ! s'exclama Milly, ravie. Maman, on peut avoir un chien comme Pingu ?

— On en parlera plus tard, éluda Liv, ce qui ressemblait à une réponse parentale bien rodée. Il faut qu'on aille voir Chops et se préparer pour la course d'agneaux.

Chops ? *Côtelette ?* Pourquoi les gens donnaient-ils de tels noms à leurs animaux de compagnie dans cette région ? Andi jeta un coup d'œil à Jack, mais celui-ci se contenta de lui sourire, comme pour dire que c'était l'hôpital qui se moquait de la charité.

— Ben est là, dit Zac à Jack. Il gère les premiers secours aujourd'hui. Quelqu'un de la classe de Milly est déjà tombé de son poney.

— C'était Chloé, indiqua Milly. Maman, je peux avoir un poney ?

— On en parlera plus tard, ma chérie. Tu sais bien qu'un poney a besoin de plus d'espace que notre jardin. Allez, les enfants…

Elle tendit le bras vers Hugo, mais celui-ci s'accrocha au cou de Jack. Ce dernier éclata de rire.

— C'est bon, je vais dans cette direction de toute façon, pour retrouver mon père. Andi, les abris à vélos sont là-bas, dans les remises. À tout à l'heure, d'accord ?

Il ôta son chapeau et le posa sur la tête d'Hugo, qui parut aux anges et fixa Jack avec adoration. Andi sentit son cœur se serrer. Elle se souvint d'avoir dit à Jack qu'il devait s'atteler à fonder cette tribu d'enfants. Il était très clair qu'il voulait être père. Il avait même un cœur assez grand pour envisager l'adoption. Ce qui n'avait pas été aussi clair, jusqu'à présent, c'était à quel point il serait doué pour cela. Il aimait sincèrement les enfants, n'est-ce pas ? Il avait ça dans le sang.

Elle regarda le chapeau de cow-boy noir disparaître dans la foule. Jack Dunlop était un homme qui aimait les animaux et les enfants. Un homme gentil, intelligent et suffisamment rebelle pour être incroyablement séduisant. Il pouvait avoir toutes les femmes qu'il voulait, s'il s'en donnait la peine. Ce serait tellement triste s'il avait été à ce point meurtri par le passé qu'il risquait maintenant de passer à côté de tout cela.

Andi emmena Pingu vers les remises et constata qu'elles avaient été vidées des vélos afin de faire de la place pour des caisses contenant une impressionnante variété de volailles, avec des poules et quelques petits poussins, des canards et même une oie qui siffla en voyant Pingu. Il y avait aussi des lapins et même un rat domestique, mais aucun cochon d'Inde n'était visible. Après avoir admiré tous les animaux et lu les histoires que les enfants avaient écrites et illustrées sur leurs animaux de compagnie, et qui étaient accrochées aux caisses, Andi partit à la recherche du barbecue, mais Jack n'était pas encore arrivé au lieu de rendez-vous.

Elle aperçut cependant quelqu'un qu'elle connaissait.

— Glenys… Bonjour ! Comment va Marigold ?

— Très bien. Nous avons son veau ici aujourd'hui. Mon plus jeune fils, Alfie, a passé des heures à lui apprendre à marcher en laisse afin qu'il puisse participer à la grande parade. Il est tellement excité. Oh…

Glenys se tourna vers la femme plus âgée à côté d'elle.

— Voici ma mère, Shona Bailey. Maman, voici Andi. C'est la vétérinaire remplaçante qui est venue aider Jack pendant que Dave Dunlop est immobilisé.

Andi tendit la main.

— Enchantée, Shona. Je m'appelle Andi Chamberlain.

— Chamberlain ? répéta Shona. Ça fait longtemps que je n'ai pas entendu ce nom. Ma meilleure amie au lycée, Sarah, est devenue une Chamberlain quand elle s'est mariée.

— C'est ton amie qui est morte dans cet horrible accident de voiture, près du pont, n'est-ce pas ? dit Glenys avec un regard compatissant à sa mère.

— Oui..., répondit Shona tout en fixant Andi. Elle avait une petite fille. Andrea...

Andi fixait Shona en retour. Elle n'avait pas besoin de dire quoi que ce soit. Shona la prit dans ses bras.

— Oh ! ma chérie... Je n'ai jamais eu l'occasion de te dire à quel point j'étais désolée. Je pense à ta mère tous les jours. C'était une femme tellement adorable...

Andi retenait ses larmes. C'était cette étreinte spontanée, comme si une inconnue se souciait sincèrement d'elle. C'était ce lien soudain avec sa mère, la personne qui avait été le centre de son univers, mais qui était désormais plus une émotion qu'un souvenir réel.

C'était ce sentiment... d'appartenance ?

Comme si elle avait pris un virage à quatre-vingt-dix degrés et qu'elle était en route vers chez elle...

Shona continuait de parler doucement, avec émotion.

— Je ne pensais pas te revoir un jour, mon chou. Quand nous avons appris l'accident, tu étais déjà partie. Je comprends que ta grand-mère soit venue te chercher, mais... nous avons été choqués qu'elle ne te ramène pas pour les obsèques.

Andi se dégagea de l'étreinte.

— Il y a eu des obsèques ? On m'a juste dit que mes parents avaient été incinérés et que leurs cendres avaient été dispersées quelque part dans les montagnes. Qu'il n'y avait pas de tombe sur laquelle je pourrais me recueillir.

— C'est vrai, acquiesça Shona. Mais il y a eu d'immenses obsèques. Des gens sont venus de tout Central Otago. Ton père était l'un des meilleurs guides de ski de la région et ta mère était une infirmière extraordinaire. Tu dois savoir à quel point ils étaient aimés. Et à quel point ils nous ont manqué. À quel point *tu* nous as manqué. Je n'oublierai jamais le jour où nous sommes allés poser la croix. J'avais l'habitude d'y aller chaque année, le jour de l'anniversaire de ta maman, pour déposer des fleurs, mais... Je n'y suis pas retournée depuis longtemps. Elle n'est peut-être même plus là.

— Si. Elle est toujours là, répliqua Andi, cessant de retenir ses larmes. Je l'ai vue.

Shona posa sa main sur le bras d'Andi.

— Demande mon adresse aux Dunlop, ils savent où j'habite. Viens quand tu veux. Je peux te raconter plein de choses sur tes parents, si ce n'est pas trop dur pour toi. J'ai aussi un tas de photos.

— Désolée, maman, fit Glenys, jetant un coup d'œil à sa montre, mais on doit y aller. Alfie serait très déçu si on manquait le concours de déguisements. Tu viens, Andi ?

— Je vous rejoins.

Andi avait besoin d'un moment seule. Elle était submergée par des émotions si fortes qu'elle risquait de perdre pied, et se retrouver dans la foule pourrait être trop difficile à supporter.

Rendre visite à Shona pour regarder de vieilles photos, parler de la famille qu'elle aurait pu avoir, et de la communauté dans laquelle elle aurait pu vivre, tout cela serait certainement trop bouleversant pour elle dans l'immédiat. Et... dangereux, sans doute. Voulait-elle vraiment voir et entendre des choses qui allaient raviver des souvenirs enfouis depuis longtemps ? Il y avait peu, elle évitait encore toute mention de cette région géographique. Chercher délibérément des informations sur ceux qu'elle avait perdus ne ferait que rouvrir de vieilles blessures, n'est-ce pas ?

Andi prit Pingu dans ses bras en guise de réconfort tandis

qu'elle s'éloignait de cette atmosphère joyeuse et brillante, qui ne ressemblait en rien à ce qu'elle avait connu à l'école. Mais Pingu rechignait à être tenu éloigné de toute l'attention et de l'excitation du cirque de cette journée. Il se tortilla pour se libérer et retrouver le sol. Elle le reposa mais resta où elle était, inspirant à fond pour tenter de donner un sens à quelque chose qu'elle ne s'était jamais autorisée à ressentir auparavant. Car l'émotion dominante qui envahissait Andi, alors que Shona et Glenys s'éloignaient, était un désir abyssal de la famille qu'elle avait perdue. Du genre de communauté dont elle avait été arrachée. Une communauté qu'un endroit comme Cutler's Creek pouvait offrir.

Et c'était un désir de le retrouver plutôt que de le refouler au plus profond d'elle-même pour ne même pas y penser. Andi aspirait à avoir sa propre famille. À avoir un partenaire de vie. *Des enfants... ?*

Seigneur, d'où cela venait-il ? Cette pensée était si éloignée de l'avenir qu'elle avait imaginé pour elle-même, si loin de sa zone de confort qu'Andi sentit un frisson la parcourir.

De la peur à l'état pur... Une peur qui était née lorsqu'elle s'était retrouvée piégée à l'arrière de cette voiture, tant d'années auparavant, et qu'elle avait su, à un niveau subconscient, que son monde s'était écroulé. C'était une peur de la perte qui ne l'avait jamais complètement quittée.

Elle voyait la remise des prix du concours de déguisements, au son des applaudissements et des acclamations. Elle voyait un très gros agneau vêtu d'un tutu et un autre déguisé en lutin de Noël. Elle aperçut le veau de Marigold, déguisé en joueur de rugby avec un maillot rayé et un short. Une rosette rouge était désormais attachée à son licol et, même de loin, Andi pouvait voir le large sourire du petit-fils de Shona.

Elle voyait également autre chose. Une silhouette qui s'approchait d'elle à travers la foule. Jack. Il avait quelque chose dans chaque main et un sourire sur le visage qui apaisa presque entièrement la peur qui tenaillait Andi.

— Un de chaque, dit Jack. Dans cette main, j'ai une saucisse enveloppée dans du délicieux pain blanc non diététique avec des oignons, de la sauce tomate *et* de la moutarde. Dans celle-ci, j'ai une ciabatta fourrée de bacon croustillant et d'un œuf au plat. Il y a aussi un peu de moutarde et de sauce dedans. Tu peux choisir celui que tu préfères.

— Oh..., fit Andi, savourant la sensation de cette peur qui s'estompait – comme un sentiment de sécurité ? Je ne sais pas si je peux choisir. Les deux ont l'air parfaits.

— J'ai une solution. Partageons-les. La moitié de chacun.

Ils s'assirent dans l'herbe et mangèrent leur déjeuner, dont chaque bouchée était délicieuse. Si seulement la vie pouvait être aussi simple, songea Andi. Si seulement il était possible de partager des choses aussi différentes que la vie en ville par opposition à la vie à la campagne et que cela fonctionne. Ou si seulement il était possible de surmonter les traumatismes du passé et de ne pas les laisser contrôler l'avenir dont on rêve.

Puis Jack se leva et lui tendit la main.

— Allez... La grande parade va bientôt commencer, tu ne voudrais pas rater ça.

Il avait raison, elle ne voulait rien manquer. Et il y avait peut-être d'autres choses qu'elle ne voulait pas manquer. C'était trop énorme pour y penser maintenant, mais... était-il possible qu'elle puisse choisir un avenir complètement différent de celui qu'elle s'était efforcée de se construire ?

Elle était venue à Cutler's Creek convaincue que sa place était à Auckland et qu'elle voulait y passer le reste de sa vie. Qu'elle ne voudrait jamais avoir d'enfants.

Mais Shona lui avait fait comprendre qu'elle appartenait bien plus qu'elle ne l'aurait cru à *cette région*.

Là où Jack aurait toujours sa place. Était-il possible qu'Andi ait sa place à ses côtés ? Qu'elle puisse être la mère des enfants dont il serait un père si merveilleux ?

Non... l'idée était suffisamment cruciale pour attiser sa peur, et Andi ne voulait pas gâcher les souvenirs d'une journée qu'elle chérirait toute sa vie, elle en était sûre.

Comme toutes les journées passées avec Jack ?

— Allez, Pingu, dit-elle d'un ton enjoué. Tu vas voir à quel point ce grand défilé va être passionnant.

C'est Bess qui réveilla Jack au milieu de la nuit après la journée des animaux domestiques de l'école, en le poussant doucement avec son museau froid et humide.

Il resta allongé dans le noir une minute avant d'entendre le bruit, mais Bess l'attendait déjà près de la porte lorsqu'il bondit du lit quelques instants plus tard. Il se rendit directement à la buanderie, où la caisse de Meg occupait tout l'espace entre la machine à laver et les vieux bacs en béton.

Jack passa ses mains sur le ventre de la chienne qui haletait, visiblement en détresse. Il sentit la contraction suivante commencer, mais aucun signe de l'arrivée d'un chiot n'était visible.

— Qu'est-ce qu'il y a, Meg ? Depuis combien de temps tu es comme ça, ma fille ?

Il lui offrit de l'eau, mais elle ne but pas. Il l'observa pendant encore dix minutes, puis alla s'habiller et frappa à la porte de son père.

— Meg est en train de mettre bas, dit-il à Dave. Et je pense qu'elle a des problèmes. Je vais l'emmener à la clinique pour faire une échographie.

— Je viens avec toi. Passe-moi une chemise, mon garçon. Et un pull. Il va faire un peu frais dehors.

Dave était désormais assez habitué à se lever et à se coucher avec son corset. Trente minutes plus tard, Dave était au téléphone. Jack se rendit, Bess sur les talons, à la maisonnette pour toquer à la porte, puis l'ouvrir. Il rassura Pingu qui aboyait, regarda Lucky qui essayait de sortir de l'enclos qu'on lui avait aménagé dans le coin du salon, puis ressentit un immense soulagement lorsque Andi, échevelée mais alerte, apparut à la porte de sa chambre. Elle portait les leggings et le T-shirt trop grand qui lui servaient de pyjama.

— Qu'est-ce qui se passe, Jack ?

— Meg est en train d'accoucher et un chiot est coincé dans le canal de naissance. Les autres chiots sont en détresse, on va devoir pratiquer une césarienne si on veut en sauver certains. On a besoin de toute l'aide possible. Papa appelle Maureen, elle devrait arriver dans quelques minutes, mais… mais j'ai besoin de toi, Andi.

C'était vrai. Ce n'était pas seulement pour ses compétences médicales, même s'il voulait ce qu'il y avait de mieux pour sa chienne et ses petits. Il avait besoin d'Andi au-delà de son rôle professionnel. Elle le connaissait – probablement mieux que n'importe quelle autre femme. Elle comprenait à quel point c'était important pour lui et… il avait juste besoin qu'elle soit à ses côtés, c'était aussi simple que ça. Andi pouvait-elle le voir dans ses yeux, alors qu'elle soutenait son regard ?

Il semblait que oui. Elle ne perdit pas un instant, ne prit même pas la peine de retourner s'habiller, se contentant d'enfiler le ciré accroché à côté de la porte d'entrée.

— Allons-y, dit-elle calmement. Pingu, tu restes ici, cette fois. Tu tiendras compagnie à Lucky.

— Tu ferais mieux de rester ici aussi, Bess.

Bess n'avait pas l'air très contente d'être laissée en arrière, et Jack ne savait pas vraiment pourquoi il l'enfermait dans la maison avec Pingu. Peut-être ne voulait-il rien entre lui et Andi à cet instant, alors qu'ils affrontaient une épreuve qui pouvait très bien tourner au désastre. Il avait envie de ressentir ce lien. De s'appuyer sur la force qu'il lui procurait.

— Je ne sais pas depuis combien de temps elle était en travail quand je l'ai trouvée, mais ça pouvait faire un moment. Elle doit être déshydratée.

— Alors on va commencer par une perfusion et des électrolytes, dit Andi. Tu veux t'occuper de l'anesthésie ?

— Oui. Je vais lui faire une anesthésie générale, la combiner avec une péridurale pour réduire la quantité de sédatifs. Ça aidera les chiots et lui permettra de se réveiller en meilleure forme. Tu es d'accord pour opérer ?

— Tu veux savoir un secret ?

Oui, il voulait savoir pour quelle raison elle le regardait avec cet éclat qui le rendait si heureux. Plein d'espoir. Plus confiant, même, comme si rien ne pouvait les arrêter tant qu'ils étaient ensemble. Il acquiesça en souriant.

— Les césariennes sont mes opérations préférées.

Maureen arriva à la clinique vétérinaire en même temps qu'eux. Dave était déjà à l'intérieur, préparant la salle d'opération avec tout le nécessaire pour l'intervention et la réanimation des chiots. Andi se mit en tenue tandis que Jack administrait l'anesthésiant et que Maureen l'aidait à positionner Meg sur le dos, à raser et désinfecter son abdomen. La tension monta d'un cran lorsque Andi prit sa place et saisit un scalpel. Jack leva les yeux alors qu'il réglait le volume du moniteur cardiaque, comme s'il sentait le regard qu'Andi lui lançait avant de pratiquer la première incision. Entre le bord de son calot et le haut du masque, il pouvait voir ses yeux. Il n'avait jamais vu personne d'autre avec cette teinte verte inhabituelle de noisette. Il n'avait jamais ressenti non plus quelqu'un d'autre transmettre une telle assurance.

Tout va bien, Jack. Je gère. On gère...

Son incision était assurée. Elle mit l'utérus en évidence, puis l'ouvrit très soigneusement à l'aide de ciseaux.

— Je vais d'abord sortir le petit qui est coincé, dit-elle.

Jack observa les mouvements de ses mains tandis qu'elle extrayait le chiot, ce qui était probablement la partie la plus difficile de l'opération. Maureen attendait avec une serviette pour prendre le chiot qui, comme prévu, était complètement inerte. Tout sembla s'accélérer après cela. Les chiots et les placentas furent délicatement retirés de l'utérus, les sacs amniotiques enlevés et les chiots donnés à Dave, Maureen et Jack ; ce dernier recula pour aider son père et Maureen, tout en continuant à surveiller Meg. Les chiots devaient être frottés, séchés et recevoir de l'oxygène. Le premier cri aigu de celui dont Jack s'occupait faillit le faire fondre en larmes.

Six chiots au total. Seul celui qui était resté coincé n'avait pas survécu. Ils étaient tous dans un panier sous une lampe chauffante lorsque Andi eut fini de recoudre Meg, et que Jack l'eut portée dans une caisse chaude et confortable pour qu'elle se réveille correctement.

Maureen plaça les instruments dans le laveur-désinfecteur, s'occupa du linge souillé, puis poussa Dave dehors pour le ramener à la ferme.

— Tu n'as pas été aussi près de retravailler depuis des semaines et... quel stress ! Mon Dieu, j'ai moi-même besoin de m'allonger un peu.

Elle jeta un dernier coup d'œil au panier contenant les chiots.

— Ils sont magnifiques. Je crois que j'en veux un.

— Tu n'as pas besoin d'un chien de troupeau, Reenie, objecta Dave en souriant. Moi, en revanche, il serait peut-être temps que je prenne un nouveau chiot. Allez, viens. Allons mettre la bouilloire en route, je te préparerai une bonne tasse de thé et nous discuterons du chiot que je devrais choisir.

Jack observa Maureen glisser la main autour du bras de Dave. Elle posa même la tête contre son épaule alors qu'ils disparaissaient derrière la porte. Ce n'était pas la première fois que Jack se demandait pourquoi son père n'avait pas poussé leur amitié plus loin. Les fantômes de son premier mariage le hantaient-ils encore assez pour l'empêcher d'avancer ?

Jack n'allait pas laisser cela lui arriver. Il savait quel avenir il voulait, et cet avenir comprenait une partenaire aimante et une ribambelle d'enfants.

Et des agneaux, des poneys et... des chiots.

Il s'approcha du panier et regarda les petits bébés endormis. Certains ressemblaient à leur mère, mais les autres étaient des mini-Jed. Jack en prit un délicatement dans ses mains tandis qu'Andi venait le rejoindre. Il le leva près de son visage.

— Tu vas être aussi hirsute que ton père ? J'espère bien...

— Je suis sûre qu'il deviendra un champion, déclara Andi en effleurant la tête du chiot avec son index. Comment ne le pourrait-il pas avec des parents comme les siens ?

Jack la regarda dans les yeux.

— Merci, dit-il doucement. On n'aurait peut-être pas sauvé tous ces bébés sans ton aide. Je suis si heureux que tu aies été là.

Andi sembla un peu gênée par ce compliment. Elle se pencha vers le panier pour prendre un autre chiot.

— Je suis venue te dire que Meg se réveille. On la présente à ses bébés pour voir si elle est prête à les nourrir ?

Ils portèrent les chiots jusqu'à Meg, allongée sur sa couverture confortable. Andi s'accroupit et tendit le chiot à Meg pour qu'elle le renifle.

— C'est ton bébé, ma brave fille, dit-elle.

Après avoir reniflé le chiot et lui avoir donné un coup de langue, Meg se coucha sur le côté et ferma les yeux. Andi tint le chiot contre son ventre et plaça sa gueule contre une tétine. Lorsqu'elle pressa une goutte de lait, le chiot ouvrit la bouche et se mit à téter. Ils attendirent une minute pour s'assurer que Meg n'était pas perturbée par ce qui se passait.

Puis, un par un, ils lui présentèrent ses autres bébés et les aidèrent à téter. Andi s'arrêta avec le dernier chiot dans ses mains. Elle le tint un instant, blotti sous son menton, et regarda Jack, les yeux brillants de larmes de joie.

— Ils sont tellement adorables…

Le cœur serré, Jack la regarda s'accroupir pour installer le dernier chiot parmi ses frères et sœurs qui tétaient joyeusement. Comment quelqu'un qui adorait si manifestement les bébés pouvait être si sûr de ne jamais vouloir d'enfants qui n'aient pas quatre pattes ? C'était un peu triste, car il était persuadé qu'Andi ferait une mère merveilleuse. Il l'imaginait très bien tenir un bébé dans ses bras plutôt qu'un chiot.

Son bébé… ? *Leur* bébé ?

Alors qu'Andi se relevait, sans qu'aucun d'eux ne semble en

prendre l'initiative, elle se retrouva dans les bras de Jack. Ce n'était qu'une étreinte, mais imprégnée de la joie de l'arrivée de nouvelles vies et de la satisfaction d'avoir contribué à une finalité heureuse. Il pencha la tête et pressa ses lèvres contre les cheveux d'Andi. Elle avait jeté son calot avec le reste de sa tenue chirurgicale et ses cheveux étaient toujours aussi ébouriffés que lorsqu'il l'avait tirée du lit plus tôt dans la nuit.

Ils chatouillaient ses lèvres et titillaient son nez avec l'odeur… l'odeur d'Andi, voilà ce que c'était.

Il la huma profondément. Il pouvait la sentir contre son corps, et lorsqu'il la serra un peu plus fort avant de la lâcher, il sentit son cœur battre contre sa peau.

C'est à ce moment-là qu'il comprit ce qui était là, caché mais flagrant.

Il était amoureux d'Andrea Chamberlain.

Il voulait qu'elle fasse partie de sa vie.

Il voulait qu'elle soit la mère de ses enfants.

Oh ! *au secours*… Jack lâcha Andi, espérant contre toute attente qu'elle n'avait pas capté les pensées fulgurantes qui venaient de traverser son esprit… et son cœur.

Si c'était le cas, elle prendrait ses jambes à son cou.

Pour être honnête, Jack se sentait lui-même un peu secoué.

C'était peut-être simplement dû au manque de sommeil et à la tension de l'opération en urgence. Il valait mieux faire comme si ses pensées ne s'étaient jamais aventurées sur un terrain aussi inacceptable, car cela changerait… tout.

— Pourquoi n'essayes-tu pas de dormir quelques heures ? Je vais rester pour surveiller Meg et les bébés et lui donner un peu plus d'analgésiques si elle en a besoin, ajouta-t-il, soulagé de constater que sa voix semblait normale.

Andi évitait son regard, comme si elle avait remarqué quelque chose de dérangeant dans cette étreinte.

— C'est peut-être une bonne idée… Merci, Jack.

9

Peut-être que ce n'était *pas* une idée si impossible.

Les signaux d'alarme qui avaient retenti si fort la nuit où les chiots de Meg étaient nés s'étaient peu à peu estompés au cours des jours suivants, très chargés.

Le temps que les chiots ouvrent les yeux et les oreilles, près de deux semaines plus tard, Jack avait non seulement encaissé le choc d'avoir compris qu'il était amoureux d'Andi, mais il commençait à croire que ça pourrait fonctionner.

Il était dans la cuisine, en train d'ouvrir une bouteille de ce qui était devenu son vin préféré pour accompagner un plateau d'olives et de fromage avant le dîner. C'était désormais une routine bien établie de rejoindre Dave sur la terrasse pour se détendre après une journée bien remplie à la clinique vétérinaire et dans les fermes de la région. C'était encore plus agréable avec la présence de Meg et tous ses bébés.

Bien sûr, Jack n'avait rien dit à Andi de ses sentiments. Il était encore lui-même en train de s'y accoutumer. Il allait devoir lui parler, sinon le temps passerait et elle repartirait à Auckland, mais pour l'instant, il était heureux de simplement profiter de sa compagnie et de recueillir davantage d'indices susceptibles de lui redonner confiance pour briser la barrière qui l'empêchait de refaire sa vie depuis la fin de son mariage.

En réalité, Andi et Roz étaient complètement différentes. Andi n'était pas une citadine pure souche. Non seulement elle avait passé les années les plus cruciales de son enfance à la campagne, mais elle avait vécu pratiquement à deux pas de Cutler's Creek. Elle ne s'en souvenait peut-être pas, mais cette terre et le mode de vie qui allait avec faisaient partie de son ADN. Certes, elle avait été catégorique à son arrivée en affirmant que la ville était son chez-elle, l'endroit où elle avait sa place et où elle voulait passer le reste de sa vie, mais Jack en était de moins en moins convaincu. Elle était vraiment heureuse ici.

Andi aimait manifestement gérer les consultations à la clinique, pratiquer des opérations et s'occuper ensuite des patients hospitalisés, mais elle était plus que disposée – et capable – de relever les défis posés par les grands animaux, qui constituaient l'essentiel du travail d'un cabinet vétérinaire rural et nécessitaient souvent les compétences de deux praticiens. Jack était persuadé que ce n'était pas seulement le travail qui lui plaisait. La vie sociale qu'elle menait dans une grande ville lui manquait peut-être, mais il était prêt à parier qu'elle avait oublié qu'elle portait auparavant des jeans blancs et des chaussures à talons. Elle passait désormais la majeure partie de ses journées en salopette et bottes en caoutchouc. Elle n'avait même pas démarré sa voiture rouge flashy depuis des semaines. Quand elle était allée en ville quelques jours plus tôt pour acheter du shampoing et des accessoires de toilettage afin d'essayer de démêler le pelage hirsute de Pingu, et qu'il lui avait demandé de prendre du lait en poudre pour agneaux à la boutique de la ferme, elle avait emprunté l'une des camionnettes des Dunlop.

— J'ai toujours voulu essayer un de ces jouets pour garçons, avait-elle dit avec un sourire. Et je ne pourrais pas mettre les gros sacs de lait en poudre dans ma voiture.

Elle-même utilisait beaucoup de ce lait pour nourrir Lucky, qui avait grandi plus vite que sa fratrie restée avec leur mère. Il dormait désormais dehors, dans un des enclos du hangar à tonte, et passait la journée dans le pré avec les autres agneaux. Jack voyait souvent Andi penchée par-dessus la barrière à l'heure du déjeuner ou après le travail, lorsqu'elle avait fini de nourrir Lucky, un grand sourire illuminant son visage tandis qu'elle regardait les agneaux courir et sauter.

Pingu s'ennuyait de son meilleur ami et c'était Jack qui avait eu l'idée de se servir de Bess pour aider Pingu à devenir un chien de berger en les voyant jouer devant la maison d'Andi. Cela n'avait pas très bien marché, car Lucky voulait simplement jouer avec les deux chiens, mais c'était vraiment drôle. L'expression sur la figure de Bess quand Pingu et Lucky avaient essayé de *la* regrouper comme un mouton était impayable. L'expression sur le visage d'Andi lorsqu'elle riait et que ses yeux brillaient était tout aussi mémorable.

Son expression plus tard dans la nuit, lorsqu'elle s'était blottie dans ses bras, avait même fait monter une larme aux yeux de Jack. Ou était-ce à cause de la relation sexuelle la plus incroyable qu'il ait jamais connue ? Qui aurait cru que le sexe pouvait être aussi passionné et tendre à la fois ?

Il ne se souvenait pas avoir jamais vécu cela auparavant. Avec personne, pas même avec la femme qu'il avait assez aimée pour l'épouser. Pourquoi était-ce si différent ? N'avait-il jamais découvert à quel point il était possible de tomber profondément amoureux ? Était-ce parce qu'il faisait réellement l'amour pour la première fois de sa vie, et qu'il ne s'agissait pas simplement de sexe... ?

Jack expira à fond. Il devait chasser les souvenirs de la nuit dernière avant de retourner dehors. Il n'arrivait pas à croire qu'Andi et lui aient réussi à garder leur relation secrète si longtemps, mais Dave ne semblait se douter de rien et Jack n'avait pas l'intention de lui dire quoi que ce soit.

Jack apporta le plateau et le vin sur la terrasse. Un parc à bébés avait été installé pour permettre aux chiots de jouer dehors et donner à Meg, qui somnolait sur une couverture à côté, un peu de répit entre les demandes incessantes de tétées et d'attention. Les chiots s'agitaient dans tous les sens, leurs petites queues dressées en l'air et leurs pattes miniatures servant à se pousser mutuellement. Un chiot mordillait l'oreille d'un autre, mais Andi et Dave ne prêtaient aucune attention à leurs pitreries. Alors que Jack posait le plateau sur la table, il vit Andi enlacer maladroitement Dave autour de l'armature métallique de son corset. Elle sourit à Jack.

— C'est une bonne nouvelle, non ?

— Quoi donc ?

— Dave va être débarrassé de son corset la semaine prochaine. Comment font-ils ? poursuivit-elle à l'attention de Dave. Avec une sédation ou une anesthésie locale ?

— Non. Apparemment, ce n'est pas très douloureux. Ils desserrent les écrous du corset, retirent les tiges verticales et utilisent simplement un tournevis pour défaire les broches et les sortir. Zac aurait pu le faire ici, à l'hôpital de Cutler's Creek, mais je dois voir l'équipe de Dunedin pour passer des radios, et le kiné pour une nouvelle série d'exercices, alors je vais en profiter pour le faire pendant que je suis là-bas.

— Tu as quelqu'un pour te conduire ? Je peux t'y emmener, je ne suis jamais allée à Dunedin.

— Il faudrait que tu prennes Pingu et Lucky, dit Jack en riant, sinon tu risques de les voir dans le rétroviseur te poursuivre sur l'autoroute.

Andi secoua la tête devant ses absurdités, mais elle souriait en se retournant vers Dave.

— Tu vas avoir le cou flageolant un moment, non ?

— Je pense que je vais devoir porter une autre sorte de minerve jusqu'à ce que mes muscles se renforcent, mais je me sentirai quand même totalement libre.

— J'en suis sûre. Je suis très heureuse pour toi, Dave.

Elle l'était sincèrement, songea Jack en lui tendant un verre de vin. Il ajouta cela à la liste des indications qu'il rassemblait pour prouver qu'elle avait sa place à Cutler's Creek.

Andi faisait déjà partie de la famille, n'est-ce pas ?

Dave paraissait assez ému pour suggérer qu'il pensait la même chose. Il toucha le verre d'Andi avec le sien.

— Tu es adorable. Tu vas beaucoup nous manquer quand tu

seras retournée dans la grande ville. J'espère que tu reviendras nous rendre visite.

Durant un instant, Andi eut l'air de penser que quitter Cutler's Creek était la dernière chose qu'elle souhaitait. Jack rangea également cette impression dans un coin de son esprit.

— Je l'espère aussi, répliqua-t-elle. Ne le dis pas à Warren, mais tu es une bien meilleure figure paternelle qu'il ne l'a été. Ce qui me rappelle justement quelque chose que je voudrais faire avant de partir.

Elle fouilla dans la poche arrière de son jean délavé et en sortit un petit objet, qu'elle posa sur la table à côté du plateau.

— J'ai trouvé ça dans la boutique de souvenirs quand je suis allée en ville l'autre jour.

C'était un petit cœur peint de minuscules fleurs bleues.

— Ce sont des myosotis, reprit-elle. Je veux l'attacher à la croix qui se trouve près du pont où mes parents sont morts.

Il y eut un moment de silence embarrassé, qu'Andi rompit, faisant apparemment un effort pour garder un ton enjoué.

— Je me demandais juste quelle serait la meilleure façon de l'accrocher. Je peux emprunter un marteau ? Et demander un clou ?

— En quoi c'est fait ?

— En céramique, mais il y a un trou en haut, donc on peut le porter en collier. Je pensais l'accrocher à un clou.

— Non, fit Dave. Il pourrait tomber. Ou être volé. Je pense qu'il vaudrait mieux le coller avec de la colle forte. J'en ai un tube dans l'atelier. Je le chercherai demain.

— Merci, dit Andi en rempochant le cœur. Tu devras m'expliquer comment l'utiliser. Je ne suis pas très bricoleuse.

— Je peux venir avec toi, proposa Jack. On pourrait prendre les chevaux. Il y a une belle balade à travers champs jusqu'à la rivière, puis on la longe pour revenir sur la route. On pourrait finir le travail un peu plus tôt pour une fois et profiter de ce temps magnifique.

— Et s'il y a une urgence ?

— Je m'en occuperai, déclara Dave, ajoutant d'un ton désinvolte :

Maureen peut m'aider. Vous méritez tous les deux un peu de répit. Et ce serait bien que tu profites encore un peu de la campagne avant de nous quitter.

C'était une fin d'après-midi parfaite à Central Otago.

Ils suivirent des sentiers à travers les collines rocailleuses et descendirent les pentes couvertes de thym sauvage mauve qui, écrasé sous les sabots des chevaux, dégageait un parfum si familier à Andi qu'elle aurait pu verser une larme si elle s'était laissée aller aux souvenirs que cela ravivait.

De cette terre. De ses parents.

De bouquets de thym cueillis quand il était en fleur pour les offrir à sa mère. Attendant le sourire et l'étreinte qu'elle recevrait, elle le savait. L'amour qui l'envelopperait…

« Merci beaucoup, ma chérie… Ce sont mes fleurs préférées au monde… » Il était peu probable que ces petites fleurs violettes sans prétention puissent être les préférées de quelqu'un, bien sûr, mais la petite Andi y croyait, et elle se souvenait encore de la fierté qu'elle ressentait toujours en offrant un cadeau dont elle savait qu'il serait très apprécié.

Ils laissèrent les chevaux à l'aire de repos, près de la rivière, et traversèrent le pont. Andi se mordit la lèvre inférieure.

— Je ne me suis jamais excusée comme il faut pour avoir lâché Pingu au milieu de tes moutons, n'est-ce pas ?

Le visage de Jack était dans l'ombre du large bord de son chapeau, mais cela rendait son sourire encore plus éclatant.

— Ce n'est pas la peine. Si tu le faisais, je devrais m'excuser comme il se doit pour tout ce que j'ai dit sur toi, en te traitant de citadine inutile. C'est de l'histoire ancienne.

Comme l'accident qui avait arraché les parents d'Andi à sa vie. Jack l'aida à coller le cœur en céramique au centre de la petite croix en bois. Accroupi à côté d'elle, il déposa un tendre baiser sur ses cheveux.

— Tu veux rester seule un moment ? demanda-t-il.

— *Non...!*

Andi se releva si vite qu'elle perdit l'équilibre. Jack lui attrapa la main et se remit debout. Il ne la lâcha pas, même lorsqu'ils eurent rejoint l'autre côté du pont. Il ne dit rien non plus, mais il était évident que la réaction violente d'Andi l'avait surpris. Elle le suivit sans un mot. Les chevaux somnolaient à l'ombre d'un saule et le seul bruit était celui de l'eau qui gargouillait sur le lit rocailleux de la rivière.

— Désolée, dit enfin Andi.

— Tu n'as pas à t'excuser, répliqua Jack. Je ne te reproche pas de ne pas vouloir rester sur un lieu qui te rend triste. Pendant des années, je n'ai pas pu m'approcher de l'endroit où ma mère est enterrée. C'était trop difficile...

Andi prit une profonde inspiration avant de reprendre :

— Je n'ai jamais dit ça à personne. Mais j'étais dans la voiture quand l'accident s'est produit. J'ai eu l'impression que ça durait une éternité avant que quelqu'un vienne nous chercher, et je me souviens que je n'arrivais pas à détacher ma ceinture de sécurité et que je ne comprenais pas pourquoi ma mère et mon père ne se réveillaient pas, et je pleurais...

Les larmes jaillirent dans ses yeux quand Jack l'entoura de ses bras.

— Oh ! mon Dieu, dit-il doucement. C'est horrible...

— C'est pour ça que je voulais ne plus jamais revenir ici. Je ne l'aurais pas fait si je n'avais pas autant voulu obtenir ce partenariat, mais... je suis contente de l'avoir fait maintenant. Je n'ai plus besoin d'avoir peur. C'est fini et je n'aurai plus jamais à le refaire.

— Je comprends, murmura Jack. Je me souviens à quel point ça a été difficile de perdre ma mère, mais elle était malade depuis longtemps et je savais que ça allait se produire. Que cela te soit arrivé comme ça – et de perdre tes *deux* parents, c'est inimaginable...

— Ce n'était que le début, poursuivit Andi. Ma grand-mère est venue me chercher, mais seulement parce qu'il n'y avait personne d'autre. Elle ne voulait pas de moi. Je pense qu'elle était soulagée d'être assez riche pour m'envoyer en pension.

Elle essuya ses larmes avec ses doigts et continua :

— Quand j'ai été plus grande, j'ai eu le droit d'avoir un poney à l'école. Et le jardinier avait un magnifique vieux chien. Un gros chien noir avec une tête grise. C'est là qu'est né mon amour pour les animaux. Ils sont si doués pour aimer inconditionnellement, pas vrai ? Ils vous donnent le sentiment d'être désiré...

Jack la serra plus fort dans ses bras, mais Andi recula. Elle ne pouvait pas se laisser aller à ce qui ressemblait à de l'amour. Cela ne ferait que rendre son départ plus difficile.

Cette peur refaisait surface. Avait-elle vraiment pensé pouvoir changer son avenir et faire partie d'une famille ? Pas seulement en tant que membre, mais en tant que *mère* ? Avoir des enfants et prendre le risque, aussi infime soit-il, qu'ils finissent par vivre ne serait-ce qu'un écho de ce qu'avait été sa propre enfance ?

— Malheureusement, la meilleure chose que ma grand-mère ait jamais faite pour moi, c'est de mourir, dit-elle à voix basse. Elle m'a laissé assez d'argent pour payer mes études de vétérinaire. Pour acheter mon magnifique appartement avec vue sur le port et cette voiture pas du tout pratique que j'ai tellement de plaisir à conduire.

Elle avait l'impression que Jack s'éloignait d'elle aussi. Ou était-ce la barrière entre eux qui s'élargissait ? Qui se durcissait pour devenir aussi solide que la colle forte qu'ils avaient utilisée pour fixer ce cœur à la croix ?

Au moins, Jack savait tout d'elle maintenant. Presque tout...

— C'est pour ça que je ne pourrai jamais avoir d'enfants, ajouta-t-elle, et le fait de prononcer ces mots à voix haute les rendit plus vrais que jamais. On ne peut jamais garantir qu'on sera là pour prendre soin d'eux, leur faire comprendre qu'ils sont aimés et... et il n'y a rien de pire que de se sentir indigne d'être aimé.

Jack avait les mots sur le bout de la langue.

Tu en es bien plus que digne. Je t'aime, Andi...

Mais comment pouvait-il lui dire cela ? Qu'il était amoureux d'elle et voulait qu'elle reste et… qu'elle ait les enfants qu'elle n'avait jamais voulu avoir. Qu'elle vive dans le lieu où elle aurait voulu ne jamais, jamais revenir.

Avoir affronté son pire cauchemar en remettant les pieds dans cette région montrait à quel point elle tenait à ce partenariat dans le cabinet de la grande ville, et après avoir eu le courage de le faire, elle méritait de trouver la paix dont elle avait besoin pour ne plus jamais avoir à revenir une fois encore.

« C'est fini et je n'aurai plus jamais à le refaire… »

Andrea Chamberlain était la personne la plus courageuse que Jack ait jamais rencontrée. Il l'aimait encore plus maintenant qu'il savait tout d'elle. Et cela rendait impossible de lui dire quoi que ce soit. Car tout ce que Jack voulait, c'était demander à Andi de rester.

Et il l'aimait trop pour faire ça.

10

Les derniers agneaux de la saison naquirent une semaine après que Dave Dunlop eut été libéré de son corset.

Il était appuyé contre la barrière de l'enclos, Jack d'un côté et Andi de l'autre, observant la double naissance qui se déroulait dans la chaleur de l'après-midi. Bess et Pingu étaient allongés dans l'herbe, heureux de se prélasser au soleil. Aucun des trois vétérinaires qualifiés n'avait besoin d'intervenir dans cette mise bas, mais, comme Andi, les Dunlop profitaient simplement du petit miracle de l'arrivée de nouveaux bébés au monde. La brebis expérimentée avait rompu les cordons ombilicaux et retiré les sacs amniotiques. Les deux agneaux jumeaux avaient fini de secouer la tête et essayaient de se lever, l'un avec les quatre pattes écartées pour tenter de garder l'équilibre, le dernier-né avec seulement ses pattes arrière qui coopéraient.

— Il ressemble à une petite brouette en laine, dit Andi. J'adore les agneaux…

— J'adore que la saison soit terminée, répliqua Jack. Fini les rondes à l'aube et le rôle de sage-femme pour brebis. Et il fait assez chaud maintenant pour qu'ils n'aient même pas besoin de manteaux. Dans une semaine, on pourra les ramener de l'autre côté de la route pour que les filles puissent avoir un peu plus d'herbe.

Andi resta silencieuse. Elle ne serait pas là pour aider Jack à rassembler les moutons. Dave pourrait probablement monter Mary lui-même, avec la nouvelle minerve qui protégeait son cou.

Ou peut-être qu'il se contenterait de marcher derrière le troupeau avec les chiens pour aider Jack qui chevaucherait Custard. Dans son T-shirt noir et son chapeau de cow-boy, comme la première fois qu'elle l'avait vu.

Oh ! Andi ne voulait pas penser à son départ. Quitter la ferme serait déjà un déchirement en soi. Quitter Jack serait...

Non. Elle ne pouvait pas se mettre à y penser alors qu'il se tenait si près d'elle et qu'il risquait de percevoir à quel point cela serait bouleversant si elle ne se contrôlait pas.

Elle savait désormais très bien cacher – à Jack comme à elle-même – le fait qu'elle avait franchi les limites qui avaient été clairement établies : que leur histoire était un arrangement temporaire. Ils savaient tous les deux qu'ils n'étaient pas du tout faits l'un pour l'autre, et Andi comprenait que Jack ne veuille pas refaire la même erreur en prenant un tel risque. Alors qu'il avait été si profondément blessé. Rejeté, même.

Andi avait des méthodes éprouvées pour faire face à l'apparition de nuages émotionnels à l'horizon. Se distraire était toujours efficace et, avec des animaux autour, c'était généralement très facile. Elle se détourna des nouveau-nés pour observer le groupe d'agneaux plus âgés qui se pourchassaient dans un coin éloigné de l'enclos. Lucky était parmi eux, faisant désormais partie de la bande. Il accourait toujours lorsqu'elle apportait un biberon, mais il n'en avait plus besoin. Son ventre était si rond qu'il ne pouvait pas sauter aussi loin que ses amis.

Jack avait dû suivre son regard. Il sourit et demanda :

— Tu veux ramener Lucky avec toi à Auckland ?

— J'adorerais, admit Andi. Mais je pense que le gardien de mon immeuble ne serait pas d'accord. Surtout dans six mois.

— Tu as un concierge ? Tu ne m'en as jamais parlé.

— Tu ne m'as jamais posé la question. Et c'est aussi bien qu'il y en ait un, sinon je n'aurais pas pu venir vous aider. Mes plantes en pot seraient toutes mortes à l'heure qu'il est.

— Ah, je comprends. Je suppose qu'on a nous aussi une sorte

de gardienne. Maureen. Quand vas-tu enfin l'épouser, papa ? poursuivit Jack en se tournant vers Dave. Tout le monde voit bien que vous êtes faits l'un pour l'autre.

Dave secoua la tête en riant. Puis il s'éclaircit la gorge, comme pour signaler qu'il préférait changer de sujet.

— Je voulais te le dire ce soir, à l'heure de l'apéro, déclara-t-il à l'attention d'Andi, mais je ne peux plus garder le secret. J'ai reçu un appel cet après-midi. De Warren.

À quand remontait la dernière fois qu'elle avait pensé à son patron à Auckland ? Des jours ? Des *semaines* ?

— Je lui ai parlé de temps en temps pendant ton séjour ici, avoua Dave. Il disait qu'il voulait prendre de mes nouvelles, mais on a surtout parlé de toi, Andi. Au début, il était simplement heureux d'apprendre que tu t'étais bien adaptée et que tu relevais tous les défis qui se présentaient à toi. Il a adoré que je lui raconte combien Jed se rétablissait vite après son opération, et je lui ai envoyé des photos des magnifiques chiots que tu as sauvés grâce à cette césarienne.

— Je n'étais pas toute seule, protesta Andi. C'était nous tous. Toi, Jack et Maureen.

Nous tous.

Dire à Dave qu'il était une bonne figure paternelle avait été plus proche de la vérité qu'elle ne s'en était rendu compte, car Andi n'avait jamais rien eu qui se rapprochât plus d'une famille que ce qu'elle vivait chez les Dunlop. Elle garderait toujours de très bons souvenirs de son séjour ici.

Elle était encore plus heureuse que l'homme qui avait le pouvoir de faire ou défaire son avenir ait reçu d'aussi bons commentaires à son sujet. Après tout, c'était la raison pour laquelle elle était venue ici.

— Je lui ai dit aujourd'hui que, si je pensais que cela t'intéressait un tant soit peu, je t'offrirais un poste ici.

— Qu'est-ce qu'il a répondu ?

— Il a juste ri. Il a dit qu'il savait exactement où tu te voyais dans dix ans, et ce n'était pas dans une clinique vétérinaire rurale de Central Otago.

Andi imaginait facilement le ton dédaigneux de Warren, et elle n'aimait pas ce que cela lui faisait éprouver. Il devait être tellement sûr de lui. Tellement sûr de ce qu'Andi pensait et ressentait. Mais il ne la connaissait pas, n'est-ce pas ?

Il ne connaissait que la version d'elle-même qu'elle avait laissé le monde voir. Pas étonnant qu'elle soit si douée pour cacher ses sentiments. Elle le faisait depuis l'âge de cinq ans et avait compris qu'elle ne pouvait compter sur personne pour vraiment se soucier d'elle.

La voix de Dave interrompit ses pensées.

— Je ne sais pas si je dois te le répéter. Mais il m'a dit qu'ils avaient eu une réunion d'associés hier et qu'ils avaient voté à l'unanimité pour t'inviter à rejoindre le cabinet.

Andi retint son souffle. *Enfin...*

Son cœur battit à tout rompre ; c'était une sorte de triomphe, comme si elle venait de remporter la plus grande victoire de sa vie. Andi pouvait presque sentir l'aura de respect de son nouveau statut l'envelopper. Cela aurait dû être le moment le plus heureux de sa vie, et pourtant... quelque part, ça n'allait pas.

Andi jeta un coup d'œil à Jack.

— Félicitations, dit-il doucement. Je sais à quel point c'est important pour toi. C'est ce que tu as toujours voulu.

— Il semblait impatient de te revoir sur le pont, reprit Dave. Il m'a demandé si tu avais déjà réservé ton billet de ferry.

Andi poussa un petit soupir en rompant le contact visuel avec Jack. Ou était-ce lui qui avait détaché ses yeux d'elle le premier ?

— Non. Je dois le faire.

Il y eut un long moment de silence. La voix de Jack semblait-elle étrangement enjouée lorsqu'il le brisa ?

— Nous devons fêter ce partenariat ce soir, annonça-t-il. Je vais mettre une bouteille de notre vin mousseux local au frais. Il est aussi bon que n'importe quel champagne français. J'ai juste de la paperasse à régler avant de finir ma journée.

— Et je dois aller voir nos patients hospitalisés, renchérit Andi en lui emboîtant le pas, ravie de cette distraction bienvenue. Je veux refaire une radio de la fracture que j'ai réduite ce matin avant de laisser Gizmo rentrer chez lui.

Elle devait également trouver le temps de passer quelques coups de fil ou faire des réservations en ligne qui étayeraient son voyage de retour à l'autre bout du pays. Mais lorsqu'elle se dirigea vers le bâtiment de la clinique, elle trouva Pingu assis sur son chemin, levant les yeux vers elle. Ses yeux noirs, ronds comme des boutons, étaient presque cachés par sa frange trop longue, mais elle aurait juré qu'il lui lançait un regard accusateur – comme si son petit chien avait compris qu'elle préparait leur retour à la vie urbaine, et que cela ne correspondait pas aux aventures qu'il leur serait possible de vivre s'ils restaient à la campagne.

Mais elle n'avait pas vraiment le choix, pas vrai ? Même si elle l'avait eu, l'annonce de ce partenariat lui donnait l'impression que le choix avait déjà été fait pour elle. Inutile de se rendre malheureuse en se berçant d'illusions sur un avenir alternatif qui n'était qu'un rêve, de toute façon.

Andi éclata d'un petit rire un peu forcé, mais peut-être essayait-elle de se convaincre elle-même, autant que son animal de compagnie. Le plonger dans la rivière pour le laver de la saleté des moutons et couper elle-même les nœuds dans ses poils n'était pas la bonne méthode pour prendre soin de son bébé à fourrure.

— Regarde-toi, Pingu. Je vais prendre rendez-vous chez le toiletteur dès que j'aurai réservé nos billets de ferry. Tu n'as pas été élevé pour être un chien de troupeau, n'est-ce pas ? Tu es viscéralement un chien de la ville.

Et Andi était viscéralement une citadine elle aussi, songea Jack.

C'était ce que lui-même avait dit à Glenys, la propriétaire de Marigold, non ? Andi avait-elle utilisé les mêmes mots délibérément ? Avait-elle vu dans ses yeux une sorte d'indice qu'il pourrait lui demander de ne pas retourner à Auckland et de rester ici, avec lui, à la place ?

Tu parles… Il savait à quel point elle voulait ce partenariat. C'était le fruit de tous ses efforts. Cela lui donnerait un statut parmi ses collègues – ses associés – et la possibilité d'aller plus loin dans sa spécialité. Elle pourrait devenir une experte mondiale en chirurgie orthopédique canine ou quelque chose comme ça, et voyager à travers le monde pour donner des conférences prestigieuses lors de congrès internationaux.

Elle se sentirait spéciale, ce que sa grand-mère lui avait refusé. Le cœur de Jack se brisait chaque fois qu'il pensait à la petite Andi terrifiée, coincée à l'arrière d'une voiture accidentée avec ses parents sans vie, mais il se brisait encore plus quand il songeait à toutes ces années où elle avait été amenée à se sentir indésirable. Mal aimée.

Jack était toutefois assez sûr de n'avoir rien révélé qui puisse mettre Andi mal à l'aise à l'idée de repartir pour Auckland. Après tout, il était passé maître dans l'art de cacher ses sentiments. Il avait appris à le faire encore tout jeune enfant, en faisant semblant d'être heureux pour essayer d'effacer la tristesse dans les yeux de son père depuis que sa mère était tombée gravement malade puis était décédée. Il avait à nouveau utilisé ces compétences pendant son mariage, alors qu'il s'efforçait de le faire fonctionner, et ensuite après son échec, car il ne supportait pas que les gens sachent à quel point il était brisé et aient pitié de lui, en particulier son père.

Cacher ses sentiments pour Andi était assez facile en comparaison. Cela leur épargnerait à l'un et à l'autre de souffrir. À peine quelques minutes plus tôt, elle avait réaffirmé que leur liaison n'avait pas entamé sa ferme intention de retourner à Auckland et d'accepter ce nouveau partenariat prestigieux.

Jack sortit du bureau après s'être débattu avec de la paperasse plus assommante que jamais, et trouva Andi toujours dans la clinique, en train de ranger une étagère de comprimés vermifuges et de traitements antipuces divers.

— Comment va Gizmo ?

— Il est rentré à la maison. La fracture est stable, ses signes vitaux sont normaux et ses analgésiques suffisants pour le laisser somnolent pendant un moment.

— C'est Murray qui est venu le chercher ?

— Oui. J'aurais juré qu'il avait les larmes aux yeux quand il a porté Gizmo jusqu'à sa camionnette. Qu'est-ce qu'ils ont, ces grands durs à cuire de fermiers, avec leurs chiens ?

— C'est juste de l'amour, répondit Jack avec un demi-sourire. Sauf qu'ils ne sont pas très doués pour le cacher quand il s'agit de leurs chiens.

Le silence qui s'installa soudain semblait... étrange. C'était à cause de cette idée de « cacher » des sentiments ?

Ou était-ce parce qu'il avait prononcé le mot « amour » ? Andi était-elle prise au dépourvu par la pensée d'un petit chien plus aimé qu'elle ne l'avait jamais été ?

Jack ne pouvait pas simplement détourner le regard et ne rien ajouter. Pas alors qu'il avait encore en tête l'image d'Andi enfant, terrifiée. Il voulait qu'elle sache qu'elle ne méritait pas d'être traitée ainsi. Elle avait besoin de croire qu'elle était spéciale. C'était peut-être la dernière chance pour Jack de lui faire ressentir ça, et il devait le faire d'une manière mémorable, mais sans gâcher la joie qu'elle éprouvait à l'idée de retourner à Auckland. C'était l'occasion de se séparer en bons amis – sans aucun regret.

Et il pensait savoir comment s'y prendre. Il s'efforça de garder un ton aussi décontracté que possible.

— Je ne t'ai jamais invitée à dîner. Tu veux sortir avec moi ce soir ?

— Et qui va nous remplacer ?

— On n'est pas de garde. On a le droit de prendre un peu de temps pour nous parfois et... j'aimerais t'inviter à dîner. Pour te remercier de tout ce que tu as fait depuis que tu es ici.

Sourcils haussés, Andi semblait essayer de ne pas sourire.

— Tout le plaisir était pour moi, murmura-t-elle.

Jack s'approcha. Il se pencha pour redresser une boîte de

comprimés, laissant délibérément son bras effleurer celui d'Andi. Ses lèvres étaient très proches de son oreille.

— Je parlais de ta contribution professionnelle, répliqua-t-il tout aussi doucement. Mais... peut-être que j'aimerais aussi te dire merci pour tout le reste.

Il croisa le regard indéchiffrable d'Andi.

— J'adorerais sortir dîner, dit-elle. Donne-moi une demi-heure, le temps de me préparer. Je crois même que j'ai une robe quelque part fourrée dans une valise.

Jack avait un costume au fond de son armoire, et une chemise chic qui avait besoin de boutons de manchettes, qu'il n'avait pas portée depuis un bal de gala auquel il avait assisté il y avait trop longtemps pour s'en souvenir.

Les sourcils de Dave se levèrent beaucoup plus haut que ceux d'Andi.

— C'est pour quelle occasion, fiston ?

— J'ai pensé emmener Andi dîner dans un endroit sympa, répondit-il en évitant le regard de son père. Juste pour lui faire savoir à quel point nous avons apprécié sa présence.

Le silence qui suivit lui fit retenir son souffle. Son père savait, réalisa-t-il. Peut-être l'avait-il toujours su. Il savait que Jack était amoureux d'elle.

Et il savait exactement pourquoi cela ne pourrait jamais marcher. Il avait été là quand le mariage de Jack avait sombré et il l'avait vu lutter pour retrouver une certaine stabilité émotionnelle. Est-ce que cela avait été aussi difficile pour Dave que d'essayer d'aider son jeune fils à accepter la perte de sa mère ? Jack ne pouvait qu'imaginer à quel point ce devait être dur de voir son enfant souffrir sans pouvoir rien faire pour lui. Il n'était jamais facile pour les hommes d'exprimer leurs sentiments l'un envers l'autre, mais ils n'en avaient jamais eu besoin, n'est-ce pas ? Il y avait une profonde sympathie dans les yeux de son père. Ce lien était profond. L'amour était infini. Dave sourit.

— Amusez-vous bien. Je ne vous attendrai pas.

— Merci, papa, répondit simplement Jack. Je ferai en sorte qu'Andi passe une soirée inoubliable.

Cela faisait près de trois mois qu'Andi était dans la région, mais elle n'avait encore jamais vu le front de mer de Queenstown la nuit.

Il scintillait de mille feux. La musique s'échappait des bars, des musiciens jouaient dans les jolies rues, où il y avait suffisamment de monde pour rendre l'atmosphère animée, comme si tout le monde se rendait à une fête.

Andi avait assurément l'air d'être en route pour une fête. Elle avait trouvé une robe dans l'un des sacs qu'elle avait entassés dans sa voiture. Elle était très froissée, mais après l'avoir suspendue dans la salle de bains pendant qu'elle prenait une douche chaude, la robe était presque aussi belle que lorsqu'elle l'avait portée lors d'une soirée chic à Auckland l'année précédente. Elle ignorait pourquoi elle avait pensé avoir besoin d'une telle tenue dans une communauté rurale, mais ce soir, elle était très heureuse de la porter.

La robe était vert foncé. Doublée de soie épaisse, sous un tissu très fin et transparent, décoré de paillettes qui scintillaient à chacun de ses mouvements. Avec ses manches courtes, son corsage ajusté et sa jupe virevoltante, elle était probablement beaucoup trop habillée pour l'endroit où Jack comptait l'emmener, mais Andi voulait qu'il la voie sous un jour... eh bien... beaucoup plus avantageux que l'apparence qu'elle avait adoptée depuis trop longtemps, vêtue de sa salopette et de ses bottes en caoutchouc, les cheveux tirés en un chignon désordonné. Elle les avait brossés jusqu'à ce qu'ils brillent et les avait simplement laissés lâchés afin qu'ils caressent la peau de son dos, dénudée par le décolleté de la robe.

À en juger par l'expression admirative de Jack lorsqu'elle était allée déposer Pingu pour qu'il passe la nuit avec Bess, Dave et les chiots de Meg, elle avait atteint son objectif. Elle-même était terriblement impressionnée par l'allure de Jack, dans un costume qui ressemblait presque à un smoking. Le fait qu'il ait laissé les premiers boutons de sa chemise défaits et qu'il ne porte pas de cravate rendait la tenue parfaite pour lui. Ou était-ce la touche finale, son chapeau de cow-boy ?

— Prenons ma voiture, suggéra Andi. Je ferais mieux de vérifier qu'elle fonctionne bien avant de repartir traverser tout le pays. La batterie est peut-être à plat.

Ce n'était pas le cas. La voiture de sport racée ronronna jusqu'à Queenstown.

— Tu aimes la cuisine japonaise ? demanda Jack alors qu'ils longeaient une avenue commerçante dont les grands arbres de chaque côté étaient ornés de guirlandes lumineuses. On va vers Beach Street et l'esplanade. J'ai entendu parler d'un endroit qui propose un menu-dégustation incroyable. Sinon, il y a un restaurant étoilé au guide Michelin pas loin.

Ils apercevaient désormais le lac, où les lumières des restaurants en plein air rivalisaient avec celles des yachts amarrés. Plus loin, le clair de lune transformait l'eau en argent et illuminait la silhouette des montagnes imposantes.

Andi retint son souffle.

Elle n'avait pas envie d'être enfermée dans le genre de restaurant où elle pouvait aller à tout moment à Auckland.

Peut-être ne voulait-elle pas la présence d'autres gens, car elle souhaitait juste profiter de la compagnie de Jack Dunlop.

— Tu sais ce que j'aimerais vraiment ? répliqua-t-elle.

— Dis-moi…

— Du *fish and chips*. Il fait assez chaud pour s'asseoir dehors et pique-niquer. Sur la plage, peut-être ?

— Les jardins botaniques sont magnifiques. Juste au bout de la plage. Il y a des endroits où s'asseoir et admirer la ville, ou le lac et les montagnes.

— Ça me semble parfait.

— À une condition.

— Laquelle ?

— Qu'on ne parle pas de ce boulot bling bling auquel tu retournes. Ni de ton départ. Juste pour ce soir, on pourrait faire comme si tu ne partais jamais ?

Le cœur d'Andi se serra si fort qu'elle eut l'impression de ne plus pouvoir respirer pendant un long moment.

— Ça me semble parfait aussi, murmura-t-elle.

Et ça l'était.

Ils achetèrent des filets de poisson frits croustillants et des frites maison qui restèrent chaudes assez longtemps, emballées dans plusieurs couches de papier, pour leur permettre de trouver un endroit complètement isolé sur la plage, à l'ombre d'un grand saule. Ils parlèrent des personnes qui voulaient adopter les chiots de Meg, et de Jed qui s'entraînait à nouveau pour la prochaine épreuve de chiens de troupeau. Ils se remémorèrent en riant le jour où ils s'étaient rencontrés et partagèrent leur joie de voir que Dave s'était si bien remis d'un accident qui aurait pu être tragique.

Et puis il y eut le baiser...

Un baiser si doux, si long et si tendre qu'il brisa le cœur d'Andi en miettes.

C'était comme si Jack lui disait au revoir.

C'était comme si cela lui brisait le cœur à lui aussi, mais aucun d'eux n'évoqua son départ ni l'endroit où elle retournait, car c'était la règle pour une soirée qui avait été, en effet, parfaite.

Trois jours plus tard, la petite voiture rouge était de retour dans l'allée.

Pingu était attaché à sa ceinture de sécurité sur le siège passager avant. La banquette arrière et le coffre étaient à nouveau remplis de sacs – dont l'un contenait la robe verte scintillante.

Andi serra Dave dans ses bras et lui promit de rester en contact. Elle dut retenir ses larmes et prendre une profonde inspiration lorsqu'il repartit vers la maison, lui laissant manifestement un moment d'intimité pour dire au revoir à Jack.

Mais que pouvait-elle dire ? Si elle commençait à parler, le barrage qui retenait tout ce qu'elle avait sur le cœur risquait de céder, et elle ne voulait pas faire ça à Jack.

Elle ne pouvait pas lui dire qu'elle l'aimait. Même si elle pensait en toute sincérité qu'elle était prête à renoncer à son fabuleux nouveau partenariat et à sa vie à Auckland pour être avec lui, cela ne suffirait pas, n'est-ce pas ?

Il souhaitait avoir une famille et elle ne pouvait pas lui promettre de lui donner les enfants dont il rêvait.

Mais pourquoi diable Jack voudrait-il qu'elle reste ? Il avait déjà tenté le coup avec quelqu'un comme elle, et cela l'avait brisé. Elle l'aimait trop pour risquer de lui faire subir ça une fois de plus. Elle ne pouvait pas non plus risquer son propre cœur. L'idée qu'il la repousse, même s'il le faisait avec gentillesse, lui était insupportable. Tout comme celle de ne pas être assez aimée. De ne pas être *assez bien*.

Le silence entre eux semblait incandescent, mais Andi ne trouvait toujours rien à dire. Jack semblait avoir autant de mal qu'elle, mais au moins, il brisa la tension. Il tendit simplement les bras et ils s'enlacèrent. Si étroitement qu'Andi n'arrivait plus à respirer, mais cela n'avait aucune importance.

— Prends soin de toi, murmura-t-il à son oreille.

Le barrage qui retenait ses mots s'était transformé en une énorme boule dans la gorge d'Andi. Sa voix était étranglée.

— Toi aussi…, fut tout ce qu'elle parvint à articuler.

Puis Andi se retrouva au volant de la petite voiture rouge.

Elle démarra.

Quand elle regarda dans le rétroviseur, elle vit Jack debout au milieu de l'allée, avec Bess assise à ses côtés comme une sentinelle.

Elle faillit s'arrêter et faire demi-tour.

Mais devant elle s'étendait tout ce dont elle avait rêvé depuis toujours. L'indépendance. Le succès. La sécurité.

Derrière elle se tenait un homme qui ne vivrait jamais ailleurs que dans cet endroit où était enraciné le plus grand chagrin de la vie d'Andi. Un homme qui ne désirait rien de plus que les enfants qu'elle ne pourrait jamais lui donner. Cela ne pouvait pas marcher. Cela finirait par les détruire tous les deux.

Elle savait que ce serait difficile de partir. Mais si Jack avait voulu qu'elle reste, il aurait dit quelque chose, non ?

— Ne te retourne pas, s'ordonna-t-elle à voix haute. Ce n'est pas la direction que tu prends...

11

Les opérations du matin étaient terminées.

Deux chattes stérilisées, un chien castré, un chat avec un abcès, et quatre chats et chiens qui avaient besoin de soins dentaires. Des *designer dogs*, remarqua-t-elle. Issus du croisement de deux races. Un cavoodle et un spoodle. Elle imaginait ce que Jack dirait à propos de ces patients. Elle n'avait pas trouvé son expression très drôle quand il l'avait interrogée sur la race de Pingu.

« Un schnoodle ?... Devrais-je dire “à vos souhaits” ? »

Curieusement, elle souriait en y repensant maintenant. Jack avait fini par changer d'avis sur Pingu, n'est-ce pas ? Elle entendait presque l'écho de son rire et voyait les rides au coin de ses magnifiques yeux sombres lorsqu'il regardait son petit chien intelligent obéir à ses ordres pour essayer de jouer les chiens de troupeau avec Lucky.

Andi laissa ses patients aux soins des infirmières vétérinaires et se hâta de commencer ses consultations. Warren passa la tête par la porte de son bureau.

— Andi... comment ça va ? Tu t'es bien réinstallée ?

Elle était de retour depuis trois semaines maintenant.

— Oui, Warren. Je n'ai pas vraiment le temps, là. Je pense que la salle d'attente est pleine.

— Je sais, je sais. Je voulais juste te rappeler le dîner des associés la semaine prochaine. Tenue de soirée. C'est une occasion importante pour accueillir notre nouvelle associée. Ce sera une bonne excuse pour t'offrir une nouvelle robe !

— Je vais peut-être faire ça, oui.

Mais le sourire d'Andi semblait forcé. Elle allait peut-être devoir acheter une nouvelle robe, car elle n'allait certainement pas porter sa robe verte scintillante à ce dîner. En fait, elle ne la porterait peut-être plus jamais, car elle ne voulait pas ternir le souvenir de la dernière fois qu'elle l'avait mise pour sa soirée avec Jack, lorsqu'ils avaient mangé du *fish and chips* sur la plage au clair de lune. Si l'on ne tenait pas compte des heures de travail et de leurs nuits volées ensemble, était-ce leur premier vrai rendez-vous galant ? Ou était-ce quand Jack lui avait fait visiter Cutler's Creek en allant couper les sabots de George, le bouc ? Quand ils avaient commencé à se connaître. Quand elle avait compris que leurs avenirs respectifs, en termes de vie personnelle et familiale, seraient à l'opposé l'un de l'autre.

Cette chevauchée sur la colline pour ramener les brebis gestantes à la ferme avant la mise bas ressemblait beaucoup plus à un rendez-vous galant, non ?

Après tout, c'était la première fois qu'il l'avait embrassée.

Un baiser comme elle n'en avait jamais connu, mais cela n'avait rien d'étonnant puisqu'elle n'avait jamais embrassé un cow-boy auparavant.

Mais non... Le soir du pique-nique sur la plage avait été d'un tout autre genre. Car c'était le début de la fin.

Le soir de *ce* baiser... Celui qui résonnait de toutes ces choses restées non dites.

Si seulement tout avait pu être différent... Je ne veux pas que ça s'arrête...

Oh ! Seigneur... Les échos de ce baiser, de la voix de Jack, non seulement la poursuivaient dans sa chambre – luxueuse mais désormais solitaire –, mais aussi au travail.

Elle avait déjà dépassé la porte de Warren, mais son patron – ou son associé, désormais ? – n'avait pas fini.

— Je dois aussi te rappeler le versement de ton apport, dit-il. Le comptable veut le traiter avant la fin de la semaine.

— Je sais... Je suis désolée que ça prenne autant de temps. J'ai dû casser un dépôt à terme et la banque est un peu lente.

C'était la dernière case à cocher pour signer son partenariat et obtenir une part importante dans le cabinet. Pour consolider son avenir au sein de la plus prestigieuse clinique vétérinaire de la ville. Cela aurait dû être fait depuis longtemps, mais, pour être honnête, ce n'était pas vraiment la faute de la banque si le processus prenait autant de temps. Andi se surprenait à hésiter à franchir cette dernière étape, qui confirmerait définitivement son implication dans la société.

Et elle ne savait pas pourquoi.

Était-elle trop fatiguée après le long trajet pour rentrer chez elle ? S'inquiétait-elle pour Pingu, qui semblait étrangement apathique et n'avait pas d'appétit ? Toute cette communauté, à laquelle elle s'était tant habituée au travail et en dehors, lui manquait-elle ? *Jack* lui manquait-il ?

Quoi qu'il en soit, l'air lui semblait plus pesant qu'avant à Auckland. Elle avait plus de mal à le faire entrer dans ses poumons, et l'oxygène qu'il lui apportait semblait moins efficace pour lui redonner de l'énergie.

Dans la salle d'attente, elle appela son premier patient. Un schnauzer miniature en surpoids que sa propriétaire posa sur la table de la salle de consultation.

— Oh ! non, fit-elle, voyant le chien en souffrance évidente. Gus a encore des problèmes d'estomac ?

— Il a arrêté de manger, répondit sa maîtresse, mais il continue de vomir. Il ne veut pas sortir se promener.

— Vous lui avez encore donné des restes à table ?

— Il a ses propres biscuits sur la table, mais il préfère ma nourriture. Qu'est-ce que je peux faire ? Regardez ces yeux…

La femme se pencha pour embrasser son chien sur la tête.

Andi fit la moue. Ce qu'elle pouvait faire, c'était suivre les conseils reçus la dernière fois que son chien avait développé une pancréatite, et arrêter de le gâter avec des restes trop gras de nourriture destinée à la consommation humaine.

— Une inflammation répétée du pancréas peut être dangereuse, dit-elle. Cela pourrait entraîner un diabète, voire une insuffisance hépatique chez Gus.

— Mais vous pouvez l'aider, n'est-ce pas ? répliqua la femme, contrite. C'est pour ça que nous venons ici. Tout le monde sait que vous êtes les meilleurs vétérinaires de la ville.

— Nous devons hospitaliser Gus, reprit Andi après avoir terminé son examen. Il a de la fièvre, il souffre et il est très déshydraté. Nous allons devoir le mettre sous perfusion et lui donner des médicaments contre la douleur et les nausées. Il faudra peut-être quelques jours pour qu'il s'en remette.

— Peu importe ce que ça coûte. C'est mon bébé… Je vous en prie… Prenez soin de lui.

La maîtresse de Gus pleurait à présent. Son bébé… Mon Dieu… Andi avait-elle vraiment trouvé normal d'appeler Pingu son *bébé à fourrure* ? Et d'avoir dit à Jack qu'elle n'envisagerait jamais d'avoir d'enfants humains, mais seulement des enfants à fourrure ? Parce qu'il n'y avait aucune garantie qu'on serait toujours là pour s'occuper d'eux et leur donner de l'amour ?

Cela s'appliquait autant à son animal de compagnie bien-aimé qu'à un vrai enfant, et cela ne l'avait pas empêchée d'adopter Pingu. Bon sang… Peut-être que Jack avait été soulagé de voir partir quelqu'un qui n'était pas logique ? Quelqu'un qui n'attendait que de retourner à son tai-chi et à son coach sportif. De vivre dans un penthouse où l'on ne pouvait même pas sortir et sentir l'herbe sous ses pieds.

Le sentiment que quelque chose n'allait vraiment pas dans sa vie ne l'empêchait toutefois pas d'éprouver de l'empathie pour cette cliente et son chien.

— Nous allons prendre le meilleur soin possible de Gus, lui promit-elle. Je vais demander à une infirmière de l'emmener. Vous pourrez peut-être apporter sa couverture plus tard.

— Et ses jouets. J'apporterai ses jouets…

Andi ne dit pas qu'il était très peu probable que Gus ait envie de jouer dans l'immédiat. Elle savait qu'il était aussi aimé que

Pingu. Le problème, c'est que ce pauvre chien était étouffé par tant d'attention.

Son moral baissa encore lorsqu'elle poursuivit ses consultations, enchaînant chiens en surpoids, vaccinations, infestation d'acariens dans les oreilles. Des animaux de compagnie adorables, mais dont les maîtres étaient maladroits. Puis elle alla voir si Gus allait mieux.

— Il ne te reste plus que dix minutes de pause déjeuner, l'avertit Ginny. Tu as dépassé ton temps de consultation.

— Je sais, dit Andi avec un soupir. Mais j'ai dû nettoyer des oreilles qui paraissaient remplies de marc de café avant d'expliquer au propriétaire comment utiliser le médicament contre la gale. Je vais sortir Pingu pour qu'il fasse ses besoins.

Pingu était allongé au fond de sa cage, inerte. Avant, il remuait la queue, prêt à bondir dès que le loquet était retiré. Il n'avait plus fait ça depuis le premier jour où elle avait fait son retour au travail.

— Prends quinze minutes, dit Ginny. Vingt, même.

Il y avait un espace vert à seulement cinq minutes de la clinique, mais Pingu ne semblait pas pressé d'y aller. Andi s'accroupit dans l'herbe à côté de lui.

— Qu'est-ce qui se passe ? demanda-t-elle. Tu n'es pas malade. C'est juste que tu n'es pas très heureux, hein ?

Andi le comprenait. Elle-même n'était pas vraiment heureuse. Elle prit Pingu dans ses bras pour le câliner. Il était tellement différent depuis son passage chez le toiletteur. Il sentait aussi meilleur. C'était pour cela qu'il n'était pas heureux ? Il préférait être un chien de troupeau hirsute ?

Ils n'étaient partis que quelques mois de cette grande ville animée. Comment cela pouvait-il donner l'impression que tout ce qui comptait avait été ébranlé ?

— Ça va aller mieux, dit Andi. Il faut juste qu'on se réhabitue à être à la maison. On ira se promener à la plage après le travail, d'accord ? Il n'y a pas de plage à la campagne.

Mais il y avait les montagnes, le ciel infini et l'air pur, et on pouvait respirer librement. On pouvait voir des agneaux gambader depuis la fenêtre, monter à cheval dans les collines, opérer une vache appelée Marigold et tailler les sabots d'un bouc, au lieu de couper sans cesse des griffes de chats.

Andi avait cru que retourner dans les lieux de son enfance lui permettrait de tourner la page. Qu'elle pourrait revenir dans la ville qu'elle aimait et ne plus jamais être hantée par cette région montagneuse qu'elle essayait de tenir à l'écart même en pensée. Au lieu de cela, elle se sentait déchirée. Elle n'évitait plus de penser à Central Otago. Elle y songeait même beaucoup trop !

Raison pour laquelle elle n'avait pas encore contacté Jack. Ni Dave. Elle craignait que cela soit encore plus difficile si elle ouvrait la porte à ces deux mondes très différents. Il valait mieux garder une séparation claire ; et pourtant, si Jack l'avait contactée, elle aurait répondu. Probablement instantanément…

Mais il ne l'avait pas appelée, ni même envoyé un SMS.

Pourquoi l'aurait-il fait ?

C'était elle qui était partie, après tout, mais ce n'était pas comme si elle avait eu le choix. Andi avait déjà accepté le partenariat avec la clinique vétérinaire de Warren. Il ne lui restait plus qu'à verser sa contribution financière. Auckland était l'endroit où elle devait vivre pour sa carrière. Peut-être irait-elle dans d'autres grandes villes dans le monde plus tard, pour suivre des formations et des stages afin d'améliorer ses compétences en orthopédie. Elle avait également besoin d'être dans cette partie éloignée du pays pour des raisons personnelles. Imaginons qu'elle retourne à Cutler's Creek, qu'elle doive travailler avec Jack et qu'elle le voie trouver la femme idéale qui serait ravie de l'aider à fonder la grande famille dont il rêvait. Ce serait insupportable.

Andy avait enfin tout ce qu'elle avait *toujours* voulu. Elle aurait dû être plus heureuse que jamais.

Qu'est-ce qui clochait chez elle ?

Jack était dans son paradis.

À cheval. Sur sa ferme, avec ses chiens.

— Allez Bess ! cria-t-il. À droite, ma fille… Bien, Meg.

Mieux encore, il était à nouveau avec son père. Dave ne remontait pas encore à cheval, mais il était sur le quad, près de la barrière, prêt à l'ouvrir et à regarder passer le troupeau de brebis et d'agneaux. Les agneaux étaient presque aussi grands que leurs mères, et il était temps de les séparer et de les sevrer, puis de commencer à en vendre quelques-uns à des gens désireux d'agrandir leur propre troupeau de moutons colorés.

Mais pas Lucky.

Jack n'avait pas besoin de pourchasser l'agneau qu'Andi avait élevé au biberon. Au lieu de fuir Bess, Lucky courait vers elle. Grâce à Pingu, il semblait croire qu'il était plus chien que mouton. Jack sortit son téléphone pour prendre une photo. Cela ferait sourire Andi s'il la lui envoyait par SMS.

Sauf qu'il savait qu'il n'allait pas partager cette photo. Ni aucune des autres qu'il avait prises ces dernières semaines. Comme celle de l'incision de Marigold, si bien cicatrisée qu'elle était invisible sous les poils qui avaient repoussé. Il n'avait pas non plus envoyé la vidéo qu'il avait prise de Jed, qui ne boitait plus du tout lors de son dernier contrôle. Ni celle des chiots de Meg qui s'ébattaient joyeusement dans la maison avant d'être choisis par leurs nouvelles familles.

Il y avait aussi la photo de son père et de Maureen, le soir où ils avaient annoncé leurs fiançailles, assis sur la terrasse avec des coupes de vin mousseux bien fraîches.

Celle-là, il l'enverrait. Bientôt. Quand il en arriverait au point où cela n'aurait plus… tant d'importance. Quand il ne vérifierait pas son téléphone toutes les deux minutes après avoir envoyé quelque chose pour voir s'il y avait une réponse.

Il lança Custard à la poursuite de deux agneaux espiègles qui avaient décidé de s'enfuir dans la direction opposée. Bess les talonnait également, et il ne fallut que quelques secondes pour qu'ils rejoignent le troupeau qui se dirigeait vers la barrière. La distraction n'avait été que momentanée et voilà qu'il se remettait à penser à Andi. Il se demandait ce qu'elle faisait. Il espérait qu'elle était heureuse.

Non que Jack ne veuille pas rester en contact avec elle. Loin de là. Il le voulait *trop*. Si elle le contactait, il serait ravi de lui répondre, mais il n'avait pas eu de nouvelles.

Elle était probablement bien trop occupée maintenant qu'elle était de retour en ville. Elle avait un travail qu'elle adorait, où elle n'avait pas à porter de salopette et de bottes en caoutchouc, à sortir sous la pluie, le vent ou la neige, ni même à pratiquer des opérations dans un environnement loin d'être idéal. Elle avait un choix illimité de lieux de divertissement – cinémas, concerts et événements sportifs passionnants, tels que les courses internationales de voiliers dans le port. Elle n'avait pas besoin de grimper des collines ou de monter à cheval pour faire de l'exercice – elle devait être superbe dans ses vêtements de sport à la mode, en cours de Pilates dans sa salle de fitness. Se détendre après une journée bien remplie devait être bien plus intéressant que d'écouter les histoires de Dave autour d'un verre de vin et d'amuse-gueules sur la terrasse. Ses soirées étaient sans doute désormais remplies de réceptions incontournables. Serait-elle éblouissante dans cette sublime robe verte lors d'un événement chic ? Peut-être danserait-elle, sa jupe scintillant sous les lumières vives ?

Elle ne serait certainement pas assise sur un vieux tronc d'arbre échoué sur une plage, en train de manger du *fish and chips* avec les doigts, ça, c'était certain.

Cela dit… elle avait l'air heureuse ce soir-là, n'est-ce pas ? Elle n'aurait voulu être nulle part ailleurs, semblait-il. Aussi heureuse que lorsqu'elle chevauchait Mary. Et puis, la façon dont elle l'avait regardé après qu'il l'avait embrassée au sommet de cette colline…

Jack poussa un soupir. Roz aussi avait semblé heureuse au début. Jusqu'à ce qu'elle réalise tout ce qu'elle avait abandonné pour lui. Quelle erreur elle avait commise.

Une fois les moutons passés par la barrière et sur la route, Dave remonta sur le quad pour suivre le troupeau et s'occuper des bêtes qui auraient la mauvaise idée de s'arrêter pour brouter en chemin. Il fit un signe de tête et un sourire à Jack. Jack sentait le regard de son père dans son dos et imaginait que Dave poussait probablement un soupir aussi lourd que le sien. Il l'observait depuis qu'Andi était partie ce matin-là. Il savait à quel point c'était difficile, mais il n'allait pas s'en mêler. C'était quelque chose que Jack devait affronter seul.

Peut-être était-ce pour cela qu'il éprouvait un tel sentiment de solitude ces derniers temps…

Il accéléra l'allure, criant et sifflant aux chiens pour leur faire comprendre qu'ils n'avaient plus beaucoup de temps. Il ne lui restait qu'une trentaine de minutes pour rassembler les moutons dans le pré à côté de la bergerie, où ils seraient ensuite séparés. Une rude journée attendait Jack après cela, avec un long trajet en voiture jusqu'à une grande ferme d'élevage de cerfs et l'une de ses tâches les moins agréables : superviser l'anesthésie et le contrôle de la douleur des cerfs auxquels on allait retirer leurs bois de velours. Cette pratique était justifiée pour la sécurité des hommes et des animaux, indépendamment de sa valeur commerciale, mais représentait de nombreuses heures de travail difficile, potentiellement dangereux et guère plaisant, ce qui ne contribuait certainement pas à lui remonter le moral. Il allait devoir se concentrer, ce qui avait un avantage certain, car il ne pouvait pas se permettre d'être envahi par des pensées impliquant Andi.

Comme elle lui manquait ! Chaque heure de chaque jour…

Dave Dunlop attendait Jack avec une bière fraîche quand il rentra de la ferme d'élevage de cerfs.

— Viens t'asseoir un instant, mon garçon, lui dit-il en lui tendant la bière. Ça me manque de discuter à la fin de la journée comme on le faisait toujours quand Andi était là.

— Tu prendras bientôt l'apéro tous les soirs avec Maureen, papa. Tu as toujours l'intention d'emménager avec elle après votre mariage ?

— C'est logique. Je n'ai jamais eu l'intention de vivre dans cette vieille baraque aussi longtemps. Je voulais te la laisser, à toi et à la prochaine génération de Dunlop.

— Je ne pense pas que cela arrivera un jour.

— Tu trouveras quelqu'un, Jack. Tu auras la famille dont tu as toujours rêvé.

— Tu crois ? rétorqua Jack. J'ai tout raté la première fois, pas vrai ? Je me suis précipité dans ce mariage juste parce que je voulais tellement fonder une famille... J'étais si naïf que je ne voyais pas que ça ne marcherait jamais.

— Tu étais jeune. Mais, de mon point de vue, tu étais le seul à essayer de faire fonctionner les choses, Jack. Tu as même déménagé en ville pour elle, et on sait tous les deux à quel point tu aimes cette terre. Même ce sacrifice n'a pas suffi.

— Je le referais, murmura Jack. Si je pensais qu'Andi le voulait. Quand on aime vraiment quelqu'un, on peut faire passer ses besoins avant les siens, et cela peut paraître un compromis, mais cela ne devrait pas être un sacrifice. On pourrait peut-être vivre à la périphérie d'une ville et profiter du meilleur des deux mondes. Je renoncerais à mon rêve d'avoir une grande famille si c'était le prix à payer...

Il sentait sa gorge se serrer. Comment pouvait-il imaginer vivre avec quelqu'un d'autre, et encore moins fonder une famille, alors que c'était Andi qu'il voulait à ses côtés ?

— Oh ! mon garçon..., fit son père d'une voix étranglée. Je sais que tu pensais que j'ignorais ce qui se passait entre toi et Andi, mais vous ne faisiez pas beaucoup d'efforts pour le cacher. Je croyais vraiment qu'Andi changerait d'avis et ne partirait pas.

Pourquoi aurait-elle fait ça, se demanda Jack, alors qu'il ne lui avait jamais dit ce qu'il ressentait ? Ces mots qu'il avait tant voulu lui prononcer le jour où il avait appris que la raison pour laquelle elle ne voulait pas avoir d'enfants, c'était qu'elle ne s'était jamais sentie aimée après avoir perdu ses parents.

« Tu en es bien plus que digne. Je t'aime, Andi... »

Non qu'il ait eu la moindre idée à l'époque de tout ce qu'il serait prêt à changer pour être avec elle. Il avait fallu qu'il tombe dans le vide laissé par son départ pour réaliser que rien ne vaudrait jamais le coup sans elle.

— Je comprends à quel point c'est difficile pour toi, reprit Dave. Si je pouvais faire quelque chose pour t'aider…

Ils restèrent assis en silence pendant une minute.

— Peut-être qu'il y a quelque chose, dit Jack.

— Quoi ? Dis-moi. Je le ferai.

— T'occuper de cet endroit et de la clinique, juste le temps que je la revoie. C'est la seule façon pour moi d'être sûr. Je ne veux pas passer le reste de ma vie dans l'incertitude.

12

Andi avait pleuré avec Mme Parker pendant la dernière consultation de la journée. Malheureusement, le moment était venu pour elle de dire adieu à son Toby adoré, et même si Andi savait que c'était la meilleure chose à faire, cela lui brisait le cœur, comme toujours.

Elle essuyait encore ses larmes quand tout fut terminé et qu'elle rangeait le cabinet. Les rendez-vous de ce type étaient toujours fixés à la fin des consultations afin d'épargner aux propriétaires en deuil de traverser une salle d'attente remplie d'autres personnes avec leurs animaux de compagnie. À présent, Andi avait besoin de s'éloigner du travail. D'emmener Pingu dans un endroit agréable, comme un parc ou une plage, et marcher longtemps pour oublier sa tristesse.

Ginny passa la tête par la porte de la salle de consultation.

— Ça va ?

— Oui..., répondit Andi en se mouchant une fois de plus.

— Euh..., fit Ginny, visiblement un peu agitée.

— Qu'est-ce qu'il y a, Ginny ?

— On a un patient sans rendez-vous. Un homme avec son chien. Sa chienne. Il dit qu'il est très inquiet pour elle.

— Elle a l'air malade ? Ou blessée ?

— Non. On dirait qu'elle vient tout droit d'une ferme. Il a une corde en guise de laisse, tu le crois, ça ?

Andi pouvait le croire, oui. Quand Dave et elle regardaient Jack et Bess concourir dans l'épreuve des chiens de tête, Pingu était à côté d'elle dans son harnais et sa laisse assortis, mais Meg avait un vieux morceau de corde noué autour de son collier, dont Dave tenait l'autre extrémité d'une main lâche.

Celui qui avait amené son chien à la clinique vétérinaire venait en effet probablement tout droit d'une ferme, et Andi n'allait pas le renvoyer. Elle avait un tout nouveau respect pour les fermiers et leur capacité à juger si un animal avait besoin de soins médicaux professionnels.

Mais pourquoi étaient-ils venus *ici* ? Peut-être qu'un fermier s'était déplacé en ville pour un rendez-vous ou des courses qu'il ne pouvait pas faire à la campagne, et que son chien allait soudain mal ?

— Donne-moi une minute, dit Andi à Ginny. J'arrive.

Elle se moucha à nouveau, lissa ses cheveux et redressa les épaules. Être professionnelle était pile ce qu'il lui fallait. Cela lui rappellerait le revers des côtés difficiles de ce métier : les moments où l'on avait besoin d'elle et où elle pouvait aider un animal qui avait un problème.

La porte s'ouvrit quelques secondes plus tard et le chien entra le premier. Un chien assez grand pour les standards urbains, et certainement pas un *designer dog*. C'était un vrai chien de troupeau, élégant, presque entièrement noir, avec un museau et un poitrail blancs et des taches brunes sur les joues.

Il ressemblait énormément à Bess. *C'était* Bess…

Une haute silhouette se tenait à l'autre bout de la corde. Avec un jean et des bottes noirs. Un T-shirt noir, un chapeau de cow-boy noir…

Jack…

Andi battit des cils, bouche bée.

— Bien le bonjour, dit Jack. Je suis venu avec ma chienne.

Il ôta son chapeau et le posa sur la table d'examen.

Andi s'éclaircit la gorge.

— Je vois. Ah… quel est le problème ?

— Je pense qu'elle est déprimée, dit Jack.

— Oh… fit Andi, ses pensées se tournant soudain vers son

propre chien – Pingu n'était pas très joyeux non plus ces derniers temps. Elle a perdu l'appétit ?

— Ouaip.

— Elle manque d'enthousiasme pour les choses qu'elle aime habituellement, comme les promenades, par exemple ?

— Ouaip, acquiesça Jack. Je pense qu'elle a perdu sa joie de vivre. Vous voyez ce que je veux dire ?

C'était au tour d'Andi d'acquiescer.

— Oui. Et euh... Vous avez une idée de la raison pour laquelle elle pourrait être malheureuse ?

— Ouaip, répondit Jack d'un ton neutre. Je crois qu'elle est amoureuse... mais ils ne peuvent pas être ensemble...

Andi sentit un sourire se dessiner sur ses lèvres. Elle se souvenait d'avoir dit à Jack qu'elle pensait que Pingu était follement amoureux de Bess. Mais l'inverse ?

Jack devait plaisanter. Bess avait dû être hyper heureuse d'être débarrassée de Pingu, et que la vie reprenne son cours normal. Andi n'avait pas oublié la façon dont la favorite de Jack avait grogné contre Pingu lors de son premier jour à Cutler's Creek, alors qu'il remuait la queue et mourait d'envie de jouer avec sa nouvelle amie. La façon dont elle l'avait ignoré les semaines suivantes. Son regard dédaigneux lorsqu'elle avait dû le regarder jouer à *son* travail en essayant de rassembler Lucky, l'agneau docile.

Mais peut-être que Jack ne parlait pas vraiment de Bess ?

Était-ce comme le soir où on aurait pu penser qu'il parlait de l'emménagement d'Andi dans la maisonnette des tondeurs alors qu'il suggérait en réalité qu'ils deviennent amants ?

— Je devrais peut-être aller chercher Pingu ? proposa-t-elle. Bess serait sans doute plus heureuse s'ils pouvaient passer un peu de temps ensemble.

Mais Jack poussa un profond soupir.

— Je ne suis pas sûr qu'une simple visite suffise. Cela pourrait même être pire. Et s'ils se revoyaient mais ne trouvaient pas de solution aux problèmes qui les séparent ?

— Ce n'est pas simple, admit Andi d'un ton grave. Tomber amoureux de la mauvaise personne peut rendre la vie très difficile.

— C'est vrai.

— Mais parfois, on peut y remédier si on passe suffisamment de temps loin de cette personne. Pour… vous savez… tourner la page.

Andi voulait que Jack lève les yeux. Pour qu'elle puisse comprendre pourquoi il avait traversé presque tout le pays afin de se retrouver ici, dans sa salle de consultation.

— Et parfois, dit-il lentement, il n'y a pas de remède, alors il faut prendre des mesures radicales.

— Comme quoi ?

— Oh… je ne sais pas…, fit Jack, levant enfin les yeux. Comme déménager en ville ? Pour être avec la personne que vous aimez tant ? Parce que la vie n'est plus la même sans elle ?

Andi avait du mal à respirer, à cause de ce qu'elle voyait dans les yeux de Jack. On aurait dit le reflet de la détresse qui essayait de l'entraîner vers le fond depuis son retour à Auckland. S'était-elle vraiment demandé pourquoi elle ne se sentait pas aussi heureuse qu'elle aurait dû l'être alors qu'elle avait enfin atteint les plus grands objectifs de sa vie ? Pourquoi elle était si réticente à l'idée d'accélérer son engagement dans cette ville et cette clinique pour le reste de sa vie professionnelle ?

La raison se tenait juste devant elle.

L'amour qu'elle ressentait pour Jack Dunlop à cet instant était si intense qu'il menaçait de faire exploser son cœur. Elle sentit de nouvelles larmes monter à ses yeux.

— Mais… mais Bess détesterait vivre en ville. Elle serait encore plus malheureuse…

Jack lâcha la corde qu'il tenait et fit un pas vers Andi.

— Ça vaut le coup d'essayer. Il faut tenter quelque chose, non, quand on ne veut pas vivre sans la personne qu'on aime autant ?

Il était juste devant elle. Il lui disait qu'il l'aimait. Qu'elle était non seulement digne d'être aimée, mais qu'il ne voulait pas vivre sans elle. Et il avait fait tout ce chemin pour le lui dire en personne ?

Pour pouvoir la regarder dans les yeux et voir au plus profond de son âme ? Elle ne pouvait plus prétendre qu'ils parlaient de Bess et Pingu, maintenant.

— Oh ! Jack... Mais je suis une fille de la ville...

— Non... tu es *toi*, dit Jack doucement. Tu es magnifique et incroyable et tellement intelligente, et tu seras toi où que tu vives, et je t'aimerai toujours, alors si tu dois être en ville pour être heureuse, c'est là que j'apprendrai à être heureux aussi.

Mais Andi secoua la tête. Une larme coula.

— Tu détesterais ça. Ça ne me plaît même plus autant que ça, maintenant.

C'était vrai, elle s'en rendait compte. Tout ce qu'elle avait cru si important dans la vie qu'elle s'était construite – comme le partenariat, son appartement et sa voiture –, tout cela lui semblait soudainement... insignifiant. Bien moins important que ce qu'elle ressentait pour cet homme, qui était si proche qu'elle pouvait sentir la chaleur de son corps.

Jack était brusquement devenu très, très calme.

— Pourquoi ? demanda-t-il.

— Il manque quelque chose, déclara Andi.

— Quoi ?

— *Toi...*

Elle vit l'aube poindre dans les yeux de Jack. La joie. Et c'était la plus belle chose qu'elle ait jamais vue.

— Et mon cœur, ajouta-t-elle rapidement, car elle savait que Jack était sur le point de l'embrasser. Je crois que j'ai laissé une grande partie de mon cœur derrière moi.

Elle avait vu juste. Jack était sur le point de l'embrasser.

Et quel baiser ! Andi pouvait ressentir toute la douleur cachée derrière – cette solitude unique que l'on éprouve lorsqu'on est loin de la personne que l'on aime tant. Elle ressentait autre chose aussi. Quelque chose de magnifique.

De l'espoir...

Les yeux de Jack étaient embués d'un mélange de joie et d'espoir lorsque Andi rouvrit enfin les siens.

— Je pense qu'une partie de ton cœur a toujours été là-bas. C'était ton premier chez-toi. Tu penses que ça pourrait être ton chez-toi pour toujours ? demanda-t-il.

Andi souriait à travers ses larmes de bonheur.

— On dirait que tu veux m'adopter. Comme un chien abandonné...

Jack souriait aussi.

— Je veux t'épouser, dit-il. Je veux qu'on soit ensemble pour toujours. Mais ça ne veut pas dire que tu dois commencer à avoir des enfants. Je serai tout aussi heureux avec des animaux de compagnie si je peux les avoir avec toi.

— Oh...

Andi pouvait encore sentir le goût de Jack sur ses lèvres. Ce n'était pas suffisant. Elle en voulait plus.

L'idée que Jack ne puisse pas être le père qu'il était destiné à être – elle le savait – ne lui plaisait pas.

— Je pense... que j'ai peut-être changé d'avis au sujet de fonder ma propre famille.

Elle sut que c'était vrai dès que les mots eurent franchi ses lèvres, mais elle craignait un peu la réaction de Jack.

— Je ne te demanderais jamais ça, dit-il doucement. Pas quand je sais ce que tu ressens à ce sujet. Tu ne voudrais jamais risquer qu'un enfant subisse ce que tu as vécu.

— Mais ça n'arrivera pas. Je n'avais personne d'autre qu'une grand-mère qui ne voulait pas de moi. Si on s'évaporait ou quelque chose comme ça, nos enfants auraient un grand-père qui les aimerait plus que tout.

— Et une grand-mère aussi, précisa Jack. Papa et Maureen sont fiancés, maintenant.

— Oh ! Je suis tellement heureuse de l'apprendre. Et s'ils finissaient par s'occuper de nos enfants, ils auraient tout Cutler's Creek pour les aider. Des gens comme Shona et Glenys, et Zac et Liv, et Ben et JJ, et...

— J'ai compris, dit Jack en riant. C'est une communauté.

— C'est la plus grande police d'assurance qui soit. Une police que l'argent ne pourrait jamais acheter. C'est ce qui fait qu'une famille est une famille, et pas seulement un groupe de personnes qui se trouvent être apparentées.

— Comme ta grand-mère.

Andi acquiesça sombrement.

— Tu ne m'as pas dit que c'était l'amour inconditionnel qui faisait qu'une famille était une famille ? reprit Jack.

Elle acquiesça à nouveau.

— C'est comme ça que je t'aime, Andrea Chamberlain. Je ne te laisserai jamais penser que tu ne mérites pas d'être aimée autant. Inconditionnellement. Et pour toujours. C'est comme ça que ça marche, n'est-ce pas ?

Andi se mit sur la pointe des pieds pour se rapprocher du visage de Jack.

— Oui... et c'est comme ça que je t'aime aussi, Jack Dunlop. Tu es ma famille...

Elle voulait un autre baiser.

Non...

Andi voulait tellement plus qu'un autre baiser. Elle voulait passer toute sa vie à aimer et à être aimée par cet homme.

Elle voulait avoir ses enfants.

Elle voulait que ces enfants aient des grands-parents qui les aiment. Une communauté qui se soucie d'eux. Une école qui leur offre la joie d'une journée des animaux de compagnie.

Oui... elle voulait tout ça. La totale.

Et, à en juger par le regard de Jack, il serait plus qu'heureux de le lui offrir.

Épilogue

Deux ans plus tard...

— C'est bon, Jack ?

— Je crois que oui, répondit Jack en regardant sa montre. Il nous reste dix minutes avant de commencer. Tu devrais peut-être aller te mettre en place pour lâcher les moutons, Zac.

— Dave est déjà là-bas. Avec Tom pour l'aider.

Autour de l'arène centrale où se déroulaient les compétitions canines, les spectateurs se rassemblaient déjà. Ils attendaient le début de la cérémonie de remise des prix, mais ils étaient aussi visiblement intrigués par les obstacles inhabituels soigneusement placés sur l'herbe alors que les épreuves pour les conducteurs de troupeau et les chiens de tête étaient terminées. Dave Dunlop se tenait à l'écart, près de deux cônes orange, à côté d'un petit enclos qui contenait trois moutons de différentes couleurs, dont l'un avait une tache blanche très distinctive sur la tête.

— Ils savent qu'ils doivent attendre que vous soyez présentés, ajouta Zac.

Il jeta un coup d'œil à Bess, aux pieds de Jack, puis, comme tout le monde, il sourit au petit chien assis à côté d'elle. Pingu semblait tout aussi concentré que sa meilleure amie. Il avait la tête penchée en arrière afin de ne pas rater le signal de sa maîtresse. Toujours souriant, Zac leva les yeux et demanda :

— Tu es sûre que tu es prête, Andi ?

— J'ai hâte, répondit-elle. C'est notre première prestation publique. J'espère juste que ce ne sera pas la dernière.

Elle croisa le regard de Jack, et le lien qui les unissait aurait été évident pour les spectateurs les plus éloignés de l'arène.

— Je faisais plutôt référence à la possibilité que tu accouches avant la fin de la démonstration.

— Heureusement que Liv, JJ et toi êtes là, mon pote, rétorqua Jack. Et Ben a une ambulance garée derrière. J'ai bien essayé de suggérer à Andi de rester à la maison et de se reposer, mais tu sais combien ma femme peut être têtue.

— Je n'allais pas rester à la maison alors que toute ma famille est là, protesta vigoureusement Andi.

Elle leva la main pour saluer Liv, de l'autre côté de l'arène, auprès de deux fillettes. Puis elle ajouta :

— Je vois que Grace et Milly sont toujours aussi inséparables. Comme Tom et son grand-père.

— Ces deux-là s'admirent mutuellement, c'est certain, acquiesça Zac. Un peu comme Pingu et Bess. Vous avez été merveilleux en accueillant Tom et Grace, tous les deux.

— Bientôt adoptés, dit fièrement Andi. Comment aurions-nous pu ne pas les accueillir alors qu'ils avaient perdu leur maman ? Grace n'avait que cinq ans.

Elle échangea un autre regard avec Jack. Zac savait pourquoi. Andi avait le même âge à la mort de ses parents. Quand Zac avait parlé à Jack de ces enfants de la région traumatisés par la perte de leur mère célibataire emportée par un cancer agressif, cela ne faisait que quelques mois que Jack était revenu de son voyage à Auckland pour tenter de récupérer l'amour de sa vie. Dave, alors fiancé à Maureen, avait emménagé dans sa petite maison à côté de l'école peu après qu'Andi et Pingu étaient définitivement revenus à Cutler's Creek. C'était Andi qui avait eu l'idée d'accueillir Grace et son frère aîné, Tom, lorsqu'elle avait appris leur situation.

« Ils ont besoin d'une famille », avait-elle simplement déclaré. « Et nous aussi. En plus, ça m'épargnera d'essayer d'être enceinte de triplés. »

Zac n'avait pas demandé d'explication pour ce qui était manifestement une blague entre Andi et Jack, mais toute la communauté pouvait sentir l'amour qui entourait Grace et Tom. Tellement d'amour, mais cela ne semblait être qu'une fraction de celui qui liait Jack et Andi.

Leur mariage au printemps suivant, environ un an après l'arrivée d'Andi comme vétérinaire en remplacement de Dave, avait été un événement joyeux. Une mer de jonquilles dorées entourait la vieille église en pierre de Cutler's Creek, et la robe de Grace, la demoiselle d'honneur, était de la même couleur que les brins de thym sauvage du bouquet que tenait Andi à la main. Maintenant, leur premier bébé allait bientôt pointer le bout de son nez et Grace était sans doute la grande sœur la plus excitée au monde. Même la propre fille de Zac, Milly, était gagnée par l'excitation.

« Grace et moi on a décidé qu'on était sœurs », lui avait-elle dit hier. « Ça veut dire que je vais être une autre grande sœur pour le bébé ? »

« Ça veut dire que tu vas être un membre très spécial de la famille. Comme tous les Dunlop le sont pour nous. »

Car les amis sont les parents que l'on choisit, n'est-ce pas ?

Après un crissement dans le système audio, le commentateur du concours prit la parole.

— Nous avons une épreuve spéciale pour vous aujourd'hui. Vous connaissez tous nos vétérinaires locaux, Jack et Andi Dunlop, et ils sont ici avec Bess, la chienne primée de Jack, pour vous présenter un nouveau type de défi. Cela pourrait devenir, ou non, une nouvelle tendance mondiale audacieuse dans les compétitions canines, ajouta-t-il avec une sorte de rire étouffé. Sans plus attendre… Dave ? Tu veux bien laisser sortir tes moutons suralimentés de leur enclos ?

Zac connaissait bien ces moutons. Lucky, qui semblait porter un chapeau blanc, était le plus âgé. Barbie et Lulu étaient les agneaux que Grace et Milly avaient élevés au biberon l'année dernière. Ils franchirent la barrière ouverte de l'enclos, mais ne s'éloignèrent pas beaucoup. Lucky reniflait les poches de Tom, espérant une friandise. Le garçon poussa gentiment le mouton dans la bonne direction. Bess se tenait entre les deux cônes de signalisation, le regard fixé sur Jack.

Pingu était juste à côté d'elle, tremblant d'excitation.

Andi et Jack mirent tous deux leurs doigts dans leur bouche et sifflèrent pour donner le départ aux chiens. Bess se mit d'un côté, la tête baissée et le corps tendu, Pingu bondit dans la direction opposée et l'assemblée éclata de rire.

Les trois moutons n'étaient pas du tout déconcertés par cette performance publique. Ils laissèrent les chiens les rassembler et les conduire à travers une barrière, puis sur un petit pont, et sautèrent même par-dessus un minuscule obstacle fait d'une vieille branche d'arbre. Andi et Jack sifflaient et criaient des ordres.

— À droite, Pingu... Droite... Voilà, bravo !

— Stop, Bess... Stop...

— Non, Lucky... Tiens-toi bien. Ce n'est pas toi le chef.

La foule criait aussi, éclatait de rire et applaudissait.

— Allez Pingu... petit champion...

— Allez les moutons.

Le dernier obstacle était un cerceau que Dave et Tom maintenaient droit, le bord touchant le sol. Bess se positionna sur le côté et ce fut Pingu qui courut derrière les moutons pour les encourager à passer à travers le cerceau.

Ils refusèrent tous.

Pingu regarda Andi, qui se tenait à côté de Jack, lui tenant la main et riant trop fort pour siffler.

— Montre-leur comment faire, Pingu, finit-elle par crier.

Le petit chien noir et blanc contourna les moutons et passa à travers le cerceau. Lucky le suivit immédiatement. Puis Barbie et Lulu trottèrent derrière eux et enfin, Bess se leva et marcha patiemment dans leur sillage, montrant clairement qu'elle ne faisait cela que pour aider son meilleur ami.

Zac se joignit aux applaudissements tonitruants tandis que Dave et Tom utilisaient des friandises pour ramener les moutons dans leur enclos et que les chiens retournaient se faire câliner par Jack et Andi. Son sourire s'effaça toutefois quand il remarqua l'expression sur le visage d'Andi. Puis il vit la façon dont elle levait les yeux vers son mari et dont Jack la prit d'un geste protecteur dans ses bras, et son cœur fondit.

Il n'avait jamais vu deux personnes aussi amoureuses.

Mais ce n'était pas le moment de rester planté là à regarder. Zac savait exactement pourquoi Jack faisait signe à l'homme qui avait commenté le spectacle de Pingu et Bess.

— Peut-on avoir un secouriste sur l'arène centrale ? appela le commentateur. Ben... tu es là ?

Il était là. Ainsi que Zac et tous les autres professionnels de santé disponibles à Cutler's Creek, y compris les grands-parents du bébé.

La famille Dunlop s'apprêtait à accueillir son nouveau membre.

TINA BECKETT

Le baiser d'un médecin

Traduction française de
ADELINE MAGNE

BLANCHE

HARLEQUIN

Titre original :
LAS VEGAS NIGHT WITH HER BEST FRIEND

Prologue

Eva contempla la première photo de la liasse et cligna des yeux. Elle tenta d'assimiler ce qu'elle voyait. Son nom de famille, Milagre, voulait dire « miracle » en portugais. Eh bien, il faudrait sans doute au moins un miracle pour sauver son mariage.

— Tu as enquêté sur Brad ?

Juchée à côté d'elle sur un tabouret de bar, Darby passa un bras autour de ses épaules.

— Je suis navrée, Evie. Seulement, quand tu m'as dit qu'il avait des horaires bizarres et qu'il avait découché une nuit, j'ai trouvé ça louche.

Le regard d'Evie demeurait fixé sur la photo. C'était bien son mari, au bras d'une autre femme : une beauté aux cheveux de jais auprès de laquelle elle avait l'air quelconque dans sa blouse médicale fripée, avec ses cheveux qui s'échappaient en mèches folles de leur barrette. Peut-être qu'il ne fallait rien y voir d'autre qu'une scène tout à fait innocente… Une accolade pour célébrer un contrat, par exemple. Oui, mais Darby ne lui montrerait jamais ce genre de photos s'il n'y avait pas un problème. Un gros problème. Le pouce d'Evie hésita sur la pile. Elle n'avait pas envie d'en voir davantage.

— Et les autres ? Elles sont à l'avenant ?

— Elles sont pires. J'espérais qu'il me donnerait tort, mais c'est l'inverse qui s'est passé.

Darby saisit sa main pour la serrer doucement.

— Je pensais que tu ne me croirais pas sans preuve. Je sais à quel point tu l'aimes.

Après avoir vu ces photos, Evie n'en était plus aussi sûre. Elle les rendit à Darby.

— Et son entreprise ?

Brad ne lui avait toujours pas montré ses comptes cette année. Cela aussi, c'était bizarre. Il était si fier d'avoir créé sa boîte tout seul, trois ans plus tôt. Mais dernièrement, lorsque Evie avait demandé où en était sa comptabilité, il lui avait répondu qu'il ne l'avait pas encore terminée.

— Il a déposé le bilan il y a un mois et résilié le bail de son bureau.

Hein ? Evie accusa le coup. Quelle idiote, non mais quelle idiote ! Et dire que, pendant tout ce temps, tous les matins, à la même heure, il partait comme si de rien n'était. Il l'embrassait et lui disait même qu'elle allait lui manquer, l'hypocrite… Elle ne s'était rendu compte de rien. Le pire, c'était qu'elle lui avait prêté une grosse somme d'argent pour l'aider à lancer son affaire. Elle était bien récompensée de sa confiance… Et maintenant, elle allait devoir en payer le prix. La gorge serrée, Evie ravala ses larmes et sa colère.

— Merci. Je n'en reviens pas qu'il ait pu me faire un truc pareil…

— Moi aussi, j'ai du mal à le croire. À la fac, tout le monde pensait que, de nous tous, c'était lui qui aurait le plus de chance de réussir dans la vie.

— Il a réussi, d'une certaine manière, dit Evie avec un rire amer. Mais pas comme on pouvait s'y attendre.

Dans sa tête, Evie n'arrivait pas à s'empêcher de se représenter cette femme avec qui son mari la trompait. Elle comprenait à présent pourquoi il ne l'avait pas touchée depuis six mois. Comme excuse, il avait invoqué le stress, un excès de travail, et elle n'avait pas cherché d'autre explication. Au contraire, elle avait été secrètement soulagée. Elle aussi s'était sentie stressée et fatiguée récemment, à tel point que leur projet de bébé avait été renvoyé aux calendes grecques. Elle s'en félicitait, à présent. Qu'aurait-elle fait si elle avait été enceinte ?

— Tu veux vivre chez moi pendant quelques jours ? proposa Darby.

Evie lui sourit avec reconnaissance. De la sorte, elle ne serait pas obligée d'affronter Brad. Du moins, pas ce soir.

— Merci, c'est vraiment gentil.

Elle leva la main pour réclamer un autre verre, que lui apporta aussitôt le barman.

— J'aurai du mal à prendre le volant avec ça.

— Ne t'inquiète pas, c'est moi qui conduis.

— Merci.

Evie sortit son téléphone pour appeler son futur ex. Sans surprise, elle tomba sur sa boîte vocale. Autant en finir tout de suite.

— Je ne rentre pas ce soir, mais à mon retour, je veux que tu aies fait tes bagages et que tu sois parti.

À peine reposé, son téléphone sonna : c'était Brad. Elle ne répondit pas. À coup sûr, il savait qu'elle savait. Elle espérait qu'il ferait ce qu'elle lui demandait. Parce que, dès demain matin, elle allait prendre contact avec un avocat pour entamer une procédure de divorce. De toute façon, ils en seraient sans doute arrivés là, même sans l'intervention de Darby. Cela faisait longtemps qu'ils n'étaient plus heureux ensemble.

Darby jeta un coup d'œil au téléphone, sur le bar.

— Tu crois qu'il te quittera sans faire d'histoire ?

Evie entama un autre verre.

— Je ne sais pas. Par contre, je suis sûre qu'il a un point de chute pour ce soir. Sauf, bien sûr, si elle est mariée.

— Non, elle est célibataire.

— Tu vas toujours au fond des choses, dit Evie en riant tristement.

Darby la regarda dans les yeux.

— Je t'assure que j'aurais espéré un autre scénario.

— Arrête… Aussi bien toi que Max, vous n'avez jamais apprécié Brad.

Evie grimaça mentalement. Pourquoi avait-elle prononcé les noms de Brad et de Max dans la même phrase ? Elle, Darby et Max avaient formé un trio d'amis soudé jusqu'à ce qu'elle se mette à fréquenter Brad. Dès lors, sa relation n'avait plus été la même avec Max. Il n'était même pas venu à son mariage, prétendument parce qu'il devait se rendre à une conférence médicale. Son absence avait profondément blessé Evie. Cela dit, Max n'avait jamais fait mystère du peu de sympathie que lui inspirait Brad.

— On essayait seulement de te prévenir, lui et moi, expliqua Darby.

Ah bon ? Ce n'était pas flagrant. Max, surtout, n'avait jamais rien laissé entendre de tel. Il ne supportait pas la présence de Brad, voilà tout. Il la tolérait même si peu qu'il avait fini par quasiment disparaître de la vie d'Evie.

— Mais tu enquêtes sur lui seulement maintenant.

— J'étais dans la police quand tu l'as épousé, rappelle-toi. Je ne pouvais pas me renseigner sur lui à titre personnel. Mes chefs n'auraient pas apprécié.

Evie regretta d'adresser des reproches à son amie pour des problèmes qu'elle seule s'était créés. D'autant plus que, si Darby avait quitté la police, c'était à cause d'un drame : blessée par balle à la jambe, elle aurait été affectée à des emplois de bureau et avait préféré démissionner pour ouvrir sa propre agence de détective privée. Au lieu de poursuivre physiquement les malfrats, elle les traquait par écran interposé ou à l'aide d'un appareil-photo, comme dans le cas de Brad.

— Excuse-moi, Darby. Je n'aurais pas dû dire une chose pareille.

— Ce n'est pas grave.

Darby remua sur son siège et rattrapa sa canne juste avant qu'elle ne tombe.

— Maintenant, j'ai les coudées franches pour mener mes enquêtes, ajouta-t-elle. Ton prochain mec n'aura qu'à bien se tenir.

— Mon prochain mec ? Ce n'est pas demain la veille que je me remets en couple.

— Ne parle pas trop vite.

— Je t'assure que c'est vrai.

Evie était sincère. Comment pouvait-elle faire confiance à un homme, à présent ? Max l'avait laissée tomber, et maintenant c'était le tour de son mari. Évidemment, elle n'allait pas se réfugier dans un couvent et faire vœu de chasteté, mais dorénavant, elle ne tomberait plus amoureuse du premier mec avec qui elle coucherait. Même si ce mec était Brad Pitt.

1

— C'est pas vrai...

Décidément, la journée commençait mal pour Maximilian Hunt. Il venait de recevoir les résultats d'analyses de deux patients. Dans les deux cas, ils étaient mauvais. Max se renversa sur son fauteuil et se pinça l'arête du nez pour tenter de calmer un début de migraine. Bon, il fallait voir le côté positif de la situation : l'équipe médicale avait posé un diagnostic récemment et déjà commencé le traitement. Il n'empêche, Max avait espéré que ces examens invalideraient son hypothèse et seraient à l'avantage des malades. Il allait falloir les appeler tous les deux afin de convenir d'un rendez-vous pour faire le point. C'était l'un des aspects qu'il appréciait le moins dans son métier.

Il fut distrait de ses pensées par un léger coup à la porte.

— Entrez.

Evie passa la tête par l'entrebâillement, si timidement qu'il voyait à peine son visage. Il ne manquait plus qu'elle. Max ne l'avait pas croisée depuis un bon moment. Un mois, presque. Mais c'était très bien comme cela. Pourtant, Evie avait divorcé d'avec cet abruti et ils auraient été libres de renouer leur amitié. D'ailleurs, Darby ne cessait d'insister pour qu'il se joigne à elles lors de leurs sorties hebdomadaires au restaurant. « Comme au bon vieux temps », disait-elle. Mais, pour une raison obscure, Max hésitait. Il n'avait pas envie de revoir Evie chaque semaine comme avant, justement.

Evie entrouvrit un peu plus la porte.

— Ça t'embête si je te parle une minute ?

— Non, pas du tout.

Ce n'était pas vrai, mais il ne pouvait décemment pas lui dire cela. D'un geste, il l'invita donc à s'asseoir sur l'un des sièges en face du bureau. Elle traversa la pièce d'un pas léger, ses hanches moulées dans une jupe dont le tissu chuchotait à chacun de ses pas.

La mâchoire crispée, Max attendit qu'elle prenne place. C'était pour cela qu'il avait été heureux de la voir la bague au doigt. Il avait toujours eu un faible pour elle, même lorsqu'ils étaient seulement amis. Mais il se connaissait assez pour savoir qu'il n'était pas fait pour vivre en couple. L'essentiel de ses neurones était accaparé par son travail, ce qui lui laissait peu de temps pour autre chose qu'une amitié comme celle qui l'avait lié à Darby et Evie. Une amitié toute simple, sans prétention. Du moins, jusqu'à un certain soir…

Max s'en souvenait comme si c'était hier. Tous les trois, ils avaient assisté à une représentation de *Wicked*. Après le spectacle, Darby avait pris un taxi pour rentrer chez elle, et il s'était promené avec Evie sous les lumières scintillantes du Strip de Las Vegas. Elle l'avait regardé en riant de quelque chose qu'il venait de dire, et c'était arrivé juste comme ça. Ce baiser. Il n'avait duré qu'une seconde et il avait été aussi léger qu'une plume, pourtant il en avait ressenti les effets jusqu'aux tréfonds de son être. Mais ça avait été une erreur. Comme pour les deux héroïnes de *Wicked*, leurs vies avaient pris des trajectoires opposées. Lui était marié avec son travail alors qu'elle… eh bien, elle avait épousé Brad… En avait divorcé quelques années plus tard. Bref, elle était libre et cela le rendait… comment dire…

Mal à l'aise. Parce que ce baiser était arrivé avant qu'elle ne sorte avec Brad. Or, Max ne voulait absolument pas que leur relation reprenne là où ils l'avaient laissée : avant le mariage d'Evie avec Brad. Passer du temps avec elle, ce serait s'exposer à nouveau à la tentation de l'embrasser. Et il finirait par la faire souffrir, exactement comme Brad. Enfin, pas tout à fait, puisque Max n'était pas du genre infidèle. Mais elle ne serait pas heureuse en couple avec lui. Tout au plus pouvait-il lui offrir une passade sans lendemain, mais

Evie n'était pas de ce genre-là. Elle ne l'avait jamais été, d'ailleurs, et c'était tout à son honneur. Le problème, c'était que Max n'avait rien d'autre à lui donner. Et il n'avait aucun désir de changer, même pour elle. Sa vie était plus simple en solitaire, voilà tout.

— Tu voulais me parler de quelque chose ? dit-il comme elle se taisait.

— En fait, j'avais une faveur à te demander. Pour tout dire, je suis un peu aux abois. Mais rien ne t'oblige à accepter, bien sûr.

Sa bouche se tordit en une grimace qui aurait fait rire Max dans d'autres circonstances.

— Comment ça, aux abois ?

— Eh bien, j'ai posé la question à plusieurs collègues, mais ils m'ont tous dit non.

— Dit non à quoi ?

— Pour le gala.

Ah, oui, la levée de fonds organisée chaque année par l'hôpital. Evie était toujours venue accompagnée de Brad. C'était d'ailleurs l'une des raisons pour lesquelles Max n'allait jamais à ce gala : pour ne pas risquer de les croiser ensemble.

— Tu voudrais que je vienne avec toi ?

Comme elle ouvrait des yeux horrifiés, il se sentit bête d'avoir eu cette idée. Mais quand même, avait-elle besoin de prendre un tel air stupéfait ? Il réfléchit à une repartie amusante, même si la situation n'avait rien de drôle, mais Evie s'empressa d'ajouter :

— Je... Tu pourrais m'aider à l'organiser ?

Organiser le gala ? Devait-il en déduire qu'elle avait déjà quelqu'un pour l'accompagner ? Max évacua cette question de son esprit. Malgré tout, il était de plus en plus agacé par le tour que prenait cette conversation.

— Je croyais qu'un comité s'en chargeait ?

— En effet, mais c'était le Dr Parker qui le dirigeait, et il est parti enseigner au Texas. Du coup, les autres ont démissionné. D'après eux, il était temps de passer les rênes et c'est à moi qu'on les a tendues. On m'a assuré que ce serait du gâteau.

— Un gros gâteau, alors.

Cette fois-ci, elle sourit.

— Carrément énorme. Et personne ne veut en croquer un bout. Par contre, la salle du gala est la même que depuis dix ans, donc c'est un problème de moins à régler. Avec un peu de chance, ce sera pareil pour le traiteur et tout le reste.

Autrement dit, il était vraiment sa dernière chance, puisque tous les autres avaient dit non. Dernière chance ou roue de secours ? Peu importait, au fond. Max n'aurait pas supporté de la décevoir, surtout après l'année qu'elle venait de passer. Evie avait été contrainte de vendre son appartement et de partager l'argent avec son ex, alors qu'elle avait investi une somme non négligeable dans la société financière de Brad. C'était, du moins, ce que Darby lui avait raconté, avec sa manie de toujours lui en dire plus qu'il n'avait envie d'en entendre. Chaque fois qu'il l'écoutait, Max avait envie de voler à la rescousse d'Evie et de régler ses problèmes. Mais c'était impossible, bien sûr. Sauf aujourd'hui, peut-être.

— Qu'attends-tu de moi, au juste ?

— Une oreille critique, c'est tout. Ça, et passer quelques coups de fil à d'anciens sponsors pour leur demander s'ils voudraient bien renouveler leur soutien. Darby ne travaille pas ici, bien sûr, et elle ne sera pas impliquée dans ce projet, mais je pensais qu'on pouvait se retrouver tous les trois pour dîner, un peu comme au bon vieux temps. Qu'en dis-tu ? Je suis sûre qu'elle ne nous en voudra pas de parler boulot.

On aurait dit qu'elle tenait à lui faire savoir qu'ils ne dîneraient pas en tête à tête. De toute façon, Darby serait partante pour être des leurs. Elle ne cessait de lui rebattre les oreilles régulièrement pour qu'il se joigne à elles au restaurant, mais jusqu'à présent, Max avait toujours réussi à se défiler. Le pire, c'était qu'il ne savait même pas pourquoi il évitait Evie. Enfin, si : lorsqu'elle était là, devant lui, comme à présent, il se sentait tanguer. Ça avait été pareil avant qu'elle ne soit mariée. C'était une sorte de phénomène étrange, un peu comme une mémoire musculaire qui resurgissait après des années.

Mais à quoi bon lui raconter tout cela ? Elle risquerait de penser que son intérêt pour elle dépassait la stricte amitié, alors que ce n'était absolument pas le cas. Il tenait trop à elle pour tout risquer dans une vulgaire aventure. Max n'avait aucune envie d'une vie à deux.

Il se contenta donc de hocher la tête et de reprendre ses paroles.

— Oui, comme au bon vieux temps.

— Donc, tu acceptes de m'aider ?

— Oui. Redonne-moi la date du gala ?

— Ah, oui, c'est vrai. Tu n'y vas jamais.

— Non, et ça ne va pas changer sous prétexte que je te file un coup de main.

Elle inclina la tête d'un air interrogateur.

— C'est un défi ?

— Un constat, plutôt.

Elle lui lança un sourire mutin qui fit aussitôt grimper sa libido.

— C'est ce qu'on va voir.

Evie se morigéna mentalement.

Qu'est-ce qui lui avait pris, bon sang ? Max l'évitait ostensiblement depuis un an, et même plus encore, mais elle ne trouvait rien de mieux que de flirter avec lui ? Enfin, non, ce n'était pas vraiment du flirt, tout au plus un échange de plaisanteries, comme ils en avaient l'habitude auparavant. Quand leurs rapports étaient simples et sans ambiguïté. Avant que tout ne change entre eux. Bref, avant son mariage.

Evie avait longtemps cru que le problème venait de là. Max n'avait jamais apprécié Brad et il ne s'était jamais gêné pour le montrer. Il avait même dit à Evie qu'il ne faisait pas confiance à son fiancé, mais elle n'avait pas pris au sérieux ses avertissements. Avec le recul, il était facile de voir qui avait eu raison. Pour autant, Evie n'était pas prête à reconnaître ses erreurs devant Max, ou devant quiconque, même, à part Darby.

Au fond, elle était sans doute un peu nostalgique de cette époque où ils formaient un petit trio soudé, elle, Max et Darby. Ils avaient été heureux, tous les trois. Enfin, elle, elle avait été heureuse, en tout cas. Ils avaient été si proches les uns des autres qu'une fois, elle avait cru qu'elle et Max allaient… Mais non, il ne s'était rien passé, justement, puisque Max avait mis le holà tout de suite. Peu après, Brad avait commencé à lui tourner autour et l'intérêt que lui témoignait ce beau gosse plein d'assurance avait mis du baume sur son amour-propre blessé. Tant et si bien qu'ils s'étaient mariés.

Mais bizarrement, au lieu de la réconcilier avec Max, ce mariage les avait éloignés encore plus. Accaparée par le quotidien, Evie avait remisé leur amitié au second plan.

Du moins, jusqu'à aujourd'hui. Ce n'était pas pour rien qu'elle avait consulté Max en dernier, et elle n'aurait pas été étonnée s'il avait refusé de l'aider. Mais non, il avait accepté. Elle posa le front sur la table avec un gémissement. Qu'allait-il penser de ce petit sourire qu'elle lui avait lancé en sortant du bureau ? Allait-il croire qu'elle flirtait ? Bon sang, dire qu'elle avait espéré repartir sur de bonnes bases avec lui…

Elle leva les yeux vers l'horloge murale. Il était temps de se remettre au travail. La journée était loin d'être terminée, d'autant qu'avec le gala, elle s'en était mis beaucoup sur le dos. À ce propos, elle avait une réunion à 15 heures avec le nouveau directeur de l'hôpital. Ce dernier avait notamment convoqué l'ensemble des chefs de service. Evie n'en faisait pas partie, mais, comme elle était à la tête du comité organisateur, sa présence était requise également. Avec un peu de chance, ce serait l'occasion de recruter d'autres volontaires prêts à lui donner un coup de main pour le gala.

La migraine de Max ne s'était toujours pas calmée. Il venait à peine d'arriver dans la petite salle de conférences quand Arthur

Robbins, le nouveau directeur, se leva pour prendre la parole. Max se laissa glisser sur un siège et aperçut alors Evie, non loin. Elle ne l'avait pas encore remarqué, puisqu'elle était engagée dans une conversation avec son voisin de table. Il en profita pour l'observer discrètement. Elle était un peu plus mince qu'un an plus tôt, sans doute à cause du stress du divorce. Mais c'était agréable de la voir sourire à nouveau. Elle avait l'air triste depuis, disons, un bon bout de temps. Même si Max avait gardé ses distances ces dernières années, il avait remarqué certains changements qui s'étaient opérés en elle. Lors de ses derniers mois avec Brad, notamment, ses sourires s'étaient faits rares. Elle était devenue sérieuse, concentrée sur son travail. Ce n'était pas une mauvaise chose, bien sûr, mais Evie avait toujours eu une personnalité solaire, légère. Jamais elle n'avait été à court de reparties spirituelles. On aurait dit que Brad avait éteint une flamme en elle. Quoique, Max avait aperçu un vestige de cette joie de vivre tout à l'heure, lorsqu'elle lui avait lancé ce beau sourire au moment de le quitter.

Alors que le Dr Robbins montait sur l'estrade, des applaudissements surgirent ici et là dans la salle. Max reporta son attention sur la réunion et sur l'homme qui l'avait convoquée. Robbins avait été chirurgien esthétique, et même s'il avait cinquante-cinq ans, il en paraissait vingt de moins. Avec son sourire facile et son assurance, il était sans doute le plus apte à prendre le relais de Morgan Howard, qui venait de partir à la retraite.

— Merci à tous d'être venus. J'ai déjà rencontré la plupart d'entre vous au cours des dernières semaines, mais, pour ceux qui ne me connaissent pas, je suis Art Robbins et je me réjouis déjà de travailler avec vous tous pour que cet hôpital atteigne son potentiel le plus haut.

Max ne put s'empêcher de tiquer à ces derniers mots. Robbins trouvait-il quelque chose à redire à la gestion du précédent directeur ? Morgan Howard avait pourtant été apprécié pour sa bienveillance. Max s'efforça de se concentrer sur la suite du discours.

Robbins parlait du gala et des bénéfices rapportés par l'événement les années précédentes.

— Des chiffres solides, certes, mais je sens que nous pourrions faire encore mieux avec quelques efforts. À ce propos, je souhaiterais remercier Eva Milagre, qui a accepté de reprendre les rênes du comité. Un comité qui, je n'en doute pas, fera en sorte que ce gala soit le plus réussi de toute l'histoire de notre hôpital.

Il avait déformé la prononciation du nom d'Evie. Avec lui, « Milagre » rimait avec « pedigree ». Max jeta un coup d'œil à celle-ci : elle était restée de marbre. Imperturbable.

— Mais pour ce faire, il faut venir aussi nombreux que possible. Ce gala est avant tout une fête, et qui ne voudrait pas prendre part à une belle fête ?

Une fois de plus, Max eut une réaction d'agacement. Devait-il se sentir visé, lui qui n'avait jamais pris la peine d'assister au gala ? Evie avait-elle signalé son cas au nouveau directeur ? Ce ne serait quand même pas pour cela qu'elle lui avait souri en quittant son bureau, tout à l'heure ? À cette pensée, il serra les poings.

— Et ce sera une belle fête, poursuivit Robbins. Mais je souhaite également considérer ce gala comme un événement professionnel qui nous permet de nous faire connaître de donateurs potentiels. C'est toujours une bonne chose de pouvoir associer un visage à chacun des noms affichés dans le hall de l'hôpital. Et cette année, l'objectif est de doubler, voire tripler les dons. Donc je tiens à ce que chacun d'entre vous reparte avec un dépliant et un formulaire d'inscription. N'hésitez pas à inviter vos proches. Encore une fois, voyez ce gala comme un événement professionnel, un peu comme cette réunion.

Robbins avait prononcé son laïus en souriant, mais Max n'avait pu s'empêcher de sentir un soupçon de menace dans ses paroles. Il se tourna à nouveau vers Evie, qui lui rendit son regard et haussa les épaules. Max n'avait pas la moindre idée de ce qu'elle voulait dire par ce geste, mais il comptait bien le découvrir. Et ce, dès la fin de cette réunion.

Quinze minutes plus tard, ils étaient enfin libérés. Max s'empara d'un dépliant et d'un formulaire, puis il se posta au fond de la salle. Il vit alors Evie qui se dirigeait vers Robbins pour lui serrer la main, comme s'ils concluaient un marché. Plus énervé que jamais, Max sortit discrètement et l'attendit dans le couloir. Dès qu'elle apparut, il s'efforça de garder un ton courtois pour lui proposer un café. Elle haussa les sourcils d'un air surpris, mais acquiesça. Lorsqu'ils furent installés à la cafétéria avec leurs tasses, il scruta son visage une seconde avant d'attaquer bille en tête :

— Le petit discours de Robbins m'était-il adressé ?

— Pardon ?

— Je te parle de son idée de rendre le gala obligatoire. Ça n'était jamais arrivé les autres années. C'est pour ça que tu m'as dit « C'est ce qu'on verra », tout à l'heure ?

Il y eut un long silence, puis la compréhension éclaira le regard d'Evie.

— Mais pas du tout ! C'était juste une plaisanterie, je t'assure. J'étais à des lieues de me douter que Robbins ferait ce genre de déclaration. Et pour ta gouverne, moi non plus, je ne suis pas d'accord pour en faire un rendez-vous professionnel obligatoire. Jusqu'à présent, ce gala était un bonus pour le personnel de l'hôpital, l'occasion de passer une soirée sympa entre collègues et de profiter d'un bon gueuleton aux frais de la direction. À mon avis, Robbins vient de tuer l'esprit de la fête.

Donc, elle n'avait pas essayé de le coincer. À présent, Max se sentait complètement stupide d'avoir imaginé une chose pareille. Il la connaissait mieux que cela, quand même. Cherchait-il des raisons pour s'en prendre à elle ? Si tel était le cas, c'était injuste de sa part.

— Excuse-moi, Evie. Je cherche à me passer les nerfs sur quelqu'un, et tu es une cible facile.

— Ce n'est pas grave, je comprends.

Il lui toucha la main, et la tiédeur de sa peau éveilla aussitôt en lui une émotion confuse. Il éloigna ses doigts et sourit.

— Merci, Evie.

— Je t'en prie. Et, tant que nous y sommes, tu aurais un moment dans la semaine pour discuter du projet ? Je peux demander à Darby de nous rejoindre, si tu veux. On passerait la soirée tous ensemble. Quoi qu'il en soit, si le personnel est, euh… « encouragé » à venir, la liste des invités va s'allonger d'une centaine de personnes par rapport à l'année dernière. Sans compter les nouveaux sponsors : Robbins m'a demandé d'en attirer au moins cinquante.

— Tu aurais dû lui dire que tu le ferais quand il aura appris à prononcer ton nom correctement.

— Ça va, j'ai l'habitude, répondit-elle en riant.

— Ah bon ? Quand on s'est connus, tu mettais un point d'honneur à me corriger.

Elle plissa le nez d'une manière qu'il trouva adorable.

— Parce que mes amis et mes proches sont censés ne pas se tromper.

Lorsqu'elle s'était mariée, Evie avait gardé son nom de jeune fille en l'accolant à son nom marital. Mais à l'hôpital, elle était restée le Dr Milagre. Sans doute que, s'il l'avait épousée, elle aurait fait pareil. Mais de toute façon, la question ne se posait pas puisqu'une telle éventualité n'arriverait jamais.

— Pour en revenir à ta question, je suis libre presque tous les soirs. Je vais réfléchir à une liste de sponsors potentiels.

— Ce serait super, Max. J'envoie un texto à Darby pour savoir quand elle est disponible. Il faut que j'y aille, ajouta-t-elle en se levant. Je vois un malade dans quelques minutes. Je t'appelle cet après-midi pour fixer le lieu et l'heure du rendez-vous, OK ?

C'était la troisième fois qu'elle suggérait d'inviter Darby. Devait-il en conclure qu'elle était mal à l'aise à l'idée de se retrouver seule avec lui ? Mais non, il surinterprétait ses propos. Et quand bien même ? Lui aussi se voyait mal passer une soirée seul avec elle. Le pire, c'était qu'il ne savait pas pourquoi.

— Ça marche.

Elle sortit de la cafétéria tandis que Max réfléchissait à une excuse pour ne pas se rendre au gala. Seulement, d'après ce qu'avait dit le Dr Robbins, il n'avait pas le choix. Et puisqu'il avait des patients à voir, Max attendit que l'ascenseur dans lequel était entrée Evie referme ses portes pour, à son tour, se diriger vers les cabines.

2

— Bonjour, madame Collins, dit Evie en entrant dans la chambre. Comment vous sentez-vous aujourd'hui ?

— Pas trop mal. On fait aller…

Une alarme résonna dans l'esprit d'Evie. La vieille dame avait du mal à respirer. Elle parlait d'une voix essoufflée, sa poitrine se soulevait exagérément à chaque inspiration. Evie suivait cette patiente depuis des années, et ses problèmes d'asthme étaient sous contrôle. Qu'est-ce qui pouvait bien clocher ?

— Votre inhalateur ne fonctionne plus ?

— Si, mais j'ai besoin de plus de bouffées pour revenir à la normale.

Evie eut un froncement de sourcils soucieux.

— Vous avez été malade récemment ?

— Non, et c'est bien ça qui est bizarre. Je me sens bien autrement.

— Laissez-moi voir ça…

Evie songea aussitôt à plusieurs hypothèses : caillot pulmonaire, Covid, pneumonie… Elle consulta les résultats des contrôles effectués par l'infirmière et ausculta la vieille dame. Les bruits étaient normaux au niveau du poumon gauche, mais dans le droit, les sons respiratoires étaient assourdis. De même, la tension était basse, autour de 9. Tout cela pouvait coller avec les diagnostics auxquels elle avait pensé, même si aucun d'entre eux ne la satisfaisait pleinement.

— Vous êtes d'accord pour passer une radio ?

— Oui, faites tout ce que vous jugez bon. Je vous fais confiance.

Evie appela le service de radiologie pour leur demander s'ils avaient un créneau. Il s'avéra qu'ils pouvaient s'occuper de Mme Collins tout de suite. Comme celle-ci était sa dernière patiente avant la pause déjeuner, Evie l'accompagna jusqu'à l'unité d'imagerie médicale afin de procéder à sa prise en charge.

— Ils me communiqueront les résultats dès qu'ils les auront. Alors, je reprendrai contact avec vous, OK ? Je ne veux pas vous prescrire des médicaments supplémentaires sans avoir une idée plus claire du problème.

— Je voudrais juste respirer sans être essoufflée.

— Je comprends. On va tout faire pour.

Une fois Mme Collins enregistrée en radiologie, Evie se dirigea vers la cafétéria. À peine attablée, elle eut le déplaisir d'apercevoir Arthur Robbins au fond de la pièce et regretta de ne pas être allée dans l'un des nombreux restaurants du quartier. Avec un peu de chance, il ne la remarquerait pas. Mais à peine avait-elle émis cette pensée qu'il tourna la tête dans sa direction. Leurs regards se croisèrent et il lui adressa un petit signe avant de se lever pour la rejoindre.

Ah, génial. Elle n'avait vraiment pas envie de discuter du gala. Mais avait-elle le choix ? Elle dirigeait le comité organisateur. De plus, une semaine s'était écoulée depuis la réunion, et Robbins voulait sans doute qu'elle le tienne au courant de l'avancement du projet. Auquel cas elle n'avait pas de bonnes nouvelles à lui annoncer. La salle réservée pour le gala ne pouvait pas accueillir plus de cent cinquante convives supplémentaires sans déroger aux règles de sécurité. Autrement dit, il leur faudrait sûrement trouver un autre lieu et perdre un acompte important. À supposer qu'ils y arrivent : dégoter une location dans un timing aussi serré relèverait de l'exploit. Bref, elle espérait convaincre le Dr Robbins de repousser l'application des nouvelles règles à l'année prochaine.

Il s'arrêta près de sa table avec aux lèvres un sourire artificiel.

— Alors, vous en êtes où ?

— Justement, j'ai quelques soucis dont j'aimerais vous parler. Vous auriez un moment pour une réunion ?

— Mon planning est assez tendu. Vous pouvez me résumer le problème en quelques mots, là, maintenant ?

Mise au pied du mur, Evie s'exécuta du mieux qu'elle put.

— OK. Donc, si je vous comprends bien, la salle actuelle pourrait contenir cent cinquante invités supplémentaires.

— Oui, mais…

— Il suffira de ne pas vendre plus de cent cinquante billets.

— Au risque de nous priver de certains donateurs ?

Le sourire de Robbins s'élargit, mais c'était un sourire dénué de chaleur. Manifestement, l'homme n'appréciait pas la contradiction.

— Les invitations ont déjà été envoyées aux donateurs de l'année dernière et nous leur avons demandé d'y répondre par retour de courrier. Partant de là, vous pourrez en déduire à peu près le nombre de billets auquel vous pouvez prétendre.

— Bon. Autre chose, notre précédent directeur se chargeait notamment du discours de bienvenue. Je me demandais si vous aviez l'intention de poursuivre la tradition.

— Mais certainement. D'ailleurs, j'ai déjà commencé à y réfléchir.

Evie le remercia d'un air contraint et le suivit des yeux tandis qu'il se dirigeait vers une autre table sans se départir de son éternel sourire. Elle se méprenait peut-être sur ce type, mais il avait le chic pour lui mettre les nerfs à vif. Elle n'arrivait pas à le cerner. Enfin, si : il était tout l'inverse de Morgan Howard. Morgan avait toujours été quelqu'un de chaleureux, bienveillant. Le Dr Robbins, lui, était froid, distant. Et c'était lui qui parlait de doubler, voire tripler les dons ? Evie voyait mal comme il s'y prendrait pour inciter les mécènes à ouvrir leurs carnets de chèques. Partis comme ils l'étaient, ce gala risquait même de devenir un fiasco monumental. Et qui devrait en endosser la responsabilité ? Elle, bien entendu. Elle n'avait rien contre la critique, là n'était pas le problème. Seulement, elle adorait cet hôpital et avait à cœur qu'il reçoive les financements dont il avait besoin pour se développer.

La sonnerie de son téléphone la tira de ses pensées. C'était le service d'imagerie médicale. Voilà ce qui s'appelait une réponse rapide. Elle leur avait confié Mme Collins à peine un quart d'heure plus tôt. Le technicien qu'elle eut au bout du fil lui donna ses résultats et elle ferma les yeux avec un long soupir.

— OK. Merci de m'avoir tenue au courant. Mme Collins est toujours là ?

— Non, désolé. On l'a autorisée à partir. Vous auriez voulu la garder à l'hôpital ?

— Non, c'est bon. Merci encore.

Elle raccrocha et demeura un instant les yeux dans le vide, son repas oublié. Elle faisait de son mieux pour assimiler la seule possibilité à laquelle elle n'avait pas songé. Margaret Collins présentait une masse dans le lobe inférieur du poumon droit.

Max attendait Evie dans son bureau. Elle devait arriver d'une minute à l'autre, mais cette fois-ci, ce n'était pas pour lui parler du gala. Au téléphone, elle avait eu l'air stressée, comme si elle se faisait du souci pour quelque chose. Ou quelqu'un. Un patient, sans doute ? Elle avait dû recevoir des résultats inquiétants et désirait l'avis d'un oncologue.

Max n'oublierait jamais le jour où sa mère avait reçu son diagnostic de cancer. À son retour à la maison, elle avait demandé à parler seule à seul avec le père de Max. À l'époque, Max n'avait que douze ans, mais il avait deviné que c'était grave, suffisamment pour l'inciter à écouter à la porte. Et ce qu'il avait entendu l'avait horrifié. Un cancer du cerveau ? Il s'était précipité dans la pièce, les larmes aux yeux et des questions plein la tête. Son père était assis à la table du salon, inerte, une bouteille à la main. Il aurait dû soutenir sa femme, mais au bout du compte, c'était elle qui les avait consolés tous les deux. Tout irait bien, disait-elle. Les médecins avaient mis au point un traitement et elle devait commencer une chimio dans un peu moins d'un mois.

En définitive, elle n'avait même pas eu un mois. Sa tumeur avait entraîné une hémorragie et elle était décédée sur la table d'opération. Quant à son père, il n'avait plus lâché la bouteille, ni pendant la brève maladie qui avait emporté son épouse, ni après. Max ne comptait plus ces fois où, de retour de l'école, il était entré dans la chambre de son père pour vérifier qu'il respirait encore. Il n'avait pas eu le temps de faire le deuil de sa mère. Tout de suite, il avait fallu qu'il endosse le rôle d'aidant. Un rôle dont il n'avait jamais voulu, trop lourd pour les épaules d'un gamin. Mais c'était cela ou perdre le seul parent qui lui restait. Alors, comme à un enfant, il avait nourri son père à la cuillère et il l'avait mis au lit lorsqu'il était trop soûl pour se coucher tout seul.

C'était à cette époque qu'il avait pris la décision de soigner les personnes souffrant de la même maladie que sa mère. Parce que, par ricochet, il aidait leurs proches à ne pas sombrer dans le chagrin comme l'avait fait son père.

Le coup à la porte le fit tressaillir.

— Entrez.

Evie apparut sur le seuil. Contrairement à la semaine passée, elle s'installa sur un siège sans attendre qu'il la convie. Elle avait les mains vides, mais ce n'était pas étonnant puisque les dossiers médicaux étaient à présent informatisés.

— Je crois que l'une de mes patientes est atteinte d'un cancer.

— Donne-moi son nom, s'il te plaît.

Il consulta rapidement la fiche de Mme Collins.

— Elle n'a pas passé d'IRM ?

— Non, juste une radio. Je m'attendais à ce qu'elle mette en évidence une pneumonie ou quelque chose du genre. Tout, mais pas ça.

— Je comprends. Elle est rentrée chez elle ?

— Oui. Et elle attend mon coup de fil.

— Il va me falloir une biopsie pour confirmer le diagnostic. Et avant cela, une IRM pour mieux cerner le problème. Tu veux que je l'appelle ?

Il ne savait pas trop pourquoi il avait posé cette question. D'après le protocole, Evie devait reprendre contact avec sa patiente pour lui dire de consulter un oncologue. Toutefois, à la voir, Max devinait que ce cas était difficile pour elle. Et puis, elle s'était adressée à lui directement au lieu de passer par sa secrétaire.

Evie réfléchit un instant avant de répondre.

— Non, c'est ma patiente. Du moins pour le moment.

— Elle le sera toujours, Evie. Je m'occupe d'une partie du problème, c'est tout.

— Moi aussi. Simplement, c'est quelqu'un de… spécial pour moi. Enfin, tous mes patients le sont, d'une manière ou d'une autre. Mais elle encore plus, tu comprends ?

Max sourit. Evie avait toujours été comme un livre ouvert pour lui. Même lors de ce bref baiser, bien des années plus tôt, il avait senti qu'elle aurait voulu quelque chose en plus. Quelque chose qu'il n'était pas en mesure de lui offrir, parce qu'il craignait d'endommager leur amitié, déjà. Mais pas seulement. Quand sa mère était morte, il avait vu son père dépérir pour ne devenir que l'ombre de lui-même. Et dans son métier, il était régulièrement confronté au deuil. Assez pour lui rappeler que, s'il n'avait personne dans sa vie, il ne risquait de perdre personne. Ce raisonnement avait des limites, bien sûr, mais la maladie lui avait pris et sa mère et son père. Celui-ci avait été emporté par une cirrhose l'année passée, juste avant le divorce d'Evie, mais en fait, Max l'avait perdu bien avant cela… Des années avant.

Max se rendit alors compte qu'Evie le regardait bizarrement et il se contraignit à revenir au présent.

— Tu as le temps pour une petite promenade dans la cour avant ton prochain patient ?

— Pourquoi pas ? Avec plaisir.

— On pourrait en profiter pour parler du gala. Ce serait faire d'une pierre deux coups.

Sauf que Max ne savait pas vraiment à quoi servait le premier coup. À lui dire qu'elle lui avait manqué, peut-être. Qu'il avait regretté de ne plus la voir régulièrement, de ne plus partager tous ces fous rires, ces virées avec elle et Darby. À ce propos, ils n'étaient pas encore allés au restaurant comme elle l'avait suggéré, pour discuter du gala. Devait-il en conclure qu'elle n'avait plus besoin de son aide ?

— Au fait, avec son idée géniale de rendre le gala obligatoire à l'ensemble du personnel, le Dr Robbins va limiter le nombre de donateurs. La salle ne pourra pas accueillir tout le monde. C'est d'ailleurs pour cela que la présence de tout un chacun n'était pas requise auparavant. En revanche, je comprends que les chefs de service soient tenus de venir.

— Ah, dit-il en se levant. Donc, j'ai manqué à mes obligations professionnelles en m'abstenant d'y aller jusqu'ici.

— Mais non. Tu es asocial, voilà tout.

Cette remarque le fit rire. Décidément, elle le cernait bien, mieux encore que Darby. Et pourtant, ils se connaissaient tous les trois depuis la fac, même si Darby avait lâché ses études de médecine au bout d'un an ou deux pour devenir policière, au grand désarroi de ses parents.

— Merci du compliment. Tu as une idée pour équilibrer la proportion entre les donateurs et le personnel ?

— J'ai vu Robbins à la cafétéria tout à l'heure, et il a évacué le problème. Pour lui, ce n'est pas un souci.

Elle eut un haussement d'épaules désabusé.

— J'espère que les bulletins de participation me donneront une idée du nombre de convives. De toute façon, c'est un peu tard pour demander à tout le monde de venir. Certains avaient déjà prévu des vacances, par exemple. D'ailleurs, Robbins a bien dit que des dispenses s'appliquaient en cas d'empêchement.

— C'est vrai ? Maintenant que j'y pense, j'ai des jours à poser.

— Dans tes rêves ! Et puis, tu ne prends jamais de vraies vacances.

Elle n'avait pas tort. D'ailleurs, elle et Darby s'étaient souvent moquées de lui à ce sujet. Il lui arrivait pourtant de prendre des congés, mais, presque toujours, il restait chez lui sans faire quoi que ce soit de spécial. Même quand son père était mort, il s'était absenté seulement un jour, pour les funérailles. D'une manière générale, dès qu'on l'approchait, il se retranchait derrière un air guindé, maladroit. Et pourtant, Evie l'avait toujours accepté tel qu'il était, surtout lorsqu'il lui avait parlé de son père et de ses problèmes de boisson. Elle comprenait pourquoi il ne buvait jamais d'alcool. C'était pour cela qu'il avait toujours été leur chauffeur attitré, à elle et à Darby. Du moins, tant qu'il sortait au restaurant avec elles. Depuis qu'il faisait bande à part, plus rien n'était pareil entre elles et lui.

Mais ce gala lui offrait peut-être la possibilité de rectifier la situation. Sauf si les risques dépassaient les bénéfices, à l'instar des médicaments qu'il prescrivait. Il n'avait toujours pas tranché la question.

Dans la cour de l'hôpital, Max promena un regard autour de lui. Il adorait cet endroit. Non pour sa verdure : il aurait été en peine d'en trouver ici, mis à part quelques plantes grasses qui émaillaient des formations rocheuses autour d'une sculpture centrale. Mais cet espace clos avait un charme particulier, un peu comme le désert du Nevada. De nombreux voiles d'ombrage et les grands murs protégeaient plusieurs bancs du soleil implacable, mais la nuit, une multitude de guirlandes multicolores conféraient au lieu une ambiance magique et romantique. Plusieurs collègues avaient célébré leurs noces sous ces lumières.

— Dommage que le gala ne se déroule pas ici. Les donateurs auraient la possibilité de voir l'hôpital et de constater l'utilité de leur argent.

Evie inclina la tête d'un côté.

— Maintenant que tu le dis, la cour serait sans doute assez grande. Elle doit faire à peu près la même taille que la salle de bal. Il suffirait d'installer des tables et une sono. Mais je ne pense pas qu'on puisse décommander l'hôtel.

— Il faudra y songer pour l'année prochaine, alors.

— Oui…

Elle semblait considérer le lieu avec des yeux neufs. Et il adorait la voir s'impliquer à fond dans une idée. Il y avait quelque chose de fascinant dans la façon dont elle scrutait les alentours, dont elle mordillait ses lèvres pleines en réfléchissant. Il ne pouvait s'empêcher de la contempler.

Max n'avait jamais assisté au gala, il était donc mal placé pour savoir à quoi ressemblait l'événement. Mais sûrement, on pouvait organiser au sein de l'hôpital une réception aussi ambitieuse, voire plus. C'était tout à fait faisable. Il suffisait que la météo soit de la partie. Mais justement, il n'avait pas plu depuis des semaines, alors…

— Ce serait magnifique. Un cadre intime, loin de la formalité d'un hôtel cinq étoiles. Tout au fond, à gauche, on pourrait installer une piste de danse éphémère là où des bancs forment un grand cercle.

Pourquoi pas ? L'endroit était souvent utilisé pour des conférences ou pour accueillir des visiteurs, après tout. Evie se tourna vers lui, les yeux brillants.

— Si le gala avait lieu ici, tu serais plus enclin à venir ?

— Puisqu'on y est obligés de toute façon, la question ne se pose pas.

— Mais si tu avais le choix ?

Il réfléchit un bref instant.

— Dans ce cas, oui. Parce que je pourrais toujours me réfugier dans mon bureau si jamais je m'ennuie trop.

— Exactement. Et je suis sûre que pas mal de collègues penseraient comme toi. Ici, ils ne seraient pas contraints de rester à une table assignée. Ils pourraient s'échapper en salle de pause ou ailleurs. Tout le monde serait gagnant.

— Oui, tu as sans doute raison. Seulement, crois-tu que Robbins sera d'accord ?

— Alors là, joker. Je vais quand même essayer de lui vendre l'idée. Tu ne pourrais pas faire un croquis de ce que ça pourrait donner ?

Elle se souvenait qu'il aimait dessiner ? Cela dit, pourquoi était-il surpris ? Bien des années plus tôt, pour se faire pardonner ce baiser raté, il avait reproduit de mémoire une scène de *Wicked* et il lui avait envoyé le carton par la poste. Evie ne lui en avait jamais vraiment parlé, mais, lorsqu'elle l'avait reçu, elle était venue le voir et, les yeux dans les yeux, elle lui avait simplement dit « merci ». Donc, même si elle n'en avait pas fait un roman, il savait qu'elle avait été touchée par son geste. Il lui avait permis de rattraper une situation qui aurait pu les brouiller définitivement. Par bonheur, leur amitié avait tenu le coup, même s'il n'avait rien fait pour l'entretenir depuis un an. Tout n'était pas perdu. Avec ce gala, Evie lui offrait la possibilité de réparer ses torts, du moins en partie. Et, en tant qu'ami, il pouvait bien lui donner un coup de main, non ?

— Envoie-moi une liste de ce que tu souhaiterais voir figurer sur le schéma et je verrai ce que je peux faire. Je ne te garantis pas que ça marchera auprès de Robbins, mais ça lui permettra au moins de se faire une idée.

— Merci, Max. Vraiment.

— De rien, dit-il en souriant. Ça me fait plaisir.

— Autre chose. Si tu as un moment cette semaine ou la prochaine, je souhaiterais téléphoner à l'hôtel pour qu'ils nous laissent jeter un coup d'œil à la salle. L'année dernière, j'étais au gala, mais comme je ne participais pas à l'organisation, je n'ai pas gardé un souvenir précis de l'agencement des lieux. Ils auront peut-être aussi des photos des précédentes soirées. Ce serait une base de réflexion pour voir combien il nous faudrait de tables pour les buffets.

Max regarda autour de lui et une idée lui vint.

— La cour donne sur le hall d'entrée. Par sa taille, sa hauteur sous plafond, c'est un endroit qui en impose. Et comme il n'est pas encombré de meubles, on pourrait s'étaler jusque-là… Peut-être même y installer l'espace de restauration. Je suis sûr qu'on pourrait prévoir des ventilateurs pour rafraîchir la salle. De toute façon, une fois le soleil tombé, la chaleur ne devrait plus poser de problème.

— C'est vrai.

Souriante, Evie lui prit la main pour la presser affectueusement.

— Cette idée me plaît de plus en plus. Tu sais quoi ? On pourrait l'utiliser dès cette année. Le gala aurait une première partie formelle à l'hôtel et se terminerait ici, dans la cour, sur une note beaucoup plus détendue.

Elle le lâcha.

— Je ne vois pas pourquoi Robbins ne serait pas d'accord. Après tout, il doit apprécier cet hôpital puisqu'il a accepté de le diriger, non ? Il sera sans doute ravi d'avoir une occasion de le montrer à son avantage.

— Oui, je pense. Et il acceptera sans doute plus facilement d'organiser le gala au sein de l'hôpital l'année prochaine. Surtout avec le croquis que tu vas lui montrer.

— Tu me mets la pression, dit-il avec un sourire en coin.

— Je ne reculerais devant rien pour te faire dire oui.

Ah bon ? Et lorsqu'ils s'étaient embrassés, que serait-il arrivé si elle avait insisté ? Si elle l'avait serré contre elle, si elle avait approfondi leur baiser ? Auraient-ils passé la nuit ensemble ? N'importe quoi... C'était bien le moment de penser à des choses pareilles. Surtout lorsqu'elle le regardait ainsi, comme s'il était capable d'accomplir l'impossible.

C'est juste un dessin, Max.

Et un dessin réalisé pour un projet professionnel, qui plus est. Raison de plus pour ne pas se laisser contaminer par des sentiments personnels.

Evie sortit un bloc-notes de sa poche et griffonna des notes.

— Tiens, avant que j'oublie..., marmonna-t-elle.

Elle arracha une page qu'elle lui tendit.

— C'est une liste de ce qui pourrait figurer dans ton croquis. Si quelque chose me vient en tête après coup, je t'envoie un texto, OK ?

Max parcourut la feuille des yeux. Elle ne plaisantait pas quand elle disait qu'elle ne voulait rien oublier. Ambiance, piste de danse, agencement des tables et des chaises, station pour DJ, bar, portes ouvertes vers le hall, guirlandes supplémentaires... Il leva la tête vers elle en souriant.

— Avec tout ça, je ne pense pas qu'on ajoute quoi que ce soit.

— Tu crois que c'est *too much* ?

— Je pense surtout que notre directeur attend ce genre de chose. Donc, non, c'est très bien, au contraire. Je vais m'y mettre dès ce soir. J'espère pouvoir te le rendre d'ici deux jours.

— Ce serait parfait. Merci du fond du cœur, Max.

— Je t'en prie. Encore une fois, ça me fait plaisir.

Et c'était vrai. Il avait été affecté par la façon dont Brad s'était comporté avec elle, mais il n'avait pas su quoi faire pour l'aider à surmonter cette épreuve. Pire, depuis un an, il avait mis un soin méticuleux à l'éviter. Pas à cause de Brad, mais à cause de lui-même. Et c'était bien le comble de l'égoïsme. De là à penser qu'il ressemblait à son père plus qu'il ne l'aurait voulu, il n'y avait qu'un pas. La seule différence, c'était qu'il ne buvait pas, lui.

Quoi qu'il en soit, s'agissant d'Evie, il avait des torts à se faire pardonner. Et si un simple dessin lui permettait d'y arriver, alors il était prêt à en réaliser des dizaines.

— Oh ! et au sujet de ta patiente, je te communiquerai la date du rendez-vous, si tu es intéressée.

— Oui, merci. J'aimerais assister à la consultation, si mon emploi du temps me le permet. Enfin, si tu es d'accord.

— Bien sûr. Pas de problème.

— Parfait.

Elle rangea son carnet et consulta sa montre.

— En parlant de patient, il faut que je file.

— Moi aussi. On se voit plus tard.

Alors qu'ils prenaient congé, Max se rendit compte qu'il avait hâte de la revoir, et même de collaborer avec elle sur le gala. Fallait-il s'en réjouir ou s'en méfier ? À vrai dire, il n'en savait rien. Mais il s'en inquiéterait le moment venu et le cas échéant.

3

— Oh là là ! Je ne m'attendais pas à quelque chose d'aussi grand.

Evie n'en revenait pas. Comme promis, Max lui avait apporté un dessin de la cour préparée pour accueillir le gala. Au lieu d'un modeste croquis, toutefois, il avait réalisé une vaste esquisse qu'il avait posée contre un mur. Face à Evie, il l'observait tandis qu'elle examinait son travail. Ce n'était pas la première fois qu'elle l'accueillait dans son bureau, mais aujourd'hui, quelque chose avait changé. Elle avait l'impression d'être revenue à ce jour où il lui avait offert ce dessin qu'il avait réalisé de mémoire à partir de cette comédie musicale qu'ils avaient vue tous les trois, et ce souvenir faisait resurgir une foule d'émotions, d'autant plus fortes qu'elles étaient associées à ce baiser désastreux. Tellement désastreux que Max n'avait pas tardé à disparaître de sa vie.

Mais justement, c'était sans doute parce qu'il avait été absent si longtemps que sa présence lui en imposait autant. Max dégageait un magnétisme terriblement masculin. Tout l'envoûtait en lui, de l'odeur fraîche de son savon à ses yeux verts, si verts qu'elle avait envie de se perdre en eux. Il lui avait toujours fait cette impression, quels que soient l'endroit, la situation. Toujours, il avait été un élément essentiel de leur trio d'amis, et elle avait souffert de ne plus le voir, surtout l'année dernière. En fait, depuis qu'elle avait épousé Brad, Max l'avait plus ou moins évitée.

Au début, Evie en avait été soulagée. Max parti, elle avait eu moins de mal à se résoudre à l'idée que ce baiser n'avait été qu'une erreur irréfléchie. La pilule avait été moins dure à avaler, même si elle était restée bien amère. Car, tout au fond d'elle-même, elle avait nourri l'espoir ténu que quelque chose aurait pu naître de là. Mais Max s'était excusé et il lui avait dit qu'il ne souhaitait pas endommager leur amitié. Au bout du compte, c'était pourtant ce qui s'était passé, puisque c'était à cette époque qu'il s'était mis à invoquer des excuses pour ne plus sortir avec elle et Darby. Pas toujours, mais suffisamment souvent pour qu'Evie fasse le lien avec ce baiser. Darby lui avait même demandé des explications, mais Evie s'était toujours défilée. Elle n'avait jamais voulu de la compassion de son amie. Au contraire, elle s'était vite rendu compte qu'elle n'avait besoin de personne pour évoluer dans la vie. Elle s'était obligée à aller de l'avant, à ne pas regretter un homme qui n'avait jamais eu de relation stable et avait toujours proclamé qu'il était contre le mariage.

Avec Brad, elle avait pensé avoir trouvé celui qu'il lui fallait. Du moins, jusqu'à ce que Darby lui montre ces photos horribles. Tout aussi horrible avait été leur séparation. Brad l'avait harcelée pendant deux mois pour tenter de la faire changer d'avis. Lorsqu'il avait fini par comprendre que c'était peine perdue, il lui avait réclamé la moitié de ses économies. Elle avait été contrainte de vendre l'appartement. Heureusement, Darby l'avait hébergée dans sa chambre d'amis en attendant que le divorce soit prononcé. Alors, seulement, Evie s'était mise en quête d'un nouveau logement, sûre que Brad ne pourrait désormais plus faire main basse dessus. Enfin, elle pouvait commencer à se reconstruire.

À la lumière de ses mésaventures, elle comprenait mieux l'aversion de Max pour la vie de couple. Elle pouvait même dire qu'elle avait pris sa carte au club des célibataires et ne se voyait pas le quitter de sitôt.

Elle s'aperçut alors qu'elle regardait dans le vide depuis un moment et se força à revenir au présent. Elle s'approcha du dessin et s'accroupit pour l'examiner plus commodément. Comment avait-il fait pour aller aussi loin dans les détails ? La cour était divisée en quatre zones. À droite, en entrant, se trouvait un espace de restauration. Plutôt que d'installer un buffet dans le hall comme elle l'avait imaginé, Max avait décoré les tables avec un éclairage romantique et dessiné des serveurs chargés de plateaux. Un peu plus loin, dans un endroit déjà équipé de bancs, il avait ajouté des guéridons pour permettre aux convives de déposer leurs verres ou leurs assiettes. De même, quelques plantes en pot donnaient une impression de verdure, malgré la sécheresse en cours dans le Nevada. Heureusement, dès que le soleil se couchait, la chaleur tombait. C'était d'ailleurs en partie pour cela que la vie nocturne était aussi riche à Las Vegas.

Un gala comme celui-ci n'aurait pas déparé l'un des nombreux hôtels chics de la ville, mais l'ambiance imaginée par Max était beaucoup plus intime. Elle incitait aux confidences… et à des promesses de gros chèques ! Evie jeta un coup d'œil à Max avant de reporter son attention sur la toile. Le croquis était en noir et blanc, à l'exception du visage des personnages, seules touches de couleur. Même s'ils étaient dépourvus de traits, ces visages offraient l'apparence de la vie.

La troisième zone était celle de la piste de danse. Des guirlandes lumineuses étaient suspendues au-dessus d'une plate-forme en bois sur laquelle des couples élégants semblaient flotter.

— Tu ne dis rien, dit soudain la voix grave de Max. Ça me rend nerveux.

— C'est parce que je suis époustouflée. C'est au-delà de tout ce que j'avais espéré. Si le Dr Robbins n'est pas conquis, ce sera à n'y rien comprendre. Oh ! et j'aime beaucoup ton idée de créer un espace de promenade, là.

Cette zone, la quatrième et dernière, était laissée telle qu'elle était dans la réalité, avec le sentier dallé qui évoluait entre les formations rocheuses et la sculpture au centre de la cour. Le regard d'Evie s'arrêta sur un couple qui déambulait main dans la main sur le petit chemin, et une douleur lui vrilla le cœur au point de lui couper le souffle. Elle ne pouvait s'empêcher de s'imaginer avec Max à la place de ce couple. Mais ce n'était pas le cas et cela n'arriverait jamais. Si elle devait se promener quelque part, ce serait toute seule. Brad l'avait trahie et Max n'avait pas voulu d'elle. Elle cligna les paupières pour ne pas pleurer.

Mais elle n'était pas tout à fait juste avec Max. Il ne l'avait pas rejetée, elle en particulier. Il ne voulait personne dans sa vie, point final. Et si elle avait un gramme de jugeote, elle serait bien avisée de se débarrasser des vestiges de sentiments qu'elle aurait pu garder pour lui. Voulait-elle le faire fuir une fois de plus ? Depuis une semaine, elle appréciait de l'avoir à nouveau dans sa vie. Après une année de stagnation, passée à se sentir délaissée, ces retrouvailles lui avaient donné un élan pour repartir de l'avant.

Et maintenant, elle se sentait désirée à nouveau ? N'importe quoi. Elle n'allait quand même pas faire dépendre son amour-propre de Max et de la façon dont il agissait, ou pas, avec elle. D'autant plus que ce serait la meilleure manière de l'éloigner d'elle. Par ailleurs, ces sentiments ne reposaient sur rien. Ils étaient juste une réaction au fait qu'elle était seule, sans personne dans sa vie. Signe, sans doute, qu'il était temps pour elle d'envisager à nouveau une relation amoureuse. Après tout, Brad était parti depuis plus d'un an, et même s'il revenait en la suppliant à genoux, elle ne voudrait pas de lui.

— Je me suis dit qu'après le repas à l'hôtel, les gens auraient envie de se dégourdir les jambes et de brûler des calories.

Elle le regarda en souriant et se remit debout.

— Tout en se tenant la main. C'est un détail tout à fait romantique.

— Il est purement commercial, répondit-il en haussant les épaules. Comme les couples sur la piste de danse.

— Bien sûr. Parce que Maximilian Hunt n'est pas un grand romantique.

Elle ne savait même pas ce qui l'avait poussée à lâcher une chose pareille, et surtout sur ce ton sarcastique. Un muscle tressauta sur la joue de Max.

— Excuse-moi, ajouta-t-elle avec un soupir. Je n'aurais pas dû dire ça.

— Non, ce n'est pas grave. Je souhaite aux autres d'être heureux en amour. Simplement, je ne veux pas de ce bonheur pour moi-même.

— Tu te vois finir tes jours seul ?

Encore une question de trop… Mais ce n'était pas pour elle qu'elle l'avait posée. Elle croyait juste que Max méritait de connaître la joie d'être avec une personne aimée. En ce qui la concernait, son histoire avec Brad s'était mal terminée, mais la majeure partie de son mariage avait été heureuse… Même si, avec le recul, ce bonheur venait surtout d'une confortable habitude plutôt que d'un afflux chaotique d'émotions parmi lesquelles elle avait du mal à faire le tri.

Max lui jeta un coup d'œil avant de se détourner, le visage crispé par une expression poignante.

— Oui. Mon père ne s'est jamais remis de la mort de ma mère. Peu à peu, il s'est transformé en un homme que je ne reconnaissais plus. Je ne tiens pas à revivre une chose pareille.

— Tout le monde ne meurt pas aussi jeune que ta mère.

— Peut-être, mais c'est ce que j'ai vécu, et franchement, je ne le souhaite à aucun enfant.

— Et pourtant, tu es devenu oncologue.

Il hésita une seconde avant de hocher la tête.

— À cause de ma mère, oui. Mais cela n'a rien à voir avec le fait que je sois un célibataire endurci. J'aime ma vie telle qu'elle est et je ne veux pas la remettre en cause pour quelque chose qui a peu de chance de tenir sur la durée. Tu l'as vu par toi-même avec Brad.

— Oui, bon… Ça va, j'ai compris. Ce ne sont pas mes oignons, après tout.

Max ferma les yeux.

— Pardon, Evie. Je ne voulais pas te blesser. Simplement, ce qu'on croit être solide ne l'est parfois pas tant que cela. J'essaye d'être honnête avec moi-même et avec les autres, sans risquer de blesser personne à cause d'une chose que j'aurais dite ou faite.

Était-ce un avertissement ? Si tel était le cas, il n'était pas nécessaire. Elle avait saisi son message depuis longtemps.

— Ça va, je comprends. Moi non plus, je ne suis pas intéressée par une relation. Brad m'a suffi.

Max demeura silencieux un bref instant, puis il lui prit les épaules et les pressa légèrement avant de les relâcher.

— Je suis navré, Evie. Tu méritais mieux que lui.

Manifestement, Max était au courant des agissements de Brad. Darby avait dû tout lui raconter. Donc, il devait savoir que Brad avait failli la mettre sur la paille. Dieu merci, une fois le divorce prononcé, il était parti vivre avec sa dulcinée. Evie ignorait ce qu'il était devenu et, franchement, elle s'en fichait.

Désireuse de changer de sujet, elle sortit son téléphone et prit une photo du croquis.

— Je vais l'envoyer à Robbins. Je peux garder ton dessin dans mon bureau, au cas où il souhaiterait voir l'original ?

— Oui, bien sûr. Je pensais que tu me demanderais d'effectuer quelques corrections ici et là.

— Tu plaisantes ? C'est une merveille. Il est parfait en l'état. Ne sois pas surpris de le voir affiché quelque part dans l'hôpital, à la vue de tous, ou si notre nouveau chef te réclame d'autres dessins.

— Je lui dirai non. Je les réserve à quelques rares personnes qui comptent pour moi.

Et Evie faisait partie de ce petit cercle ? Elle oublia aussitôt les mises en garde qu'elle s'était adressées, et une sensation lui chatouilla le ventre si agréablement qu'elle dut se mordiller la lèvre inférieure pour contenir cette émotion. Il ne fallait surtout pas que Max se rende compte de ce que ces paroles signifiaient pour elle. À nouveau, elle détourna la conversation.

— Tu as du nouveau concernant Margaret Collins ?

— La patiente que tu m'as adressée ?

— Oui.

— J'ai justement rendez-vous avec elle cet après-midi. Tu veux toujours venir ?

Evie réfléchit un instant. Sa présence n'était pas absolument nécessaire. Margaret serait entre de bonnes mains avec Max. Cela dit, elle avait envie d'être là. Risquait-il de trouver curieux qu'elle souhaite apporter un soutien moral à sa patiente ?

— Ça n'a pas l'air bizarre ? Je ne veux pas que tu penses que je n'ai pas confiance en ton jugement.

— Pourquoi bizarre ? Mes patients viennent souvent accompagnés. De plus, tu es sa pneumologue. C'est normal que tu t'informes du traitement qu'elle va suivre.

En effet, présentée comme cela, son offre paraissait tout à fait normale.

— Merci, Max. Dans ce cas, c'est oui. Son rendez-vous est à quelle heure ?

— Trois heures et demie. Tu seras libre ?

— Normalement, oui. Mes consultations sont surtout le matin. Mes après-midi sont consacrés aux tournées médicales. Je me débrouillerai pour me libérer.

Max hocha la tête.

— Bien. Je pense qu'on s'est dit l'essentiel. À moins que tu n'aies d'autres questions à propos du dessin, je retourne à mon bureau.

— Non, ça ira. Encore une fois, merci beaucoup. Je te tiens au courant pour Robbins.

— Parfait. On se voit à trois heures et demie, alors.

Trois heures et demie… Il fallait qu'elle le note quelque part avant de l'oublier. Toutefois, c'était peu probable. Dans son ventre, une nuée de papillons s'en donnait déjà à cœur joie à l'idée de le revoir si tôt. Cela faisait une éternité que Max et elle ne s'étaient pas parlé aussi librement, et ce renouveau dans leurs relations lui faisait l'effet d'une averse au milieu d'une sécheresse. Elle allait renverser la tête en arrière et la savourer aussi longtemps qu'elle allait durer.

Même si, dans le désert, la pluie ne durait jamais longtemps.

Au fil de la journée, Max se prit à regretter d'avoir invité Evie à prendre part au rendez-vous de Mme Collins. Il y avait eu quelque chose de troublant dans le fait de se retrouver enfermé avec elle dans son bureau tandis qu'elle examinait son dessin. Surtout lorsqu'elle lui avait demandé s'il n'avait pas peur de finir ses jours seul. Et lorsqu'elle avait caressé de l'index les contours du couple de promeneurs, sur le dessin, Max avait frémi comme si c'était lui qu'elle avait touché. Lorsqu'il l'avait embrassée devant ce théâtre, elle avait plaqué la paume de sa main sur sa nuque. Le contact de sa peau tiède sur la sienne avait été comme un électrochoc. D'un seul coup, Max était revenu à lui-même alors que l'image de leurs corps enlacés, au lit, s'était insinuée dans son esprit.

Cette même image avait resurgi lorsqu'elle avait touché le dessin. Un picotement électrique avait parcouru ses nerfs et ramené à la vie une partie de son être enfouie au plus profond de son inconscient. À juste titre, d'ailleurs. Non qu'il n'aimât pas le sexe, bien au contraire. Et avec Evie, l'expérience serait sûrement exceptionnelle. Mais il ne devait pas y penser s'il tenait à sauvegarder ce qui restait de leur amitié. Parce qu'autrement... Eh bien, il n'y aurait plus de collaboration, sur le gala ou quoi que ce soit d'autre, plus d'entrevue, plus rien. Et l'amitié qu'il avait espéré ressusciter repartirait à la dérive, une fois de plus.

Un bip de son portable lui mit les nerfs à vif. Evie le recontactait déjà ? Mais non, c'était Darby. Il se détendit aussitôt et lut le texto. Elle attaquait avec l'émoji d'un bonhomme qui criait, suivi d'une kyrielle de points d'exclamation.

Evie m'a envoyé une photo de ton dessin et je l'adore !!! Elle m'a dit qu'elle allait le montrer à votre chef. Il va en être gaga, sûr ! Et s'il ne l'aime pas, c'est qu'il ne mérite pas de diriger cet hôpital.

Max se prit à sourire. Il voyait mal le Dr Robbins devenir gaga à propos de quoi que ce soit, mis à part un gros chèque.

Ne t'emballe pas trop vite. Il n'est pas du genre expansif, d'après le peu que j'ai vu du personnage.

Était-il triste qu'Evie ne lui ait pas proposé de l'accompagner dans le bureau du directeur ? Max mentirait en disant non, mais il lui avait aussi laissé entendre qu'il avait un après-midi chargé devant lui. Peut-être craignait-elle que Robbins fasse mauvais accueil à leurs idées.

Son téléphone bipa encore.

Ça va marcher, tu verras. Il serait fou de faire la fine bouche. C'est une occasion en or de montrer l'hôpital sous son meilleur jour à des investisseurs potentiels. J'ai hâte de savoir ce qu'il en pense.

Il répondit avec un émoji souriant :

Merci, c'est gentil.

Max rangea son portable, en proie à une émotion étrange. Il ne savait pas d'où elle venait ni pourquoi elle était aussi troublante, mais c'était comme cela. Au fond, il valait sans doute mieux qu'il ne soit pas dans le bureau de Robbins avec Evie. Si jamais cet entretien ne leur donnait pas satisfaction, il ne supporterait pas de la voir déçue. Pas une deuxième fois. Même si, dans le cas présent, il n'y serait pour rien, bien au contraire.

Cela dit, lorsqu'il l'avait repoussée, ça avait été un mal pour un bien. Il lui avait épargné un échec sentimental encore plus cuisant que celui qu'elle avait vécu avec Brad. Certes, Max ne l'aurait pas trompée, lui. Sauf avec son travail, bien sûr. Il n'aurait pas fait main basse sur ses économies. Seulement, elle n'aurait pas été heureuse avec lui. Il aurait été incapable de lui offrir autre chose qu'une union purement physique, et elle aurait fini par le détester.

Il secoua la tête, s'étira le dos et consulta sa montre. Il n'était pas loin de midi. Puisqu'il était l'heure de déjeuner, cela lui ferait du bien de sortir prendre l'air. De toute façon, il apprendrait bien assez tôt ce que Robbins pensait de ce projet. Et puis, ces idées n'étaient pas les siennes, mais celles d'Evie. Tout ce qu'il avait fait, c'était les coucher sur le papier.

Il descendit donc dans la rue en espérant laisser derrière lui le désordre de ses pensées.

Contre toute attente, lorsqu'elle sut qu'elle risquait d'avoir un cancer, Margaret Collins parut soulagée. Bizarre... Evie avait pensé la trouver effondrée, mais non. La vieille dame ne semblait pas plus perturbée que cela.

— Evie, ma chère ! Si vous saviez comme je suis ravie de vous voir.

Elle avait parlé avec le ton qu'on emploierait lors d'un anniversaire ou toute autre occasion heureuse. Un soupçon d'inquiétude surgit en Evie. Pour autant qu'elle sache, Mme Collins n'avait jamais eu de problèmes de lucidité, mais ce comportement était, eh bien... anormal. Elle jeta un coup d'œil à Max et vit qu'il fronçait les sourcils. Donc, lui aussi s'étonnait de cette réaction.

— Le Dr Milagre nous aidera à prendre en charge vos problèmes respiratoires en complément du traitement contre votre tumeur.

— Bien sûr. Simplement, Evie a toujours été adorable avec moi, surtout quand j'ai attrapé le Covid et que personne ne savait si j'allais m'en tirer. Sauf le Dr Milagre, ajouta-t-elle avant de se tourner vers Evie. Vous étiez toujours si encourageante et votre espoir était contagieux. C'est toujours le cas, et c'est pour cela que je suis contente que vous soyez là.

Evie sourit, rassurée.

— Vous vous en êtes sortie surtout parce que vous avez suivi votre traitement et parce que vous n'avez jamais cessé de vous battre. Là aussi, je compte sur votre courage et votre détermination.

À soixante-douze ans, Mme Collins n'était pas la candidate la plus évidente pour une chimiothérapie, mais en dehors de son asthme, elle avait toujours fait preuve d'une santé remarquable. C'était une femme formidable et elle rappelait un peu à Evie sa propre grand-mère. Originaire du Brésil, celle-ci avait refait sa vie aux États-Unis et elle y avait créé un nouveau foyer pour sa famille. Elle avait vécu jusqu'à l'âge vénérable de quatre-vingt-seize ans, et sans le Covid, elle serait sans doute encore des leurs.

— L'IRM d'aujourd'hui devrait nous permettre de mieux cerner le problème. L'examen consiste à vous injecter un colorant pour visualiser la tumeur. Ensuite, il faudra sans doute planifier une biopsie. Est-ce que vous pouvez vous faire accompagner par un proche ?

— Oui, mon fils. Il habite à quelques kilomètres de chez moi. Il n'est pas là parce que je ne lui ai encore rien dit. Je tenais à avoir une meilleure idée de ce qu'il m'arrive avant d'en parler autour de moi.

Max s'assit face à elle et la regarda dans les yeux.

— Vous allez avoir besoin de lui.

— Vous en êtes sûr ?

— Absolument. Vous devrez assimiler une grande quantité d'informations en peu de temps, et une autre paire d'oreilles vous serait utile. Personne ne peut se souvenir de tout.

— Bon. Je lui demanderai son aide si jamais c'est un cancer.

Max posa sa main sur celle de la vieille dame.

— Pour en être certains, il faut une biopsie.

— Mais vous avez dit que l'examen d'aujourd'hui devrait vous permettre d'y voir plus clair, non ?

— Normalement, oui.

Margaret lui serra la main avec un hochement de tête.

— Si les résultats confirment que c'est un cancer, je l'appelle.

— Bien.

— Sur ce, allons-y. Plus tôt on saura ce qui ne va pas, plus tôt on pourra le régler. Enfin, je l'espère.

Max se tourna alors vers Evie.

— Tu es libre pendant l'heure qui vient ?

— Je ne voudrais pas être ailleurs qu'ici. Avec vous, Margaret, s'empressa-t-elle d'ajouter.

La vieille dame s'essuya un œil.

— Ces fichues allergies, maugréa-t-elle.

Evie avait une autre raison pour rester. Elle n'avait pas encore eu le temps de dire à Max que le Dr Robbins avait adoré le dessin. Malgré le délai très court, il était d'accord pour intégrer leurs idées au gala de cette année. Les discours et l'appel aux dons auraient lieu à l'hôtel, mais cette première partie de soirée serait réduite à une heure ou deux, le temps du dîner. Ensuite, les invités seraient conviés à poursuivre la fête dans la cour de l'hôpital, où seraient servis les desserts et des boissons. Robbins avait même suggéré de mettre en place un service de taxi pour les convives hors d'état de conduire. Et de cette manière, les collègues en poste ce soir-là pourraient descendre quelques minutes dans la cour pour boire un verre.

Tandis que Margaret passait son IRM, Evie en profita pour remercier Max une fois de plus.

— Robbins dit oui à tout.

Max leva des sourcils surpris.

— Ah bon ? Comme quoi, il n'est peut-être pas aussi intraitable qu'il en a l'air. Ça s'annonce bien. En plus, les gens pourront venir et partir à leur guise, donc on ne sera pas les uns sur les autres.

— N'est-ce pas ? Ils vont faire appel à des membres du conseil d'administration pour organiser des visites de l'hôpital, donc tout le monde ne sera pas présent dans la cour en même temps.

Le regard de Max se concentra sur les images qui défilaient sur l'écran. Il émit soudain un juron en sourdine.

— Qu'est-ce qu'il y a ?

— La tumeur est hypervasculaire, dit-il en la désignant du doigt. Et je suis quasiment sûr qu'elle est métastatique, avec un foyer au niveau du sein, du foie ou ailleurs. C'est un angiosarcome.

— Oh ! non, murmura-t-elle.

Les angiosarcomes étaient des cancers rares et malins des vaisseaux sanguins et lymphatiques. De plus, Max avait raison : presque toujours, une atteinte pulmonaire était le fait de métastases provenant d'autres organes. Et le cancer pouvait avoir essaimé dans le cerveau ou ailleurs.

— Il te faudra quand même une biopsie ?

— Oui, pour être sûr à cent pour cent. Mais à première vue, c'est un cancer agressif.

Evie hocha la tête, le cœur lourd. Tout à coup, ses préoccupations concernant le gala lui semblaient terriblement dérisoires.

— Je tiens à être présente quand tu lui parleras.

— Je m'en doutais.

Alors qu'ils aidaient Margaret à descendre de la table d'IRM, leurs visages fermés étaient plus éloquents qu'un long discours.

— Ce n'est pas bon, c'est ça ? dit-elle en les regardant.

— Pas vraiment, non.

— Je vois.

Margaret demeura debout un instant avant de s'asseoir précautionneusement dans le fauteuil roulant avec lequel ils l'avaient conduite en salle d'examen.

— Il existe des traitements ?

— Oui. La chirurgie en premier lieu, mais aussi la chimiothérapie, éventuellement une radiothérapie. Mais le poumon n'est sûrement pas le site primaire. Le problème doit venir d'ailleurs.

La vieille dame tordit ses mains sur ses genoux.

— Mince... Ce n'est pas bon du tout, alors.

— Comme je vous l'ai dit, je tiens à réaliser cette biopsie. Mais il est temps de faire appel à vos proches et de leur dire ce qui vous arrive. Vous avez mentionné le fait que votre fils habite près de chez vous.

— Oui. J'ai aussi une fille, mais elle vit dans le Maine. Ça fait loin.

— Vous devriez peut-être la laisser en juger.

Ils la ramenèrent en fauteuil roulant jusqu'au bureau de Max. Puis, assise à côté d'elle, Evie tint dans la sienne la main de la vieille dame tandis qu'il lui expliquait la maladie et les soins. Margaret ne l'interrompit qu'une fois, pour savoir quand il prévoyait de procéder à la biopsie.

— Dès que possible. Le traitement commencera dans la foulée. Votre fils pourra-t-il rester avec vous ?

— Il est marié et il a trois filles adolescentes. Je ne peux pas lui demander une chose pareille.

— Je comprends. Mais je vais être franc avec vous. Vous aurez besoin d'être accompagnée pendant votre traitement. Je vous mentirais si je vous disais que ce sera facile.

Mme Collins le regarda droit dans les yeux.

— Mais d'après vous, ça en vaut la peine ? S'il s'agissait de votre mère, par exemple, vous lui recommanderiez cette chimio ?

Max garda le silence pendant de longues secondes et le cœur d'Evie se serra. Sans le savoir, Margaret avait mis le doigt pile là où cela faisait mal.

— Ma mère n'a jamais eu cette chance, dit-il enfin. Son cancer a été diagnostiqué trop tard et elle est morte avant d'avoir pu commencer son traitement. Mais pour répondre à votre question, oui, je lui demanderais d'essayer, au moins, pour voir s'il y a une amélioration.

— Je suis navrée. Votre mère devait être quelqu'un de formidable parce que vous êtes quelqu'un de bien.

— Tout le monde n'est pas de votre avis.

Il se tourna vers Evie avec un sourire en coin, comme si ses paroles la visaient. Si c'était le cas, il se trompait lourdement et elle allait faire en sorte qu'il le sache. Et cela, dès que le rendez-vous avec Margaret serait terminé.

4

— Tu penses vraiment que j'ai mauvaise opinion de toi ?

Hein ?

Max fronça les sourcils. Evie avait posé la question juste après que Mme Collins était partie.

— Qu'est-ce qui te fait dire ça ?

— Quand Margaret a dit que tu étais quelqu'un de bien, tu m'as regardée en lui répondant que certaines personnes ne seraient pas de cet avis.

— Pure coïncidence, affirma-t-il.

— Ça m'étonnerait.

Elle fit un pas vers lui et s'arrêta tout près, si près qu'il n'avait qu'à tendre le bras pour la toucher.

— Tu es quelqu'un de bien, Max. Et tu n'as aucune raison de ne pas le penser.

— Tu surinterprètes mes paroles.

— Tu crois ?

La tête inclinée sur le côté, elle le dévisageait de ses beaux yeux bruns si doux qui semblaient fouiller dans son âme pour en extirper tous les secrets. Max sentit son cœur tambouriner dans sa poitrine. Elle lui toucha la joue.

— C'est à cause de ta mère ? Tu n'étais qu'un enfant quand elle est tombée malade. Tu n'aurais rien pu faire pour elle.

— Je le sais bien.

Une émotion bondit en lui tel un ressort hors d'une boîte.

— Parfois, je me demande pourquoi j'ai choisi une spécialité aussi éprouvante émotionnellement. Tu sais, Margaret a peu de chance de survivre à sa maladie.

— J'en suis bien consciente. Mais si elle profite d'une rémission, elle pourrait gagner quelques années et voir ses petits-enfants grandir. Le jeu en vaut la chandelle, même si c'est difficile à vivre.

Elle lui caressa la mâchoire avec une douceur qui le fit frissonner. Et, bon sang, il avait besoin d'un peu de tendresse. Besoin de sentir autre chose que le désespoir de toutes les Margaret Collins du monde.

— Evie...

Il ferma les yeux et serra les poings pour s'empêcher de l'étreindre.

— Ce n'est pas grave, Max. Tu n'es pas toujours obligé d'être fort.

Elle referma les bras autour de lui et posa une joue sur son torse, dans un enlacement silencieux qui n'avait d'autre but que de le réconforter. Mais les sensations qui fusaient en lui n'avaient rien à voir avec du réconfort. Max ouvrit les yeux et la vit pressée tout contre lui. Seigneur, c'était plus fort que lui. Il l'enveloppa de ses bras et l'étreignit à son tour tandis qu'il plongeait une main dans les mèches soyeuses de ses longs cheveux. Un son étranglé monta dans la gorge d'Evie. Il crut d'abord qu'il lui faisait mal, mais non. C'était même l'inverse.

Il posa les mains sur ses épaules pour l'écarter doucement, sans cesser de regarder son beau visage. Ses yeux bordés de longs cils brillaient de larmes non versées. Bon sang, il n'était qu'un homme, et quelle force au monde aurait pu le retenir de faire ce qu'il allait faire ?

Toutefois, avant qu'il ait pu esquisser le moindre geste, Evie se haussa sur ses orteils et effleura ses lèvres d'un baiser léger comme une plume, mais plus dangereux qu'une morsure de cobra. Un maelström d'émotions se déchaîna en lui et emporta toute pensée rationnelle. Bientôt, le baiser fut tout, sauf délicat. Une main sur la nuque d'Evie, Max insinua la langue entre ses lèvres et elle entrouvrit la bouche pour l'accueillir. Il fit glisser les mains jusqu'à ses hanches et la plaqua contre lui. Cette fois-ci, le gémissement d'Evie ne laissa pas de place au doute. Il était tout ce qu'il y avait de plus réel, et, s'ils ne se ressaisissaient pas tout de suite, cette folie allait les emmener loin, beaucoup trop loin. Or, Evie ne méritait pas cela. Non, elle ne méritait pas qu'un homme prenne ce qu'elle lui offrait sans rien lui donner en retour.

À contrecœur, il s'écarta.

— Evie... Je t'en prie, arrête.

Elle essaya de le reprendre dans ses bras, mais il la repoussa au prix d'un effort surhumain.

— Evie, non. On ne peut pas faire ça.

Elle le regarda fixement, le dos d'une main contre sa bouche. Puis elle se redressa et passa les doigts dans ses cheveux ébouriffés.

— Faire quoi, au juste ?

D'un geste, il désigna un fauteuil et elle fronça les sourcils.

— Tu crois que j'essayais d'obtenir une partie de jambes en l'air ?

— Tu m'excuseras, mais mes pensées allaient toutes dans cette direction. Ne me fais pas croire que tu avais autre chose en tête.

Ils se dévisagèrent, le souffle court. Puis Evie haussa les épaules.

— Et alors ? On est adultes, non ? Ce n'est pas comme si je te demandais ta main, après tout.

Mais ses yeux brillaient d'un éclat blessé qui le bouleversa. Pour rien au monde il n'aurait voulu lui faire de la peine. Et pourtant, c'était justement ce qui se passait.

— Je sais bien, Evie. Mais tu mér...

— Arrête. Je connais d'avance le blabla que tu vas me réciter. Tu n'as pas envie de te marier, ni même de vivre en couple. Tu n'es pas du genre à faire des promesses d'amour éternel. Tu me rappelleras *encore* comment ça s'est terminé entre moi et Brad. Mais laisse-moi te faire une petite confidence. Contrairement à ce que tu crois, j'ai appris quelque chose de mon mariage avec Brad. Moi aussi, je suis revenue de tout cela. Les déclarations enflammées, les « je t'aime » larmoyants... Je n'y crois plus depuis belle lurette. Donc redescends sur terre. Si tu penses qu'il suffit de coucher avec toi pour tomber sous ton charme, tu te mets le doigt dans l'œil. Mais au cas où tu t'inquiéterais quand même, je vais te rassurer. Tu n'auras plus à refuser de passer la nuit avec moi parce que c'était ta dernière chance.

C'était vraiment ce qu'elle pensait ? Parce que, si quelqu'un devait craindre de tomber amoureux, c'était bien lui. Max eut un rire sans joie.

— Il y a quelque chose de drôle ?

Plutôt que de se lancer dans des explications fumeuses, il se contenta de secouer la tête.

— Parfait, dit-elle. Dans ce cas, restons-en là, OK ?

Alors qu'elle s'éloignait, Evie le regarda une dernière fois par-dessus son épaule.

— N'oublie pas de me prévenir pour la biopsie de Margaret. Je tiens à y assister.

Max ne demandait qu'à clore cette conversation, mais pas comme cela.

— Evie...

Elle l'arrêta d'une main levée.

— Ne t'inquiète pas, notre relation de travail n'en souffrira pas. Notre amitié non plus. C'était déjà l'un de tes arguments, la dernière fois que tu m'as embrassée, tu te souviens ? Mais depuis, on a fait du chemin, toi et moi. Enfin, plus ou moins. Il n'y a pas de raison qu'on n'y arrive pas cette fois-ci.

— Attends...

Elle pivota pour lui faire face et le considéra, les sourcils dressés. Mais pour une fois, Max ne trouva rien à dire. Son cerveau s'était bloqué. De toute façon, que pouvait-il rétorquer aux vérités qu'elle lui avait jetées à la figure ? Il secoua la tête, impuissant.

— Rien, mis à part que je suis désolé.

— Pourquoi ? Est-ce que je le suis, moi ? Allez, à la prochaine.

Sur ces mots, elle quitta la pièce, le laissant en proie à la crainte qu'elle ne lui adresse plus jamais la parole. Parce qu'en dépit de ce qu'elle avait affirmé, il ne voyait pas comment leur amitié pouvait sortir indemne de ce qui venait de se passer. Ce baiser n'avait absolument rien à voir avec le précédent. Il était bien pire, parce qu'il avait signifié quelque chose. Si ce n'était pour elle, du moins pour lui.

Plongée dans ses pensées, Evie redressa vivement la tête lorsque Darby lui tapota la jambe par-dessous la table.

— Eh ! Qu'est-ce qui ne va pas ?

— Mais rien.

— À d'autres, veux-tu ? Avec moi, ça ne prend pas. Et puisque Max, comme par hasard, avait ce soir une intervention qui l'empêchait d'être des nôtres, une fois de plus, j'en déduis que c'est à cause de lui que tu as l'air aussi morose.

Décidément, on ne pouvait rien lui cacher. Autant lâcher le morceau.

— Je l'ai embrassé et il semblait d'accord. Mais comme l'autre fois, il a fait marche arrière et on s'est disputés. À coup sûr, c'est pour cela qu'il n'est pas venu ce soir.

Darby ouvrit des yeux ronds.

— Tu l'as embrassé ?

— Oui, bon… Je pensais qu'il allait le faire, alors je l'ai, euh… devancé. C'est arrivé comme ça. Ne me demande pas pourquoi, ni comment.

— Mais vous en avez discuté ?

Evie haussa les épaules.

— Plus ou moins, jusqu'à ce que je sorte de son bureau comme une furie.

Avec le recul, Evie se rendait compte que sa réaction avait été excessive. Elle aurait dû lui laisser la possibilité de s'expliquer. Mais elle avait eu peur. Peur qu'il l'évite à nouveau. Et ses craintes semblaient fondées. Même Darby s'était aperçue du problème.

Et pourtant, leur amie riait !

— Ce n'est pas drôle, mais je t'imagine furieuse et claquant la porte derrière toi. Ça ne te ressemble tellement pas.

— Je sais…

Le regard triste et le menton dans les mains, Evie devait offrir l'image de la désolation. En tout cas, c'était l'humeur qu'elle éprouvait.

— Il faut que tu lui parles, dit Darby. À force d'insister, tu finiras bien par lui remettre les idées en place. Il est allergique aux relations sérieuses, mais pour autant que je sache, tu ne lui as rien demandé.

— Non. D'ailleurs, moi non plus, je ne veux pas sortir avec quelqu'un. Après ce qui s'est passé avec Brad, je ne sais même pas si je me remarierai un jour.

— Bienvenue au club. Nous finirons vieilles filles, c'est moi qui te le dis.

Darby n'avait rien contre le mariage, mais elle n'avait toujours pas rencontré l'homme de sa vie. Après l'échec de ses fiançailles, elle semblait moins pressée que jamais de changer son statut marital sur les réseaux sociaux.

— Peut-être. Mais tu as raison, je devrais lui parler. Ce baiser était un acte irréfléchi, il ne voulait strictement rien dire. Il faut juste que je trouve les mots pour le lui faire comprendre.

— Oui, fais-le, dit Darby en pressant sa main dans la sienne. En plus, tu auras du mal à préparer ce gala si tu te retrouves toute seule au comité. Et comme la soirée va se dérouler en partie à l'hôpital, tu risques d'avoir un certain nombre de choses à organiser à la dernière minute : réserver un traiteur, par exemple, et un DJ…

— Je sais, je sais… Bon, je vais essayer de lui parler. Si ça ne marche pas, je vais devoir lui trouver un remplaçant au pied levé.

— Il va changer d'avis, ne t'inquiète pas. Le connaissant comme je le connais, il doit être aussi ennuyé que toi. Bien sûr, tu pourrais l'inviter à nouveau au restaurant, mais il risque de se défiler une fois de plus.

C'était en vain que Darby s'efforçait de lui remonter le moral. À mesure que le repas avançait, Evie se sentait de plus en plus malheureuse et touchait à peine à son assiette.

— Rentre chez toi, Evie. Repose-toi un peu. Ça ira sans doute mieux demain.

Darby avait raison. Même si Max l'évitait pour l'instant, il n'était pas du genre à négliger ses engagements. Il ne la laisserait pas tomber pour le gala, c'était déjà cela.

L'addition payée, les deux amies sortaient du restaurant quand Evie entendit son prénom prononcé d'une voix grave et familière. Elle se tourna vivement et se figea, comme pétrifiée. Max se tenait devant elle, absolument craquant en jean noir et polo turquoise. Bon sang, que lui voulait-il ? Ne sachant quoi lui dire, elle le regardait immobile, comme une idiote. Ce fut Darby qui rompit le silence.

— C'est bête que tu n'aies pas pu venir pour le dîner. Ton urgence s'est bien passée, j'espère ?

— Il est encore trop tôt pour se prononcer, répondit-il. Je suis désolé pour ce soir.

Evie comprit alors qu'il ne parlait pas de cette prétendue intervention chirurgicale, mais de ce qui était arrivé entre eux. Ils ne pouvaient toutefois pas régler leurs comptes ainsi, devant tout le monde. Confier ses secrets à Darby, c'était une chose, mais les étaler tels des instruments chirurgicaux lors d'une opération, c'était complètement différent.

Dieu merci, Darby la tira une fois de plus de son embarras.

— Bon, je dois me lever tôt demain et ma jambe me donne des élancements, dit-elle en s'appuyant sur sa canne. Je vous dis bonne nuit.

Evie la serra dans ses bras.

— À plus tard. J'espère que tes douleurs vont se calmer.

— Bonne chance, murmura son amie à son oreille.

Ah ! Donc sa jambe n'était qu'un prétexte pour s'éclipser et permettre à Evie de parler seule à Max. Puisqu'il était là, c'était qu'il était prêt à discuter, non ? À moins qu'il ne soit venu lui annoncer qu'il renonçait à l'aider pour le gala.

Alors que Darby disparaissait dans un taxi, Evie et Max demeurèrent plantés devant le restaurant.

— Ça te dit de marcher un peu avec moi ?

— Pourquoi pas ?

Ils descendirent la rue en direction du Strip, la grande artère où se concentraient les casinos de Las Vegas. Ils cheminèrent en silence pendant cinq minutes avant que Max ne prenne la parole.

— Je n'aime pas la façon dont on s'est quittés l'autre jour.

Un sentiment de soulagement envahit Evie.

— Moi non plus. Et je suis désolée d'être montée sur mes grands chevaux. Notre amitié compte énormément pour moi, et je ne veux surtout pas la gâcher pour un truc aussi idiot.

Elle eut une courte hésitation avant d'ajouter :

— La dernière fois qu'on s'est retrouvés dans cette situation, tu m'as évitée pendant longtemps et ça m'a fait de la peine. Tu m'as vraiment manqué, Max. On peut juste faire comme si cette dispute n'était jamais arrivée ?

Max hocha la tête.

— Toi aussi, tu m'as manqué. Et j'ai compris que, si j'en suis à inventer un prétexte pour ne pas aller au resto avec toi, c'est qu'il y a un problème. Je suis navré, Evie.

— Moi aussi. On est réconciliés ?

— Oui.

Elle ferma les yeux, en proie à une immense gratitude. Elle aurait voulu le serrer dans ses bras, mais se retint pour ne pas tout gâcher à nouveau. Elle se contenta donc de le remercier en souriant.

— Tu me donnes un récapitulatif de ce qu'il nous reste à faire pour le gala ?

— J'avais peur que tu ne veuilles plus faire partie du comité. Je suis contente que tu aies choisi de rester.

Elle sortit de son sac un papier qu'elle lui tendit.

— Tiens. Quelque chose qui accroche ton intérêt ?

Il pointa le doigt vers une ligne.

— Je connais un DJ qui pourrait nous aider. Son style n'a rien d'excentrique et je pense qu'il correspondrait parfaitement à l'ambiance voulue par le Dr Robbins.

— Tu veux dire froide et revêche ?

— Je dois dire que cette description lui va comme un gant.

— Au moins, il a apprécié notre idée. Et si elle donne satisfaction, l'année prochaine, le gala pourrait se dérouler entièrement au sein de l'hôpital. Le repas et les discours auraient lieu dans le hall et la cour servirait pour l'after.

— *After* ? Il a utilisé ce mot ?

— Non, il a plutôt parlé d'une occasion pour sociabiliser. Mais bon, si tu connais un DJ, c'est super. Surtout s'il est disponible aux horaires que nous souhaitons.

— C'est-à-dire ?

Evie réfléchit un court instant.

— La première partie commence à 19 heures et le Dr Robbins voudrait qu'elle prenne fin vers 20 h 30. Ensuite, pour ceux qui le souhaitent, la soirée se poursuivra à l'hôpital. À mon avis, la plupart viendront si on leur dit qu'il sera possible de danser et de boire.

— Donc, la seconde partie irait de neuf heures moins le quart jusqu'à… disons… 23 heures ?

— C'est ça.

Il en prit note sur son portable.

— J'appelle ce DJ demain matin et je te tiens au courant. Quoi d'autre ?

Ils passèrent en revue le reste de la liste, et Max la compléta par quelques détails.

— Ça t'aide un peu ?

— Oui, beaucoup, merci. Au fait, la biopsie de Margaret est prévue pour quand ? J'avais peur qu'il s'agisse de la chirurgie de ce soir.

— Non. Si cela avait été le cas, je t'aurais prévenue. L'opération est pour demain. Son fils l'amène à 6 heures pour la préparation chirurgicale. Ensuite, on prendra le relais.

— Et sa fille ? Elle a fait le voyage ?

— Oui. Margaret a pris sur elle et l'a appelée.

— Ses enfants sont des gens très bien. Je les ai rencontrés tous les deux ces dernières années.

Ils s'arrêtèrent à un passage piéton.

— C'est une bonne chose qu'elle soit entourée. Elle va en avoir besoin si la biopsie confirme mon diagnostic.

— L'hôpital a mis en place des groupes de soutien pour les patients atteints de cancer. Je vais l'encourager à y participer, au moins à titre d'essai. Sa chimio sera moins pénible si elle reconnaît quelques têtes en salle de perfusion.

Ils traversèrent la rue et se retrouvèrent au milieu d'une foule de personnes qui patientaient pour voir un spectacle. Ils sortirent de l'attroupement et le contournèrent du mieux qu'ils purent. Ils auraient sans doute dû choisir un autre itinéraire, mais Evie adorait l'animation qui caractérisait les nuits de Las Vegas. Lorsqu'on se promenait dans les rues, il était impossible de se douter que le Nevada faisait l'objet de restrictions d'eau sans précédent. Dans les hôtels, les touristes qui séjournaient plusieurs jours avaient été prévenus que les draps et les serviettes de bain ne seraient lavés qu'une seule fois par semaine, mais, abstraction faite de détails comme celui-ci, c'était *business as usual*.

— Je suis sûre qu'elle sera d'accord, dit Evie. D'autant plus qu'elle peut compter sur une excellente équipe thérapeutique.

— Merci du compliment, mais il vaut aussi pour toi. Si tu n'avais pas repéré cette masse au niveau du poumon, le problème aurait pu traîner encore longtemps. Tu lui as certainement sauvé la vie.

Max jeta un coup d'œil au bout de la rue avant de se tourner vers elle avec un sourire.

— Tu as un peu de place pour une glace de chez Delacort ? Ils sont à deux pas.

— Quelle question. Ce sont mes préférées. Leurs sorbets à la framboise sont à tomber par terre.

— C'est vrai. D'ailleurs, je n'ai pas oublié la fois où ils n'en avaient plus. Tu te souviens ? Tu étais avec moi.

— Arrête ! J'ai honte rien que d'y penser.

— Tu n'as pas fait de scandale. Simplement, on aurait dit que tu allais fondre en larmes.

— C'est bien le comble, fondre pour une glace.

Max éclata de rire et un frisson la parcourut. Dire que, tout à l'heure encore, elle s'était résignée à ne plus jamais entendre la musique de son rire. Les poings serrés pour résister à l'envie de mêler ses doigts aux siens, Evie inspira une profonde goulée d'air frais et savoura le plaisir d'être avec lui, tout simplement.

Le glacier se situait à quelques dizaines de mètres, mais ils humaient déjà de délicieux effluves de parfums sucrés. Las Vegas n'était pas renommée pour ses glaces et c'était bien dommage, songea Evie tandis qu'ils prenaient place dans la file d'attente. Delacort aurait mérité d'être davantage connu. Ils fabriquaient leurs crèmes glacées et leurs sorbets tous les jours, et lorsque leurs machines tournaient, le quartier tout entier se remplissait d'odeurs merveilleuses.

Une fois servis, ils reprirent le chemin du restaurant. Evie dégustait son cornet de glace avec gourmandise.

— La tienne te plaît ? demanda-t-elle.

Elle se tourna vers lui et vit qu'il la dévisageait avec un grand sourire amusé.

— Eh bien, quoi ? Je ne viens pas souvent par ici, donc je savoure. Je n'ai jamais compris pourquoi tu ne manges pas ta glace dans un cornet.

— C'est pour mieux profiter du goût du sorbet.

Evie poussa soudain une exclamation étouffée et elle s'arrêta de marcher.

— Quoi ?

— Oh ! rien. Je ne savais pas que *Walter Grapevine* passait à Las Vegas.

— Walter qui ?

Devant son air interdit, elle ne put s'empêcher de rire.

— C'est une comédie musicale que j'ai envie de voir depuis longtemps. J'espérais justement qu'elle serait programmée ici.

— Je n'en ai jamais entendu parler.

— Elle n'est pas très connue, mais les critiques sont dithyrambiques.

— Il va falloir que je me renseigne.

Quelques instants plus tard, ils arrivèrent en vue du restaurant.

— Tu es venue en voiture ?

— Non, on a pris un taxi, avec Darby. Pourquoi ?

— Je te ramène.

— Oh ! ce n'est pas nécessaire. Vraiment, Max. Je n'habite pas sur ton chemin.

Il esquissa un haussement d'épaules.

— C'est un crochet de quelques minutes seulement. Ça ne me dérange pas.

Le parking se trouvait à un pâté de maisons du restaurant. Max gratifia le gardien d'un pourboire et ils attendirent qu'il leur ramène la voiture.

— C'est bête que tu aies payé un stationnement sans avoir pu profiter du restaurant.

— Pas du tout. Je viens de manger une glace de chez Delacort avec toi. Je ne vais pas bouder mon plaisir.

Installée à la place du passager, Evie lui donna sa nouvelle adresse. Après son divorce, elle avait dû déménager dans un quartier à un kilomètre de celui où elle vivait avec Brad, et même si elle avait été furieuse de se défaire de son appartement, elle était à présent soulagée de ne pas vivre au milieu des souvenirs de leur couple. Avec le recul, elle se félicitait que Brad l'ait contrainte à vendre pour récupérer son argent. Ça avait été un mal pour un bien, et elle était heureuse dans son nouveau chez-elle.

Pendant le retour, ils discutèrent de tout et de rien : du travail, du gala… De la vie, tout simplement. Cela lui avait manqué de ne plus bavarder avec Max. Une fois arrivé, il se gara dans la rue et se tourna vers elle.

— Je te tiens au courant demain au sujet du DJ, soit avant, soit après la biopsie.

— Ça marche. J'ai rendez-vous demain après le travail pour inspecter la salle du gala. Il faut aussi que je sache à partir de quelle heure nous pourrons disposer des lieux. Apparemment, on aura droit à un traiteur, un fleuriste et un technicien pour le son. Je crois qu'il s'agit des mêmes prestataires que l'année dernière, mais c'est à confirmer. Par contre, le coordinateur du précédent gala travaille à l'autre bout du pays, donc il ne pourra sans doute pas nous aider beaucoup.

— Veux-tu que je t'accompagne ?

— Tu aurais le temps ?

— Normalement, oui. Ta journée se termine à quelle heure ?

— À 17 heures. Enfin, ça dépend de la durée de ma tournée.

— D'accord. Tu me tiens au courant ?

— Ça marche. À demain.

Evie mit pied à terre et lui fit au revoir de la main. Alors qu'elle se dirigeait vers sa résidence, Max n'effectua aucune manœuvre pour sortir de son stationnement et Evie sentait son regard sur son dos à chacun de ses pas. Il était prévenant, bien sûr, et tenait à s'assurer qu'elle rentrait sans encombre, mais il n'empêche, il la mettait mal à l'aise. Comme quoi, la situation n'était pas redevenue comme avant entre eux : simple et sans arrière-pensées. Mais que pouvait-elle faire d'autre à part attendre et croiser les doigts pour que leur amitié renaisse au fil des jours ?

5

Elle était là. Par une sorte de sixième sens, Max avait deviné la présence d'Evie. Il avait perçu du mouvement en salle d'observation environ cinq minutes plus tôt, alors que l'opération avait déjà commencé. Evie avait été retenue auprès d'un patient, et il finissait d'installer la caméra pour la thoracoscopie vidéo assistée lorsqu'elle arriva.

Max reporta son attention sur son travail et pratiqua deux autres incisions afin d'y faire passer ses instruments chirurgicaux. Ils sauraient très bientôt à quoi s'en tenir sur cette masse. Si elle était bénigne, il pourrait l'ôter dans la foulée. En revanche, si elle était maligne, il leur faudrait un PET-scan pour détecter d'éventuelles métastases et mettre au point un protocole de traitement.

Les yeux sur l'écran, à sa droite, Max atteignit le site de la tumeur et l'immobilisa au moyen d'une pince, puis il en sectionna une petite partie et se dépêcha de cautériser la zone. Le danger des tumeurs vasculaires, c'était l'hémorragie qui pouvait remplir de sang le champ opératoire. Une fois le prélèvement extrait, il le déposa dans un pot mis à disposition par une infirmière.

— Vous pouvez l'envoyer en anapath ? demanda-t-il à l'infirmière.

— J'y vais.

À présent, il fallait patienter. Selon les résultats de l'analyse, ils devraient soit recoudre le site opératoire, soit retirer la tumeur. Cette fois-ci, Max leva les yeux et vit qu'il ne s'était pas trompé : Evie était bien là. Elle le salua d'un léger mouvement de tête et il lui rendit la politesse avant de se tourner à nouveau vers sa patiente. Des haut-parleurs diffusaient en sourdine un concerto de piano. Max choisissait presque toujours cette musique pour opérer. Elle était relaxante et ne risquait pas de le déconcentrer avec des paroles. Chaque chirurgien avait ses préférences en la matière. Certains confrères ne pouvaient travailler que dans le silence complet.

Au bout d'une dizaine de minutes, le verdict tomba : angiosarcome du sein métastasé. Max émit un juron. Il y avait des jours où il aurait voulu qu'on lui donne tort sur son diagnostic. OK, donc il n'allait pas retirer la tumeur aujourd'hui. Et en fonction des résultats du PET-scan… On verrait bien : chaque chose en son temps. Pour l'heure, Margaret devrait rester à l'hôpital jusqu'à ce qu'on lui retire le drain thoracique. Max se tourna vers Evie et il secoua la tête. Elle ferma les yeux une seconde. La mort faisait partie de leur métier, malheureusement : ils en étaient bien conscients tous les deux. Mais cela n'empêchait pas Max de détester cet aspect de son boulot. Et là, il le détestait d'autant plus qu'Evie s'était attachée à cette patiente.

Il vérifia à nouveau l'absence d'hémorragie avant d'insérer le drain, puis il retira les instruments qui avaient servi pour la biopsie. Enfin, il referma les incisions et fixa le drain au moyen de quelques points de suture. Il demeura aux côtés de Margaret afin de s'assurer que le réveil se déroulait sans problème. Rassuré, il se détournait pour partir lorsque la vieille dame le saisit d'une main faible qui pressa la sienne. La gorge serrée, il lui rendit son geste.

— Je passe vous voir dès qu'ils vous ramèneront dans votre chambre, OK ?

Elle hocha la tête sans rien dire. C'était préférable ainsi. Max se voyait mal lui annoncer les résultats de la biopsie tant qu'elle n'était pas parfaitement lucide. Evie l'attendait devant la salle de réveil.

— Tu avais vu juste, n'est-ce pas ?

— Oui, mais ça ne rend pas les choses plus faciles.

— Tu ne fais que ton travail, Max. Tu n'es pas responsable de l'issue de sa maladie.

Elle lui parlait d'une voix grave et douce, pour le réconforter... Exactement comme sa mère avec son père.

— Tu n'es pas obligée de me dire ce que je sais déjà.

Ces paroles à peine prononcées, il les regretta.

— Excuse-moi, Evie. Simplement, c'est dur de voir ce genre de malheurs arriver à des personnes qui ne les méritent pas.

— Je sais. Ne t'excuse pas. Je ressens la même chose que toi, je t'assure. Moi aussi, j'espérais autre chose pour Margaret.

— Oui, bon... Les diagnostics sont ce qu'ils sont. En attendant, on peut, et on doit tout faire pour lui assurer la meilleure qualité de vie possible. Cela dit, je n'ai jamais été en faveur de l'acharnement thérapeutique s'il ne sert qu'à prolonger les souffrances du malade. Je ne voudrais pas de cela pour moi, et certainement pas pour mes patients.

— Je suis cent pour cent d'accord avec toi, Max.

— Tu veux être présente pendant que je parle à la famille ?

— Oui. Ses enfants me connaissent. J'ai même fêté Thanksgiving chez son fils après que Brad... Enfin, bon, mes parents étaient partis au Brésil pour rendre visite à de la famille éloignée et je ne voulais pas me retrouver seule, donc j'ai accepté leur invitation.

Et pendant tout ce temps, Max s'était ingénié à l'éviter et à ignorer les sentiments compliqués qu'il avait éprouvés à la suite du divorce d'Evie. Jamais il n'avait songé qu'elle pouvait se sentir seule et démunie, surtout lors de ces premières vacances sans son ex. À l'époque, elle habitait chez Darby, donc il avait pensé que... enfin... Il soupira.

— Désolé, Evie. Je n'ai vraiment pas été à la hauteur en tant qu'ami. Tu aurais toutes les raisons de m'en vouloir.

Elle se redressa vivement et le regarda dans les yeux.

— Je n'ai pas dit ça pour te donner mauvaise conscience. Je connais cette famille à titre personnel, c'est tout.

— Je sais, et parfois, ça rend la situation encore plus dure. Je vais m'efforcer de m'améliorer.

— C'est déjà le cas, dit-elle en souriant. Mais par contre, ne nous fais plus faux bond, à Darby et à moi, OK ?

— Promis.

Et cette promesse-là, il espérait bien la tenir. D'autant plus que, pas plus tard que la veille, en rentrant de leur promenade sur le Strip, il avait acheté sur un coup de tête deux places pour *Walter Grapevine*. Avec le recul, il aurait sans doute dû lui demander si elle était d'accord pour l'accompagner. Bien sûr, si elle refusait, il pourrait toujours y aller avec Darby, ou bien leur donner les billets à toutes les deux. Seulement, il tenait vraiment à se faire pardonner. Et pour ce faire, quoi de mieux que de lui offrir quelque chose qu'elle adorait ? Par ailleurs, même si Darby avait pris plaisir à voir *Wicked*, elle lui avait confié qu'elle ne raffolait pas des comédies musicales.

Il repoussa ces pensées pour se préparer mentalement à rencontrer les enfants de Margaret en salle d'attente. Après les avoir fait passer dans son bureau, Max leur annonça la nouvelle : la tumeur était agressive et il fallait chercher d'éventuelles métastases avant de lancer un plan de traitement.

— Elle est en phase terminale ? demanda le fils de Margaret.

Max acquiesça d'un hochement de tête.

— J'en ai bien peur, mais il nous faut des examens complémentaires pour le savoir avec certitude.

La fille de Margaret fondit en larmes et son frère la serra dans ses bras. Evie s'approcha d'eux pour leur donner une accolade.

— On fera tout ce qui est en notre pouvoir pour lui rendre ces semaines supportables. Promis.

Max sentit des larmes lui brûler les paupières. La consultation terminée, lorsqu'il fut seul avec Evie, il s'éclaircit la gorge pour masquer son émotion.

— Il me reste quelques patients à voir et je tiens à me rendre au chevet de Margaret avant de partir. La visite de la salle de réception est à quelle heure ?

— Dix-huit heures. Je te propose qu'on se retrouve au parking à 17 h 30. On peut y aller avec ma voiture, ou en taxi, selon ce que tu préfères.

— Moi, monter dans ta voiture ? Tu rêves ! La dernière fois que ça m'est arrivé, j'ai cru mourir.

Elle le dévisagea d'un air scandalisé.

— Seulement parce qu'un imbécile avait failli nous rentrer dedans après avoir brûlé un feu rouge. Sans mes réflexes, tu aurais fini écrasé comme une vulgaire mouche.

— Comme une mouche, c'est ça ? Merci pour la comparaison, docteur Milagre.

— Je rappelle les faits, voilà tout.

À ceux et celles qui auraient trouvé bizarre de les voir plaisanter juste après avoir annoncé le pire aux enfants de Mme Collins, Max aurait rétorqué que ces moments de légèreté leur permettaient de tenir le coup émotionnellement. Et tant mieux si Evie lui avait renvoyé la balle au lieu de le laisser se morfondre dans la tristesse.

— Waouh...

Postée dans la salle caverneuse où aurait lieu la première partie du gala, Evie n'avait rien trouvé d'autre à dire.

— On ne se rend pas compte à quel point cette pièce est énorme quand elle est remplie de tables, de chaises et de décorations.

Les mains dans les poches, Max regardait autour de lui.

— C'est rudement grand, oui. Je comprends pourquoi ils ont choisi cet endroit.

Pour l'instant, le local était vide à l'exception d'un échafaudage installé au centre de l'espace pour permettre à des ouvriers de fixer des lanternes de papier au plafond. Les murs blanc cassé contribuaient à l'impression d'espace et de luminosité, et un lustre énorme apportait une note de luxe qu'il ne faudrait pas chercher à l'hôpital. Mais peu importait, au fond : les deux endroits auraient des ambiances totalement différentes. La cour de l'hôpital serait davantage propice à une atmosphère détendue et apaisante. Evie était bien placée pour le savoir : après son divorce, elle s'y était réfugiée quasiment tous les jours. Alors que la procédure s'éternisait, elle avait passé nombre d'heures sur ces bancs, au calme, pour se ressourcer et faire le point.

Cela dit, elle avait aussi plaisir à s'échapper de l'hôpital. Le diagnostic de Margaret avait été un crève-cœur qui allait la hanter longtemps, surtout si les PET-scans confirmaient les métastases. Dans cette salle de gala, au moins, elle pourrait se libérer la tête de ces soucis… ou pas. Sinon, pourquoi songeait-elle à Margaret, même à présent ? Elle fit de son mieux pour évacuer ces pensées.

— D'après mes souvenirs, le buffet se trouve à droite, à côté de la porte. Sans doute parce que ça permet de réapprovisionner les tables sans avoir à traîner des chariots de nourriture et de boissons entre les convives.

— Oui, c'est logique.

Un mouvement dans sa vision périphérique attira l'attention d'Evie. L'un des ouvriers tendait le bras vers une lanterne pour en rectifier la position, et ce faisant, il se penchait dangereusement par-dessus le garde-fou. Un frisson parcourut Evie. Il fallait avoir le cœur bien accroché dans ce genre de métiers. Un jour, Darby avait réussi à la convaincre de monter dans une tour de chute en affirmant qu'elle n'était pas si haute qu'elle en avait l'air vue du sol. Sauf que si : elle était vraiment aussi haute, et Evie s'était vue mourir lorsque la nacelle avait plongé vers le sol. De retour sur la terre ferme, elle avait passé un savon monumental à Darby. En voyant sa tête, celle-ci avait cessé de rire et l'avait prise dans ses bras pour lui demander pardon.

— Désolée, Evie, avait-elle dit. Je ne savais pas que tu aurais aussi peur.

Une employée entra dans la salle et se dirigea vers eux.

— Vous avez des questions, besoin de quelque chose en particulier ?

— Pas pour l'instant, non, dit Evie avant de se tourner vers Max. Celui-ci secoua la tête négativement.

— Si jamais vous en aviez, je reste à votre disposition, dit la femme en leur tendant sa carte.

À nouveau seule avec Max, Evie poussa un soupir.

— On a oublié quelque chose, d'après toi ?

— Comme ça, là, je ne pense pas. Cela dit, je ne suis pas familier de ces soirées.

— Eh bien, il faut un début à tout, répondit-elle avec un grand sourire.

— Oui, sans doute.

Max marqua une pause avant d'ajouter :

— En parlant de soirées, ça t'intéresserait de...

Il fut interrompu par un cri perçant. Evie leva la tête à temps pour voir l'échafaudage basculer. L'homme qui s'était penché un instant plus tôt recula précipitamment. Trop tard ! Comme dans un film, la structure s'inclina de plus en plus bas, de plus en plus vite. Deux autres hommes s'accrochaient aux planches latérales, mais l'un d'eux glissa, chuta au sol avec un bruit sourd et demeura étendu, inerte. Max se précipita vers lui tandis que, alertée par le bruit, l'employée qui les avait abordés un instant plus tôt réapparaissait sur le seuil.

— Appelez une ambulance, vite ! lui cria Evie.

Malgré le danger, Max s'était agenouillé à côté de la victime pour l'examiner. Si l'échafaudage finissait de lâcher ou si des planches tombaient, ils seraient tous les deux pile sur la trajectoire. Sans parler des deux autres hommes qui s'accrochaient de toutes leurs forces aux garde-corps...

— Tenez bon ! Les secours arrivent.

Du moins l'espérait-elle. Evie s'approcha de Max.

— Il faut le déplacer. Si jamais ce truc s'écroule, vous êtes en plein dessous.

— Il a au moins une jambe cassée et je soupçonne un traumatisme crânien. L'une de ses pupilles est dilatée.

Evie savait pertinemment qu'il était dangereux de bouger une victime, mais si l'échafaudage ne tenait pas... Un bruit mécanique attira alors son attention. Un chariot élévateur apparut dans la salle et se positionna face au côté incliné de la structure, puis le bras de l'engin se dressa de manière à soutenir l'échafaudage. Pas bête, songea Evie. De la sorte, ils pourraient tenir jusqu'à ce qu'ils reçoivent de l'aide.

Comme tombés du ciel, deux pompiers firent leur apparition et évaluèrent la situation en un coup d'œil. L'un d'eux adressa un signe de tête au conducteur du chariot.

— Merci.

Son collègue s'approcha de l'échafaudage.

— Vous êtes blessés ?

— Non, ça va, répondit l'un des ouvriers. On peut descendre sans risquer de tout faire s'écrouler ?

— Essayez. Sinon, on a des harnais.

L'un des hommes passa les jambes par-dessus le garde-corps et descendit précautionneusement le long de la structure inclinée. L'autre le suivit en mettant ses pas dans les siens. Evie retint son souffle, mais tous deux plaçaient leurs mains et leurs pieds avec assurance. Enfin, le premier homme arriva à la hauteur du pompier, qui l'aida à sauter à terre. Flageolant, il s'assit aussitôt et le second pompier lui fit placer la tête entre les jambes. Evie se hâta vers eux.

— Comment va-t-il ? demanda-t-elle au pompier.

— Vous voulez mon avis ? Il a eu beaucoup de chance.

Evie s'agenouilla près de la victime tandis que son compagnon retrouvait le sol à son tour. Soudain, plusieurs policiers et secouristes se précipitèrent dans la salle. Par bonheur, les deux ouvriers étaient indemnes et en étaient quittes pour une belle frayeur. Et encore, le mot était faible. Evie avait eu peur dans la tour de chute, mais elle avait été dans un manège et n'avait couru aucun risque. Ces hommes, en revanche, auraient pu mourir à tout instant. Dans leur cas, le danger avait été bien réel. Elle était médecin depuis de nombreuses années, mais jamais encore elle n'avait été confrontée à la fameuse phrase : « Y a-t-il un docteur dans la pièce ? »

— Vous les emmenez dans quel hôpital ? demanda-t-elle à l'un des secouristes.

— Au Vegas Memorial.

— Nous sommes tous les deux médecins dans cet hôpital.

— Il me semblait bien que je vous avais vus quelque part. Nous, on a surtout affaire aux urgentistes. C'est une sacrée veine que vous ayez été là au moment où c'est arrivé.

De la tête, elle désigna le conducteur du chariot élévateur, un jeune homme d'une vingtaine d'années, qui se tenait à l'écart, adossé contre un mur. À sa mine un peu pâle, le pauvre semblait avoir eu son compte d'émotions pour la journée.

— Par chance, un employé de l'hôtel a eu la bonne idée d'utiliser son transpalette pour soutenir l'échafaudage. Sans lui, la structure se serait sans doute écroulée.

— Vous avez raison.

Le secouriste se dirigea vers le garçon pour lui serrer la main et le gratifier d'une tape dans le dos. Evie sourit. Ce jeune méritait un geste de reconnaissance. Il ne risquait pas d'oublier cette journée de sitôt. Mais à la vérité, Evie non plus. Elle s'approcha de Max et lui toucha l'épaule.

— Tu vas bien ?

— Oui. Je suis surtout très heureux de ne pas avoir été contraint de le déplacer.

En effet, les secouristes avaient stabilisé le cou de la victime et s'apprêtaient à le soulever au moyen d'une civière.

— Ils l'emmènent dans notre hôpital, donc on pourra prendre de ses nouvelles et voir comment il se porte.

Le téléphone de Max bipa. Il lut le texto et pinça les lèvres d'un air contrarié.

— C'est Margaret Collins. Elle voudrait rentrer chez elle.

Le cœur d'Evie se serra. Elle comprenait la vieille dame et n'aurait pas réagi différemment. Si on lui avait annoncé qu'elle était sur le point de mourir, elle non plus n'aurait pas voulu passer ses derniers jours à l'hôpital.

— Elle ne peut pas. Enfin, pas encore.

— Non. Elle doit garder son drain thoracique encore un jour. Bref, il faut que j'aille la voir.

— Je t'accompagne. De toute façon, nous avons fait tout ce que nous avions à faire ici.

Par ailleurs, elle tenait à lui demander de quoi il avait voulu lui parler juste avant l'accident. Quelque chose au sujet d'une soirée susceptible de l'intéresser ?

Mais un policier les aborda pour prendre leur déposition. Elle se tourna vers Max.

— Je m'en charge. Toi, va-t'en.

— Tu en es sûre ?

— Oui. Dis à Margaret que je la verrai sous peu.

— Pas de problème. À tout à l'heure, à l'hôpital.

Evie regarda s'éloigner la silhouette imposante de Max, puis elle ferma les yeux. Ils étaient passés à un cheveu d'un drame. Il s'en était fallu d'un rien pour que cette structure métallique ne s'effondre sur lui et sur l'homme qu'il examinait. Lorsqu'elle y songeait, elle en était malade de peur.

Elle aurait éprouvé la même chose pour Darby. Enfin, non, pas tout à fait. Elle adorait ses amis et jamais elle n'aurait sacrifié l'un pour l'autre. Seulement, lorsqu'elle imaginait Max grièvement blessé ou mourant, elle était touchée à un endroit viscéral. Un endroit qu'elle avait tenté longtemps d'enfouir au plus profond de son être, tout comme ce timide espoir qui avait pointé le soir où Max l'avait embrassée. Un espoir aussitôt douché, d'ailleurs.

Comme le policier lui posait une question, Evie évacua ces pensées, soulagée de la distraction. Mais qu'arriverait-il lorsqu'elle serait sans dérivatif, justement, face à ses peurs, ses doutes et ses espoirs ? Elle n'en savait rien, sinon qu'elle avait intérêt à se ressaisir, faute de quoi elle se retrouverait dans une situation délicate. Et nul doute que Max ne désirait pas qu'elle se mette dans cet état pour lui, parce que cela voudrait dire qu'elle tenait un peu trop à lui.

Ce qui n'était pas souhaitable. Ni pour elle, ni pour lui.

6

Evie arriva juste au moment où Max s'apprêtait à quitter la chambre de Margaret. Il avait eu toutes les peines du monde à convaincre la vieille dame de rester à l'hôpital jusqu'à ce qu'on lui enlève son drain thoracique. Elle souffrait, mais c'était compréhensible après l'intervention qu'elle avait subie. En outre, elle présentait des difficultés respiratoires et redoutait de faire une crise d'asthme. L'infirmière avait pourtant refusé de lui donner son inhalateur sans l'autorisation de Max. Elle avait tenté de le joindre par téléphone mais, accaparé par cet accident d'échafaudage, il avait raté son appel. Max n'imaginait que trop bien la détresse de la vieille dame lorsqu'elle s'était vu refuser ses médicaments, mais l'infirmière n'avait fait que suivre les consignes du dossier médical : en cas d'aggravation de ses symptômes respiratoires, Margaret devait être vue par Max ou par Evie.

De retour à l'hôpital, il avait donné son aval au traitement et Margaret s'était sentie un peu mieux. Elle semblait toutefois consciente que ses jours étaient comptés et elle ne voulait pas les passer à l'hôpital. Il avait pris le temps de lui expliquer pourquoi seul un PET-scan confirmerait le diagnostic de façon certaine. Ce genre de communication était un véritable jeu d'équilibriste. Il s'agissait de ne pas donner de faux espoirs au patient et à ses proches sans pour autant plomber leur moral. Certes, Max pensait savoir quel était le problème mais, avant d'en être sûr et certain, il s'efforçait toujours de rester optimiste. Du moins, dans la mesure du possible.

Dans le couloir, il résuma à Evie sa conversation avec Margaret. Elle hocha la tête.

— J'aurais fait pareil. Je vais la voir à mon tour, et si elle me pose la question, je répéterai ce que tu lui as dit.

— Merci. Je vais voir si l'homme de l'échafaudage est arrivé. Je te tiens au courant ?

Elle le regarda d'un air surpris.

— Bien sûr.

— OK. Je t'appelle dès que j'ai du nouveau.

— Parfait. Merci.

Alors qu'il se détournait pour s'en aller, elle le retint par le bras.

— Attends... Tu voulais me dire quelque chose tout à l'heure, juste avant l'accident. Au sujet d'une soirée.

Ah, zut. Dans le chaos, il avait complètement oublié de lui parler des billets. À présent, il n'était plus du tout certain d'avoir eu une bonne idée.

— Ce n'est rien.

— Non, sérieusement, dis-moi. Je veux savoir.

Max remua d'un pied sur l'autre, embarrassé.

— J'ai acheté deux billets pour cette comédie musicale dont tu m'as parlé. Je me demandais si tu étais intéressée... Ce serait une façon pour moi de me faire pardonner toutes les fois où je n'ai pas brillé par mon intelligence, ces deux dernières années.

Evie ouvrit de grands yeux.

— Non, tu veux vraiment y aller ?

— Eh bien, oui. Pourquoi pas ?

— Je pensais que la satire n'était pas ton genre d'humour.

— Si tu es d'accord pour m'accompagner, on verra bien.

Elle eut un petit rire amusé.

— Eh bien, dans ce cas, c'est d'accord, avec plaisir. C'est pour quand ?

Il n'avait même pas songé à vérifier si elle était libre ce soir-là.

— Mardi prochain, à 20 heures.

— Mardi, je termine à 17 heures, donc c'est parfait. J'aurai même le temps de passer chez moi pour me changer.

Ses yeux brillaient d'un tel éclat qu'il se réjouit de l'avoir invitée. Il était heureux de la rendre heureuse. Il espérait juste que ce bonheur ne lui exploserait pas entre les mains.

— Bon, eh bien, ça marche. On en reparle plus tard, OK ?

Il pivota sur ses talons et se rendit aux urgences. En chemin, il jeta un coup d'œil vers la cour. Le soleil tapait en plein sur les allées parcheminées par la sécheresse. Il n'était pas tombé une goutte de pluie depuis presque deux mois. Sur une chaîne d'informations diffusée dans le hall, un reportage annonçait justement que le niveau des précipitations était anormalement bas, même pour le Nevada. Des records d'aridité avaient été atteints. Les résidents qui avaient tenté de garder une pelouse avaient fini par y renoncer et certains avaient planté à la place un jardin xérophile, plus adapté à un climat sec. Le Vegas Memorial avait justement suivi cette tendance afin de préserver l'eau. Heureusement, la seconde partie de soirée du gala commencerait à la nuit tombée, lorsqu'il ferait plus frais, d'autant plus que les brumisateurs ou les fontaines temporaires seraient interdits. Même une sculpture de glace risquerait d'être mal vue par certains de leurs donateurs. De toute façon, Evie refuserait d'avoir recours à un dispositif, quel qu'il soit, s'il donnait l'impression de gaspiller une ressource aussi précieuse.

Max poursuivit son chemin avec un soupir. Il était né et avait grandi à Las Vegas, et n'avait jamais envisagé de vivre ailleurs, mais parfois, il fallait s'accrocher pour supporter cette ville. Et pourtant, malgré la circulation et l'agitation continuelles, elle débordait de vitalité et de rires. C'était un plaisir de voir les gens sortir des salles de spectacles et de jeux avec de grands sourires. Les chapelles d'amour aussi attiraient du monde. Elles avaient donné lieu à certains des mariages les plus courts de toute l'histoire des États-Unis, mais même ceux-là étaient légers, joyeux. Ses parents s'étaient d'ailleurs mariés dans l'une de ces chapelles et leur couple avait tenu dans le temps. Ils avaient été heureux... Du moins, jusqu'au cancer de sa mère.

Pourquoi donc songeait-il à tout cela ? Par bonheur, l'animation qui régnait aux urgences lui changea les idées. Il se dirigea vers le bureau des infirmières.

— Vous savez où se trouve la victime de l'accident d'échafaudage ?

L'infirmière consulta un écran d'ordinateur.

— Il est en salle 1. Le Dr Wilson se trouve avec lui.

— Merci.

Avec Todd Wilson, ce patient était entre de bonnes mains : c'était un médecin de premier ordre, directeur du service de neurologie.

Max frappa un coup à la porte avant d'entrer. Todd examinait le patient, qui avait ouvert les yeux. Le neurologue se tourna vers lui.

— Ah, te voilà, Max. Il paraît que tu as joué aux héros aujourd'hui.

— Pas du tout. Simplement, Evie et moi étions au bon endroit au bon moment.

— Ce n'est pas ce qu'on m'a raconté, répondit Todd en souriant. Grady ici présent me disait que l'échafaudage aurait pu s'écrouler à tout moment.

Ah bon ? Grady était inconscient au moment des faits. Comment pouvait-il savoir une chose pareille ? Max se garda toutefois de poser cette question et il s'approcha du lit.

— Je suis content de voir que vous êtes réveillé. Comment vous sentez-vous ?

— J'ai un mal de crâne horrible, répondit Grady d'une voix rugueuse.

— Ça ne m'étonne pas. Vous avez fait une sacrée culbute.

Max se tourna vers son confrère avec une question dans les yeux.

— Il a eu beaucoup de chance. Il s'en sort avec un nœud musculaire à l'arrière de la tête. Je vais quand même lui faire passer un scanner au cas où, mais il ne devrait pas garder de séquelles.

Grady se força à sourire.

— Merci, Doc. À l'occasion, vous pourrez remercier aussi votre copine de ma part ?

Comment cela, votre copine ? Dieu merci, Evie n'était pas ici pour l'entendre.

— C'est une collègue. Elle travaille elle aussi dans cet hôpital.

— Oh… Et moi qui croyais que vous étiez là pour organiser votre réception de mariage. Désolé.

Les yeux de Todd pétillèrent.

— Votre réception de mariage ? Petit cachottier, va.

Piqué au vif, Max haussa les épaules avec humeur.

— N'importe quoi. Tu sais très bien ce que je pense du mariage.

— Pas vraiment, non. Aurais-tu l'obligeance d'éclairer ma lanterne ?

— Je n'ai rien à dire, si ce n'est que je n'ai pas l'intention de mettre les pieds dans une chapelle nuptiale de sitôt.

Au même instant, Evie passa la tête par l'entrebâillement de la porte. Ah, génial, il ne manquait plus que cela. Cette petite blague risquait de durer encore longtemps.

— Je me suis dit que je pouvais prendre moi-même des nouvelles du patient, dit-elle en entrant. Ah, vous êtes réveillé. Formidable !

Grady hocha la tête.

— N'est-ce pas ? Un peu plus et je voletais dans les nuages en jouant de la harpe. Alors comme ça, vous êtes médecin, vous aussi ?

— Oui, je suis le Dr Evie Milagre. Le Dr Hunt et moi étions sur place afin d'examiner la salle avant la réception du gala annuel.

Même s'il était normal d'utiliser le titre de docteur en présence de patients, Max avait toujours trouvé bizarre qu'Evie le désigne par autre chose que par son prénom. Ou Maximilian, à la rigueur, quand elle voulait le taquiner.

Grady hocha la tête et une grimace de douleur lui échappa.

— Je croyais que vous étiez là pour une autre raison, mais le Dr Hunt m'a tout de suite corrigé.

Alors qu'Evie inclinait la tête d'un air interrogateur, Todd ajouta son grain de sel :

— Il pensait que vous aviez l'intention de vous marier. Mais

Max nous a assuré que ce n'était pas le cas, et que ça n'était pas près de l'être.

Une lueur étrange traversa le regard d'Evie avant qu'elle ne la dissimule derrière un sourire. Max fronça les sourcils. Son imagination devait lui jouer des tours. Après tout, elle avait épousé Brad. Et, abstraction faite de ce lointain baiser sur le Strip, Evie ne lui avait jamais donné à croire qu'elle voyait en lui autre chose qu'un ami.

Oui, mais... et ce deuxième baiser, alors ? D'autant plus que celui-là aurait pu les emmener très loin. En tout cas, Max avait été prêt à se laisser aller Dieu savait où, et Evie n'avait pas été en reste. Ses lèvres s'étaient unies aux siennes avec lenteur et ses doigts s'étaient crispés sur sa nuque comme pour ne jamais le lâcher. Un torrent de feu s'était déversé en lui, et il avait eu toutes les peines du monde à s'écarter. Et pourtant, ça avait été la meilleure chose à faire, autant pour lui que pour elle. À supposer qu'elle ait eu lieu, cette union aurait été purement physique. Or, justement, Evie voulait plus que cela. Plus qu'il ne pouvait lui offrir, en tout cas.

— Le Dr Hunt et moi sommes amis de longue date, dit-elle avec un grand sourire. Mais si nous étions ensemble, notre couple ne tiendrait pas deux secondes.

Elle accompagna cette remarque d'un rire bref. Max la regarda fixement. Qu'avait-elle voulu dire par là, au juste ? Mais le lieu se prêtait mal à des explications et il résolut de lui donner le change.

— C'est vrai. Evie est bien trop compliquée et impérieuse pour moi.

Elle accusa le coup une seconde avant de lui faire une grimace.

— Et toi, tu es bien trop autoritaire et ridicule.

— Non, vraiment ?

C'était l'opinion qu'elle avait de lui ? Cela dit, ses adjectifs à lui ne valaient guère mieux. Sauf que Max avait sciemment choisi des mots qui ne la décrivaient pas du tout. S'il avait été sincère, il aurait employé d'autres qualificatifs, bien plus séduisants... même pour une vieille amie.

Il serra la main de Grady.

— Je suis rassuré de vous savoir réveillé. À l'avenir, évitez les numéros d'équilibriste sur échafaudage.

— Oui. Pendant deux semaines, je ne vais monter sur rien, pas même une échelle.

— Bonne idée. Prenez soin de vous.

— Vous aussi, Doc. Et merci encore.

— Je vous en prie.

Max sortit et attendit Evie dans le couloir en se demandant si c'était une bonne idée. Le mieux serait sans doute d'en rester là. Seulement, ce regard qu'elle lui avait lancé... Jamais il n'avait voulu la blesser intentionnellement.

Une minute plus tard, Evie franchit le seuil d'un pas léger et se tourna pour dire quelque chose avant de fermer la porte derrière elle. Elle l'avisa alors, et ses yeux s'agrandirent.

— Il y a un problème ? C'est Margaret ?

— Non, pas du tout. Je voulais juste te dire que je plaisantais, tout à l'heure.

— Ah bon ? À quel sujet ? Quand tu disais qu'on n'était pas faits pour vivre ensemble ?

— Non, quand je t'ai accusée d'être compliquée et impérieuse. Tu n'es ni l'un, ni l'autre, justement. J'essayais d'être drôle, mais je me suis rendu compte que ça risquait de te vexer.

Evie hocha la tête, les sourcils dressés.

— Et toi, tu voudrais que je te dise que tu n'es pas autoritaire et ridicule ?

— Ce serait sympa, en effet.

— Dans tes rêves !

Il éclata de rire.

— J'étais sûr que tu dirais ça.

Et juste comme cela, ils avaient retrouvé cette amitié complice qui avait toujours été la leur, à l'exception des deux années précédentes. À présent, Max était content de s'être procuré ces billets de spectacle et de lui en avoir parlé.

— Il faudra que tu me briefes un peu sur cette comédie musicale. J'ai hâte d'y aller avec toi, ajouta-t-il après un court silence.

Cette fois-ci, le sourire d'Evie n'était plus gai, mais il y avait de la sincérité dans son regard lorsqu'elle lui toucha le bras.

— Moi aussi, Max. Moi aussi.

Max jeta un coup d'œil à sa montre et regretta presque de recevoir un patient dans une demi-heure.

— Désolé si je suis autoritaire et ridicule, mais il faut que j'y aille.

— Et désolée si je suis impérieuse et compliquée, mais je dois filer moi aussi. À plus tard, Max.

Sur ces mots, elle s'en alla, et il eut toutes les peines du monde à détacher son regard des courbes de son joli derrière. Il se força à lever les yeux et, pivotant sur les talons, il marcha d'un pas rapide pour, espérait-il, se défaire de l'image mentale de sa main se posant sur le postérieur d'Evie.

Evie et Max devaient retrouver Arthur Robbins au restaurant pour discuter de l'avancement de l'organisation du gala. Un mois déjà s'était écoulé depuis que Max avait accepté de travailler avec elle sur ce projet, et cette collaboration se passait plutôt bien. Elle les avait même rapprochés et leur avait permis d'aplanir les difficultés de leur relation. Trois semaines plus tôt, par exemple, Evie n'aurait jamais imaginé qu'il l'inviterait à voir une comédie musicale.

Une fois n'était pas coutume, elle avait craqué pour deux robes du soir : une, bleue, pour aller au théâtre et une autre pour le gala, noire et ornée de paillettes. Celle-ci était également agrémentée d'une traîne amovible en mousseline qui touchait à peine le sol, mais Evie l'enlèverait en seconde partie de soirée pour éviter qu'elle ne se coince entre les dalles du trottoir. Cela faisait des années qu'elle ne s'était pas mise en frais pour le gala. D'habitude, elle recyclait d'anciennes tenues, mais cette année, pour une raison qu'elle peinait à comprendre, elle avait voulu marquer le coup.

Était-ce parce qu'elle présidait le comité organisateur et que les enjeux étaient plus importants pour elle ?

Cela expliquerait aussi le fait qu'elle soit aussi nerveuse à l'idée de rencontrer le Dr Robbins. Lors de ses deux dernières entrevues avec lui, il n'avait pas semblé particulièrement emballé par leur travail sur le gala. Certes, il avait complimenté Max pour son dessin, mais du bout des lèvres seulement. Était-il aussi froid avec tout le monde ? Bizarrement, il leur avait donné rendez-vous dans une crêperie. Une crêperie ! Pour quelqu'un d'aussi guindé, c'était tout de même étrange. Evie avait beau faire des efforts, elle avait du mal à l'imaginer se régalant d'une pile de pancakes à la fraise.

Ce restaurant présentait toutefois l'avantage de se trouver à deux pâtés de maisons de l'hôpital. Elle devait retrouver Max devant l'entrée du Vegas Memorial pour s'y rendre à pied. Mais à peine eut-elle mis le nez dehors qu'une chape de chaleur s'abattit sur elle, réverbérée par le trottoir. L'asphalte était si chaud qu'il allait sûrement faire fondre ses semelles de caoutchouc.

Evie cherchait Max du regard lorsqu'une voiture s'arrêta près d'elle. La vitre se baissa et Max, justement, apparut au volant.

— Ça te dit, un peu d'air conditionné ?

Elle s'approcha et ferma les yeux pour savourer l'air frais qui s'échappait de la fenêtre ouverte.

— Oh oui, oui, oui !

Alors qu'elle prenait place sur le siège du passager, elle se rendit compte que sa réponse avait quelque chose d'orgasmique. Elle pouffa à cette idée.

— Quoi ? demanda-t-il.

— Rien, rien. Je me disais qu'il faisait trop chaud pour marcher et *bim* ! Comme par miracle, tu arrives dans une voiture fraîche. C'est à croire que tu lis dans mes pensées.

— J'ai fait un tour dans la cour pour me rafraîchir les idées avant la réunion et j'ai eu la même réaction que toi. Cette chaleur est intenable. C'est d'ailleurs pour cela que je m'abstiens de courir pendant la journée.

En effet, maintenant qu'il en parlait, elle se souvenait qu'il pratiquait assidûment la course à pied. Trois ans plus tôt, il l'avait même enrôlée à son corps défendant pour participer à un marathon : une horreur. Elle avait sué des litres d'eau et avait cru qu'elle allait mourir.

— Moi, je m'abstiens de courir de jour comme de nuit.

— Tu n'as jamais persévéré.

— Le peu que j'ai essayé m'a suffi, merci beaucoup.

Il pinça les lèvres d'un air amusé.

— J'aurais dû insister pour qu'on s'entraîne tous les deux.

— Je ne suis pas sûre que cela aurait changé grand-chose.

Elle n'était tout simplement pas faite pour le sport, de même que Max n'était pas fait pour le mariage. C'était, du moins, ce qu'il avait affirmé après l'avoir embrassée, ce soir où ils avaient vu *Wicked*. D'ailleurs, pourquoi avait-il dit cela ? Pensait-il qu'elle avait envie de l'épouser ? Rien ne pouvait être plus éloigné de la vérité. En revanche, elle ne s'était pas attendue à ce qu'il l'évite ensuite comme la peste. Par bonheur, rien ne subsistait à présent de cette mésentente. Au contraire, depuis un mois, ils étaient redevenus amis et elle avait plaisir à travailler avec lui.

À ce propos, elle ne lui avait pas parlé de son dernier rendez-vous avec Margaret. La vieille dame était rentrée chez elle et, lorsqu'elles s'étaient vues, quelques jours plus tôt, elle semblait se porter beaucoup mieux. Elle était même impatiente de commencer son traitement, la semaine suivante. Le PET-scan n'avait mis en évidence aucune lésion au cerveau ou au foie, mais il avait confirmé la présence d'une tumeur au sein et d'une autre au poumon. La chimiothérapie ne lui apporterait pas la guérison, mais elle pourrait lui garantir quelques années supplémentaires de vie en bonne santé. L'idéal serait que les masses cancéreuses diminuent assez pour permettre de les retirer par chirurgie. Dans tous les cas, les risques de récurrence étaient élevés, étant donné que le cancer avait métastasé, mais peut-être était-il possible de ralentir la progression de la maladie.

Max lui jeta un coup d'œil.

— En tout cas, je te déconseille de t'y mettre en plein été.

— Me mettre à quoi ?

— Eh bien, à la course à pied.

Oh ! Elle avait complètement oublié de quoi ils parlaient.

— Ni en été, ni jamais. Je m'en tiens à la randonnée. Mais c'est vrai, on n'a envie de rien faire par un temps pareil. Je ne me voyais pas entreprendre le trajet à pied jusqu'au resto.

— Moi non plus. À ce propos, nous y sommes.

Ils laissèrent la voiture au parking et se hâtèrent d'entrer dans la crêperie.

— Je me demande s'il est arrivé, remarqua Evie en poussant la porte.

À peine eut-elle prononcé ces paroles que le Dr Robbins parut surgir d'un coin de la salle.

— Je n'étais pas sûr que vous m'ayez vu, donc j'ai préféré aller à votre rencontre.

Le Dr Robbins avait choisi une banquette dans un coin au fond de la salle. La table aurait été assez grande pour six personnes, mais au moins, ils seraient à leur aise pour discuter. Ils s'attablèrent, et Evie se trouva prise en sandwich entre les deux hommes. Heureusement, la table avait la forme d'un L et le Dr Robbins était installé sur la partie perpendiculaire, donc ils n'étaient pas côte à côte. Pour une raison qu'elle ignorait, il l'intimidait. Cela dit, elle n'était pas la seule dans ce cas, à en croire des rumeurs parvenues jusqu'à elle. Pour ne pas être démunie face à lui, elle avait apporté un carnet à spirales qui contenait les noms et numéros de tous les fournisseurs. Elle avait aussi rassemblé des photos du dernier gala, puisque la décoration avait été confiée au même prestataire que l'année précédente. Mieux valait prendre quelques précautions, d'autant plus que des modifications substantielles avaient été apportées à l'organisation du gala de cette année.

— J'ai déjà choisi, annonça Robbins alors qu'un serveur s'approchait de leur table.

Evie jeta un coup d'œil furtif à sa montre. Ils avaient un quart d'heure d'avance. N'aurait-il pas pu les attendre un peu ? Ce n'était peut-être pas volontaire, mais ce type avait le chic pour tenir les autres pour quantité négligeable. Elle s'éclaircit la gorge pour évacuer une sensation d'antipathie.

Lorsqu'ils eurent tous les deux passé leur commande, Robbins prit la parole.

— Merci d'être venus. Je souhaitais savoir où nous en étions de la préparation et si vous aviez besoin de moi pour quoi que ce soit. D'après les formulaires d'inscription, un nombre non négligeable de collègues ont l'intention de se rendre à l'after.

Tiens donc… Evie s'était justement demandé qu'étaient devenus ces fameux formulaires. Comme quoi, tout finissait par s'expliquer. Le problème, c'était qu'elle n'avait pas eu le temps de les consulter. Autrement dit, elle était en position de faiblesse par rapport à lui.

— Parfait. La semaine dernière, Max et moi avons visité la salle de réception. Elle nous a paru assez grande pour accueillir l'ensemble des invités. En revanche, si vous le permettez, j'aurais besoin des formulaires pour confirmer la commande au traiteur.

Ces derniers comportaient des cases pour indiquer à quelle partie de soirée les convives souhaitaient assister : celle de l'hôtel, celle de l'hôpital, ou les deux, ou aucune. Elle était étonnée que Robbins n'ait pas songé qu'elle puisse en avoir besoin. Le plus vraisemblable était qu'il s'en fichait.

— Bien sûr, dit-il en sortant une liasse de sa mallette. Si cela ne vous ennuie pas, je souhaiterais les récupérer ensuite.

Evie ne put retenir un froncement de sourcils. Qu'avait-il l'intention d'en faire, au juste ? Allait-il s'en servir pour vérifier la présence de chacun ? Son aversion pour lui grimpa encore d'un cran. Elle se fichait pas mal de la façon dont il gérait l'hôpital, mais s'il traitait le personnel comme des gamins de maternelle, cela risquait de causer des remous.

Le serveur arriva avec leurs boissons et le repas du Dr Robbins.

— Désolé, j'ai un autre rendez-vous dans une heure. Ça vous embête si je commence sans vous ?

Evie hésita à répondre, mais Max lui donna un léger coup de pied sous la table.

— Non, bien sûr, dit-elle. Allez-y.

Tandis qu'il mangeait, elle et Max dressèrent un compte rendu des actions qu'ils avaient réalisées. Et Dieu savait qu'ils n'avaient pas ménagé leurs efforts. Ils avaient travaillé dur et étaient à jour de tout ce qui pouvait l'être à présent. Il ne leur restait guère qu'à fournir au traiteur le nombre de convives et à obtenir une copie du discours du Dr Robbins pour l'équipe technique, au cas où il lui faudrait un prompteur. Toutefois, lorsqu'elle formula cette demande au Dr Robbins, celui-ci la transperça d'un regard froid.

— J'évite de communiquer mes discours à l'avance, ou du moins avant d'avoir reçu l'aval du service juridique. Je tiens à me prémunir au cas où des informations viendraient à fuiter.

Prise de court, elle ne répondit pas tout de suite. Certes, l'accusation ne la visait pas personnellement, mais quand même, elle n'appréciait pas ces insinuations. Après tout, elle et Max lui avaient rendu compte de leurs activités sans se méfier de ce qu'il ferait de leurs rapports. Il avait peut-être ses raisons pour ne pas accorder sa confiance, mais elle le voyait mal faire carrière au Vegas Memorial avec une telle attitude.

— Vous ne pouvez pas du tout nous fournir une copie ? Si je vous le demande, c'est uniquement pour mettre en place un prompteur.

Le Dr Robbins termina sa bouchée avant de la regarder à nouveau droit dans les yeux.

— C'est inutile. Vous en avez besoin pour autre chose ?

Max pressa à nouveau sa jambe contre la sienne pour lui enjoindre de se calmer. Mais elle savait rester polie, merci. Plus que certains, manifestement.

— Non, ça ira.

Le Dr Robbins posa sa serviette, et Evie se demanda s'il avait deviné les sous-entendus de sa réponse. Si c'était le cas, il n'en montra rien.

— Bon. Sur ce, vous m'excuserez, mais je dois y aller. Merci pour votre implication. Inutile de régler la note, c'est l'hôpital qui paye.

Sur ces mots, il s'en alla, laissant derrière lui une assiette vide et un sentiment de malaise.

— Abruti, marmonna Evie.

Max éclata de rire.

— Allez, vas-y. Donne-moi le fond de ta pensée.

— Je pense que Darby a raison d'être son propre chef. J'ai très envie de suivre son exemple.

Alors qu'une serveuse apportait leur repas et débarrassait les reliefs du dîner du Dr Robbins, Evie jeta un coup d'œil à Max.

— Et toi ? Quel est ton verdict ?

— Je préfère ne pas le formuler à haute voix.

Comme Evie se décalait vers la place laissée libre par le Dr Robbins, Max haussa les sourcils sans rien dire. Elle avait pourtant pensé qu'il apprécierait d'avoir un peu plus d'espace, mais en fait, c'était l'inverse. Bizarre… À présent qu'ils n'étaient plus que deux à table, ils n'avaient aucune raison de se presser l'un contre l'autre. Elle se félicita que Darby ne soit pas là. Cette dernière était une experte autoproclamée dans l'art de déchiffrer les gestes et expressions faciales. À coup sûr, elle aurait trouvé quelque chose à dire au sujet de la mimique de Max.

Mais en dépit des excentricités de Darby, elles s'entendaient bien, toutes les deux. Et même si leurs caractères étaient aux antipodes, elles se complétaient et étaient ouvertes aux compromis. Avec le recul, c'était sans doute ce qui avait manqué à Brad : il n'avait jamais voulu céder sur rien. Jamais il n'avait supporté de passer ses soirées au calme, à regarder des séries en sirotant un verre de vin. Et donc, Evie s'était forcée à le suivre en ville alors qu'elle n'aurait demandé qu'à se reposer après une longue journée de boulot. Ça avait toujours été à elle de faire des concessions. À force, elle était devenue aigrie, vindicative. Au fond, c'était en partie à cause d'elle s'il était allé voir ailleurs. Mais quand même, s'il était malheureux avec elle, il aurait dû lui en parler. Or, il n'en avait rien fait.

Simplement, il avait passé de plus en plus de temps « au bureau ». Il l'avait vraiment prise pour une imbécile.

Elle évacua ces pensées avec un soupir.

— Penses-tu qu'il nous fournira son discours ?

— En fait, je me demande s'il l'a écrit. Il avait une façon d'éviter le sujet qui m'a paru suspecte.

— Alors là, ce serait la meilleure. Ce speech lui donnerait l'occasion de se faire valoir en tant que directeur et d'inciter aux dons. J'aurais pensé qu'il avait hâte de le préparer. Au lieu de cela, il semblait plus inquiet de la façon dont notre travail rejaillirait sur lui.

— On a rempli notre part du contrat, dit Max en haussant les épaules. Et puisqu'il n'a rien trouvé à redire à nos propositions, j'en déduis qu'elles lui conviennent. Pour le reste, c'est à lui d'incarner une voix dont l'hôpital peut être fier.

Il avait raison, mais Evie ne pouvait pas s'empêcher d'appréhender ce que Robbins allait dire. Les années précédentes, si les donateurs avaient été aussi généreux, c'était en grande partie grâce à la personnalité chaleureuse et bienveillante du Dr Howard. Robbins était sans doute un excellent gestionnaire, mais un bon chef… Cela restait à voir. D'ailleurs, elle était surprise que le conseil d'administration n'ait pas cherché à savoir à quoi ressemblerait son discours. À moins, bien sûr, qu'il leur ait déjà fourni une copie. Quoi qu'il en soit, elle espérait vraiment que le gala se passerait bien, du début à la fin.

Elle repoussa son assiette.

— Ça ira pour moi. Penses-tu qu'on aurait fait l'impasse sur quelque chose dans l'organisation ?

— Non, je ne crois pas. Tu rentres chez toi ou à l'hôpital ?

— Chez moi. J'ai terminé ma journée un peu plus tôt pour venir à cette réunion.

— Autrement dit, tu aurais le temps de t'arrêter quelque part avec moi ?

— Ça dépend pour quoi… Tu ne veux pas m'en dire plus ?

— Je t'expliquerai en route. Allez, viens.

7

Max désirait savoir ce qu'elle pensait de la playlist prévue pour le gala. Il aurait pu se contenter de lui montrer la liste, mais il préférait lui faire écouter quelques morceaux choisis pour qu'elle se fasse une idée de l'ambiance musicale de la soirée. Au cours des quinze minutes que dura le trajet, Evie ne dit pas grand-chose. En revanche, son visage s'éclaira lorsqu'elle vit la pancarte qui annonçait le studio DJ Electric Nights.

— Oh ! Je connais ce nom. C'est lui, l'ami dont tu me parlais ? Pourquoi ne l'as-tu pas dit lors de la réunion ?

— Le Dr Robbins n'est pas le seul à avoir ses petits secrets. En plus, il vient du New Jersey, donc ça m'étonnerait qu'il sache qui est Dale Night ou qu'il écoute son émission.

— Il s'appelle Dale ? Tu vois, je ne savais pas. Il a l'air tellement mystérieux avec sa belle voix profonde. Et il t'a accordé un rendez-vous comme ça, au débotté ? C'est formidable !

Max eut un sourire en coin.

— C'est un ami. Ses vacances tombent cette semaine, mais il a accepté de les repousser d'un jour juste pour nous.

— Non ? J'ai mauvaise conscience de le faire travailler alors qu'il devrait être en congé.

— Crois-moi, c'est moi qui perds le plus dans l'affaire. Sans doute tous mes billets pour les matchs de foot de la prochaine saison. Il n'a pas encore décidé.

— Il frappe là où ça fait mal, on dirait.

— Oui, mais ça en vaut la peine, n'est-ce pas ? Dale le vaut bien, en tout cas.

— Oh ! ça, je n'en doute pas.

Elle se pencha pour lui donner une étreinte affectueuse.

— Merci, Max. Ça compte beaucoup pour moi. Et pour l'hôpital aussi, bien sûr.

Elle s'écarta juste avant qu'il ne l'enveloppe d'un bras. Max ravala sa déception et désigna le studio d'un geste.

— On y va ?

— Absolument. Pince-moi si je me comporte comme une groupie, OK ?

La mâchoire de Max se crispa. Dale avait du succès auprès des femmes, mais le fait qu'il en ait auprès d'Evie en particulier… Bizarrement, cette pensée-là le mettait mal à l'aise. Et pourtant, quand bien même elle craquerait pour Dale, quelle importance ? Cela ne le regardait pas, songea-t-il en sortant de voiture.

Tandis qu'ils se dirigeaient vers le studio, la porte s'ouvrit à la volée et un homme qui ressemblait un peu à Jason Momoa vint à leur rencontre. Il était moins baraqué que Momoa, mais son physique en imposait tout autant. D'ailleurs, Dale en était bien conscient et il ne se gênait pas pour en jouer.

— Max ! Ça fait plaisir de te voir, mon pote. Mais qui m'amènes-tu ? Ne me dis pas que tu as une petite amie ?

Dale contemplait Evie avec une convoitise qui exacerba le malaise de Max. Il hésita à mentir et à dire que oui, il était en couple avec elle, mais cela reviendrait ensuite à se lancer dans des explications à n'en plus finir. Le plus simple était de rester sincère.

— Non. Evie est une amie. Une très bonne amie, même.

Il s'efforça d'insuffler dans ces mots une dose subtile d'avertissement. Seulement, Dale n'avait jamais vraiment compris le sens du mot « subtil ». C'était d'ailleurs en cela que les gens le trouvaient aussi sympathique.

— Dale Night, je te présente Eva Milagre.

Dale eut un lent sourire.

— Milagre, hein ? Quel joli nom. Je crois que je vais vous appeler Miss Miracle.

Evie éclata de rire. Et Max grinça des dents.

— Vous arrivez pile au bon moment, poursuivit Dale, imperturbable. J'ai justement besoin de *vous*, Eva, pour écouter une chanson et me dire si je dois l'inclure dans la playlist.

— Oh ! mais je ne sais pas si je suis la mieux placée pour vous donner des conseils. Je n'y connais rien.

— C'est justement pour cela que votre avis est intéressant. Tenez, voilà les titres que j'ai déjà choisis. Celui sur lequel j'hésite est très différent, mais il porte un message qui serait parfaitement en phase avec le thème de la soirée.

Dale les fit entrer dans une pièce éclairée par des néons et il pointa le doigt vers un panneau au fond de la salle, sur lequel on pouvait lire « Amis, et plus si affinités », ponctué par un cœur. Max serra les poings. Sérieusement, c'était cela, le thème de la soirée ? S'il n'avait tenu qu'à lui, Max aurait demandé à Dale de revoir sa copie. Seulement, il n'avait rien à dire. Dale lui rendait service et il accepterait mal qu'on marche sur ses plates-bandes sans bonne raison. Or, justement, Max n'avait pas envie de s'expliquer. Il jeta un coup d'œil à Evie, qui regardait Dale, dans l'expectative. Bien fait pour lui. Il n'aurait pas dû la faire venir ici, ni même lui dire qu'il avait un ami DJ.

— Vous ne voulez pas savoir pourquoi j'ai choisi ce slogan pour la soirée ?

Evie cligna les paupières comme si elle revenait à la réalité.

— Ce slogan ?

— Allez, je vous explique même si vous ne demandez rien, dit Dale en riant. Cette soirée sert pour une levée de fonds, n'est-ce pas ? Autrement dit, vous cherchez à collecter des dons pour une juste cause, je me trompe ?

Max secoua la tête.

— Non, c'est bien l'objectif.

— OK, donc partons du principe que les invités qui ne font pas partie du personnel de l'hôpital sont des amis qui viennent surtout pour s'amuser et profiter d'un bon gueuleton. L'idée est de déclencher des affinités chez ces amis pour les convaincre d'ouvrir leurs cœurs et leurs portefeuilles. Appelons ça un message subliminal.

— Je croyais que c'était illégal, remarqua Evie en souriant.

— Alors, il faudrait interdire la musique sous toutes ses formes, Miss Miracle, car avec ou sans paroles, la musique est subliminale par essence. Même les bandes sonores des films. Elle sert à susciter des émotions ; en d'autres termes, à orienter les réactions de l'auditeur.

— Oui, c'est vrai, dit Evie.

— Et pour le gala, la réaction attendue consiste à inciter les invités à sortir leur carnet de chèques. N'est-ce pas ? demanda-t-il en se tournant vers Max.

— Oui. Et cette année, nous aurons besoin d'une bonne dose d'incitation.

— Je suis bien d'accord, renchérit Evie.

Ils échangèrent un regard et, lorsque Evie hocha la tête, Max comprit qu'ils avaient eu exactement la même pensée : avec ce nouveau directeur, ils auraient du mal à attirer de nouveaux sponsors. Mais si Dale parvenait à faire oublier le manque de charisme du Dr Robbins, cette soirée ne serait peut-être pas le fiasco qu'il redoutait.

— Alors, concentrons-nous un peu sur cette playlist. Ensuite, je vous parlerai de cet intrus qui me pose question.

La liste était un mélange judicieux de pop, de rock et de ballades légères, et quasiment toutes les chansons parlaient d'amour, d'une manière ou d'une autre. Deux titres ne disaient rien à Max, et Dale les lui fit découvrir. L'un était une complainte larmoyante et Max s'efforça de l'écouter à travers le prisme du DJ.

— Tu penses au regret de n'avoir pas donné ?

— Tu as tout compris. C'est le message qu'on souhaite faire passer à tous ceux qui hésitent.

Max lui pressa l'épaule.

— Ce n'est pas pour rien que tu es le meilleur DJ de Las Vegas.

— De Las Vegas seulement ?

— Et modeste, avec ça, s'esclaffa Max.

— Et qu'en pense ma chère Miss Miracle ?

— Vous voulez savoir ?

— Et comment.

À la place de Dale, Max aurait éprouvé quelque appréhension. Or, Dale la regardait avec un sourire d'attente tout à fait exaspérant. Max se prit à espérer qu'elle allait dégonfler son ego démesuré.

— Je pense que vous êtes un génie, dit-elle.

Max fronça les sourcils. Dale, un génie ? N'en jetez plus !

— Ah ! Tu vois, Max ? Ton amie me comprend, elle. Mais tu finiras par te ranger à mon avis quand les dollars afflueront.

— On verra bien, dit-il avant de se tourner vers Evie. Bon, on y va ?

Ces derniers mots lui avaient échappé sur un ton sec qu'il regretta aussitôt, d'autant plus qu'Evie et Dale le dévisageaient à présent comme s'il avait deux têtes. Max identifia enfin ce sentiment qui lui vrillait le ventre : c'était de la jalousie.

Jaloux, lui ? Non, non, c'était impossible. Parce qu'autrement, cela voulait dire que...

Rien du tout. Max ne voulait pas tomber amoureux, point final. Même d'Evie. *Surtout* d'Evie. En revanche, il désirait préserver leur amitié, et tous ces moments sympas et légers qu'ils avaient partagés ces dernières semaines. Voilà, c'était cela. En bon ami, il avait à cœur de la protéger. Et c'était tout.

Vraiment ?

Lorsqu'il admirait la façon dont son corps bougeait, lorsqu'il espérait qu'elle lui jette quelques miettes d'attention ? Cette même attention qu'elle prodiguait sans réserve à Dale...

Et alors ? Qu'est-ce que cela pouvait bien lui faire, puisqu'il ne voulait pas d'une relation ?

— Je ne vous ai toujours pas fait écouter l'intrus. Tenez, dit Dale en leur tendant à chacun une feuille de papier. Lisez les paroles et dites-moi si elles conviennent à la situation. Ensuite, je vous expliquerai mon dilemme.

Max parcourut la page du regard et son ventre se noua encore plus. La chanson parlait de déceptions, de fatigue... Le protagoniste en avait assez de souffrir, de chercher des réponses. Puis, dans le refrain, un être spécial arrivait et changeait sa vie pour le mieux. Un peu comme Evie avec lui, en sorte. Longtemps, Max avait été en butte à des questions insolubles, au sujet de la mort de sa mère, de l'alcoolisme de son père. Il avait souffert d'une colère désespérée, née de son incapacité à avoir prise sur le cours des choses. Sans Darby et Evie, aurait-il réussi à sortir la tête de l'eau ?

Il respira profondément pour déloger la boule qui lui bloquait la gorge. Sa jalousie contre Dale était passée au second plan, éclipsée par d'autres sujets d'inquiétude. Il ne devait pas s'identifier outre mesure à cette chanson. Ce n'était qu'une suite de mots chantés par un artiste lambda.

Evie leva les yeux.

— Waouh. Je connais cette chanson, et elle a tout à fait sa place dans la playlist.

— Tiens donc. Et pourquoi, Miss Miracle ?

— Je pense qu'elle parlera à beaucoup de monde. Nous sommes nombreux à avoir été déçus par des gens qui comptent pour nous, pas vrai ? En tout cas, c'est mon cas.

Max sentit son cœur se serrer. Oui, c'était vrai, elle avait été déçue, et pas seulement par Brad. Lui non plus n'avait pas été à la hauteur avec elle. Pas plus que Brad, certes, mais pas moins non plus.

— Et puis, on croise quelqu'un qui nous donne des raisons de penser que tout le monde n'est pas comme cela.

Elle s'interrompit avec un haussement d'épaules.

— Mais ce qui est vrai pour les personnes physiques l'est aussi pour les personnes morales, non ? Certaines entreprises donnent matière à critiques, mais d'autres redressent la barre et nous permettent de croire qu'il y a quand même du bien dans ce monde. Que ce n'est pas toujours chacun pour soi.

Max hocha la tête. Il comprenait à quoi elle voulait en venir :

donner pour l'hôpital, c'était contribuer à une juste cause. Ce qui était vrai, en l'occurrence.

Le visage de Dale s'épanouit dans un large sourire.

— Voilà exactement pourquoi j'avais besoin de votre avis. Vous dites que vous connaissez cette chanson. Vous la rangeriez dans quel genre ?

— De la country, répondit-elle sans hésitation.

— Exactement ! Mais justement, ce morceau détonne avec le reste de la playlist, non ?

Evie réfléchit un bref instant.

— Le chanteur est connu, et je suis sûre qu'on passe ses titres lors des mariages célébrés dans les petites chapelles de la région. Donc non, il a parfaitement sa place dans la playlist, au contraire.

Dale joignit le bout de ses doigts sous son nez et il la considéra avec un air de réflexion. Il se dirigea alors vers son ordinateur et pianota sur le clavier. Au bruit d'une imprimante, Max se tourna vers une longue étagère chargée de machines. L'une d'elles cracha une feuille de papier, puis deux, puis trois. Dale ramassa les pages.

— Une pour mon ami Max, une pour moi et une autre pour ma petite Miss Miracle qui me comprend si bien.

— Ravie d'avoir pu vous aider, dit-elle en souriant.

Max se retint de pincer les lèvres. Dale était un brave gars, mais ses manières de dragueur l'agaçaient, surtout lorsqu'elles ciblaient Evie. Pour un peu, il se serait senti de trop entre eux deux. Et il n'aimait pas cela. Pas du tout, même.

Lorsqu'il déposa Evie devant chez elle, Max coupa le moteur et se tourna vers elle en souriant, mais son sourire ressemblait davantage à une grimace douloureuse. Il avait été étrangement silencieux pendant tout le trajet. Depuis qu'ils avaient quitté Dale, en fait. Quoi qu'il en soit, Evie ne comprenait pas ce qui n'allait pas. Elle avait été emballée par la proposition du DJ. La playlist était convaincante, et à coup sûr, Dale l'utiliserait au mieux pour faire passer le message de la soirée. Il aurait sûrement un succès fou. Qui pouvait résister à sa belle voix de crooner ?

À cette pensée, un petit sourire amusé retroussa ses lèvres. Sans doute était-elle l'exception à la règle. Profitant d'un instant où ils étaient seuls, Dale lui avait proposé de sortir avec lui et elle l'avait poliment éconduit. Elle aurait été bien en peine d'expliquer sa réaction. Darby l'incitait lourdement à reprendre une vie sentimentale, et Evie y songeait de plus en plus. Mais au pied du mur, elle se défilait. DJ Electric Nights aurait pourtant été le partenaire idéal. Certes, c'était un homme à femmes, mais même si toutes ses aventures ne se terminaient pas au lit, il devait traiter chacune de ses conquêtes comme une princesse. Et Dieu savait qu'elle aurait eu besoin de se faire chouchouter. Seulement, elle avait peur. Et puis, même si elle n'avait pas envie de se lancer dans une relation durable, elle était rebutée par l'idée de fréquenter un homme qui la remplacerait par une autre aussi facilement qu'il changeait de chemise. Bref, un peu comme Brad.

Et Max, aurait-il fait pareil ? S'ils avaient couché ensemble, aurait-il ensuite repris sa vie comme si de rien n'était ? Elle aurait été anéantie. Mais la question ne se posait pas puisqu'il l'avait repoussée à deux reprises. Et pourtant, il l'avait invitée à voir une comédie musicale avec lui dans quelques jours. Qu'est-ce qui l'avait poussé à acheter ces billets ? Avait-il eu pitié d'elle ?

Elle cligna les paupières pour revenir au présent. Ils étaient garés devant chez elle, et elle n'avait pas esquissé le moindre geste pour sortir. Pensait-il qu'elle attendait un baiser ? Oh ! bon sang... D'un geste sec, elle déboucla sa ceinture et se précipita dehors avec une telle hâte qu'elle faillit tomber.

— Eh, ça va ?

— Bien sûr. Et toi ?

Au lieu de répondre, il se tourna vers elle pour lui faire face.

— Je peux te dire quelque chose ?

— Oui, vas-y.

— Fais attention avec Dale. C'est un coureur de jupons.

Elle le regarda d'un air perplexe.

— Tu te figures que je ne l'avais pas deviné ? J'ai lu des articles sur lui. Je sais qu'il est divorcé et qu'il est volage. Et je ne vois pas en quoi ça te regarde.

— Donc, tu lui as dit oui.

— Hein ? Mais de quoi tu parles ?

— Je sais qu'il t'a proposé de sortir avec lui. Lorsqu'il m'a demandé d'aller lui chercher un vinyle dans son bureau, je suis quasiment sûr que c'était une ruse pour m'éloigner.

Les bras croisés sur sa poitrine, elle se pencha pour l'observer plus commodément.

— Tu as raison, il m'a fait du gringue. Et alors ?

— Rien. Seulement, je ne veux pas te voir souffrir une fois de plus, lâcha-t-il en sourdine d'une voix rauque.

La colère d'Evie retomba aussi vite qu'elle était montée.

— Je ne suis pas une petite chose sans défense, Max. Et pour ta gouverne, je lui ai dit non. J'ai compris à qui j'avais affaire dès que je l'ai vu. Mais cela ne m'a pas empêchée de prendre plaisir à son flirt.

— Bien sûr... Ce n'est pas moi qui irais t'appeler Miss Miracle.

Evie éclata de rire. Elle avait eu tort de s'énerver. Max n'essayait pas de fourrer son nez dans ses affaires ou de lui donner des conseils dont elle n'avait que faire. Il s'inquiétait pour elle, voilà tout. Et elle en était touchée, même si sa sollicitude n'était pas nécessaire.

— C'était spirituel, avoue...

Comme Max ne répondait rien, elle retourna dans la voiture pour être à la même hauteur d'yeux que lui.

— Il disait cela pour plaisanter, Max. C'est un rôle qu'il se donne. Je suis sûre que tous ceux qui mettent les pieds dans son studio ont droit au même personnage caricatural.

— Mais tu es entrée dans son jeu. Tu lui as dit qu'il était un génie.

— Et je le pense sincèrement. Pour tout ce qui touche à son métier, oui, c'est un génie. Mais cela ne veut pas dire que j'ai envie de sortir avec lui. Ce serait drôle à vivre, passionnant, même, mais ça n'irait pas bien loin. Je crois que Dale a du mal à séparer son personnage de scène de l'homme qu'il est en dehors du travail. Ce n'est pas grave, puisqu'il est heureux comme ça. En revanche, quand je me déciderai à reprendre une vie sentimentale, ce sera pour quelque chose de sérieux. Pour le moment, le mariage ne m'intéresse pas, mais de toute façon, je n'envisage pas de me lancer dans une relation superficielle. Même si, je t'avoue, après ce qui s'est passé avec Brad, j'ai du mal à savoir ce que je veux au juste en amour.

Max noua son petit doigt autour du sien.

— Tu ne me dois aucune explication. Excuse-moi d'avoir été indiscret. Simplement…

À court de mots, il haussa les épaules d'un air désemparé qui la toucha.

— Il n'y a pas de problème, Max. Ne va pas croire que j'ai été dupe du personnage de Dale.

Elle effleura sa joue avec douceur.

— Mais merci d'être un aussi bon ami. Ça compte énormément pour moi de savoir que tu ne veux pas que je souffre.

Le contact rêche d'une barbe mal rasée la fit frissonner. Elle se prit à se demander ce que cela ferait de le caresser ainsi le matin, après une longue nuit…

Elle s'écarta, tremblante. Qu'est-ce qui lui prenait ? Tout à coup, c'était l'homme qu'elle voyait en lui, et plus seulement l'ami. Ce n'était pas la première fois que cela lui arrivait, bien sûr, mais…

Mais rien. Il se faisait tard et elle n'allait pas réfléchir à cette question. Au contraire, elle allait sortir de cette voiture et vite rentrer chez elle.

— Bref, merci.

Alors qu'elle se détournait pour partir, il lui saisit la main. Elle plongea son regard dans le sien, comme pétrifiée. Au bout d'un long moment, il la relâcha.

— Je t'en prie, Evie. Bonne nuit.

— T… toi aussi.

Sur ces mots, elle sortit en faisant claquer la portière, lui adressa un petit signe, puis s'éloigna aussi vite que le permettaient ses jambes incertaines.

— J'ai adoré, dit-elle en sortant du théâtre. Merci encore d'avoir acheté les billets.

— Je t'en prie. Moi aussi, j'ai bien aimé.

Ils décidèrent de s'arrêter chez Delacort après le spectacle, et tandis qu'il cheminait à ses côtés, Max se rappela leur dernière visite chez le glacier. Ce soir, en revanche, ils étaient tous les deux sur leur trente et un. Evie était même particulièrement élégante. Pour l'occasion, elle avait choisi une robe bleu vert qui laissait ses épaules dénudées et épousait ses formes de manière très sexy. D'ailleurs, les têtes se tournaient sur son passage, et Max lui-même avait du mal à ne pas la regarder sans cesse. Evie semblait toutefois parfaitement indifférente aux réactions qu'elle suscitait. Elle était souriante, détendue, sans doute parce qu'elle était encore dans l'ambiance de la comédie musicale qu'ils venaient de voir.

— C'est dommage que Darby ne raffole pas de ce genre de spectacles, remarqua-t-elle. Je suis sûre que celui-ci lui aurait plu.

Sans doute, songea-t-il, mais il était content de l'avoir pour lui tout seul. Il savait pourtant qu'un jour, Evie rencontrerait quelqu'un de spécial et qu'ils perdraient à nouveau cette complicité. Espérer le contraire, ce n'était pas seulement ridicule, c'était surtout terriblement égoïste. Il fallait qu'il s'y résigne. Aussi belle fût-elle, leur amitié ne ferait pas le poids devant l'amour, le vrai. Ce serait pareil avec Darby si elle était en couple : elle consacrerait l'essentiel de son temps libre à son homme.

Sauf que non, ce n'était pas pareil. Quand Evie s'était mise en couple avec Brad, ce n'était pas elle qui avait mis fin à leur amitié. C'était lui, Max, qui y avait mis un terme, et sa décision leur avait fait du tort à tous les deux. S'il était resté ami avec elle, il aurait peut-être pu l'avertir des dangers qu'elle courait avec Brad avant qu'il ne soit trop tard. Mais au fond, le problème n'était pas seulement Brad.

En fait, Max ne savait pas à quoi s'en tenir sur ses sentiments pour Evie. La seule chose dont il était certain, c'était qu'il ne pouvait pas se permettre de tomber amoureux d'elle. S'il se risquait dans cette voie-là, il la ferait souffrir immanquablement. Il avait du mal à se lier avec les autres, et ce trait de caractère était gravé en lui depuis l'enfance, si profondément qu'il ne savait pas comment y remédier. À supposer qu'il le veuille, d'ailleurs, ce qui n'était pas le cas. Il avait tout donné à son père. Il avait essayé de le protéger, d'être le soutien émotionnel dont il avait besoin lorsqu'ils s'étaient retrouvés seuls. En vain. Il avait eu beau se démener, cela n'avait pas suffi. Il avait gaspillé ses forces et son énergie pour rien.

Evie lui toucha le bras de son épaule dénudée, et il revint brusquement au présent. Il se rendit compte que sa glace était en train de fondre.

— À quoi penses-tu ?

Il réfléchit un instant à une réponse.

— Je me demandais si Walter Grapevine a jamais été heureux.

Bon, d'accord, la remarque n'était pas maligne, mais au moins, il ne risquait rien avec ce sujet-là.

— Je ne sais pas. À force de se complaire dans le négatif, il n'a jamais saisi des opportunités qui auraient pu changer sa vie. Par exemple, il aurait pu changer de boulot et partir avec Tammy, mais il ne l'a pas fait. Il a choisi de rester où il était.

Sans doute, mais même sans happy end, la pièce n'était pas une tragédie non plus. Du moins, pas du point de vue de Max.

— Tu aurais fait cela, toi ? Sacrifier quelque chose par amour ?

— J'ai essayé, non ? Avec Brad. Et puis j'ai appris que rien n'est garanti dans la vie.

Elle termina son sorbet à la framboise et déposa sa serviette en papier dans une poubelle. Max y jeta sa glace sans l'avoir finie.

— Moi aussi, j'ai eu l'occasion de m'en rendre compte.

— Avec ta mère, c'est ça ?

Il hocha la tête.

— Et mon père. Sans elle, il était complètement perdu.

— Tu m'as déjà dit ça, remarqua-t-elle en lui prenant la main. J'ai l'impression que ton père était un peu comme Walter Grapevine. Il a choisi de s'enfermer dans son malheur, son deuil. Il n'a jamais cherché à voir au-delà de cet horizon bouché.

— Oui, peut-être. Mais il était convaincu qu'il n'y avait rien au-delà, justement.

— Comme je viens de le dire, rien n'est garanti dans la vie. Mais il a fait le choix de ne rien tenter, non ?

Quand ils furent arrivés au parking, Evie lui lâcha la main et il regretta aussitôt de ne plus pouvoir la toucher. Alors qu'ils attendaient que le voiturier leur ramène leur véhicule, la conversation s'orienta vers un autre sujet, mais Max continuait à réfléchir aux propos d'Evie. Elle avait raison. Son père avait fait des choix, et rien ni personne n'aurait pu l'amener à changer d'avis. Au fond de lui-même, Max en avait toujours été persuadé, mais c'était libérateur d'entendre quelqu'un d'autre le proclamer haut et fort. La gorge nouée, il jeta un coup d'œil à Evie. Il eut alors l'impression de la voir pour la première fois.

Il avait déjà éprouvé pour elle de telles poussées de sentiments. En général, ces attendrissements survenaient lorsqu'elle lui apportait un éclairage sur un sujet, ou matière à espérer dans une situation difficile. D'ici quelques jours, l'effet serait retombé, comme toujours en pareil cas. Il lui suffisait d'attendre un peu.

Mais s'il n'avait pas la force d'attendre, justement ? S'il était bête au point de gâcher leur amitié pour une bêtise ? Alors, il ne se le pardonnerait jamais. Evie était peut-être la Miss Miracle de Dale, mais elle n'était pas celle de Max. Car aucun miracle n'avait jamais pu le sauver de ce que le passé avait fait de lui : un type qui avait trop peur de souffrir pour s'autoriser à parier sur l'amour.

Exactement comme Walter Grapevine.

Exactement comme son père.

8

Du bout du doigt, Evie caressa le dessin que Max avait réalisé pour elle bien des années plus tôt. Elle l'avait accroché dans l'entrée, comme dans l'ancien appartement qu'elle occupait avec Brad. Son ex n'avait jamais posé de question sur le portrait. Sans doute pensait-il qu'elle l'avait acheté auprès d'un artiste quelconque. De toute façon, Brad ne s'était jamais formalisé outre mesure de l'amitié qui la liait à Max. Et pourtant, ce dernier n'avait jamais caché qu'il ne pouvait pas le supporter. À tel point qu'il avait pour ainsi dire disparu de sa vie lorsqu'elle s'était mariée.

Bizarrement, Max avait eu un peu la même réaction quand Dale avait flirté avec elle. Sauf que là, Dale était son ami. Alors, s'agissait-il d'une simple coïncidence ou devait-elle en tirer des conclusions particulières ?

Quoi qu'il en soit, elle avait adoré sortir avec lui l'autre soir. Cette comédie musicale avait été géniale et le fait de rester assise à côté de Max dans la pénombre de la salle de spectacle, ça avait été… grisant. Oui, grisant : c'était le seul mot qui convenait. En tout cas, l'expérience avait été totalement différente de la fois où leur petit trio était allé voir *Wicked*, sans doute parce qu'il s'était passé tellement de choses depuis lors. Evie avait appris à chérir leur amitié et elle était reconnaissante de la bonne étoile qui lui offrait l'occasion d'écrire une nouvelle page dans sa vie. Elle envisageait l'avenir avec un optimisme qu'elle était loin d'éprouver lorsqu'elle avait divorcé.

Elle ne souhaitait pas finir comme Walter Grapevine. Au contraire, elle voulait vivre, se donner à fond à l'amitié, à l'am… Elle buta sur le mot. Après tout, Max ne l'avait pas embrassée la veille, lorsqu'il l'avait déposée devant chez elle. Non, mais il l'avait serrée dans ses bras et il l'avait remerciée pour cette soirée. Quoi qu'il en soit, elle avait mis du temps à s'endormir et, ce matin, elle avait encore l'impression de flotter sur un nuage.

Evie jeta un coup d'œil à sa montre. Oh là là, il fallait qu'elle se dépêche si elle ne voulait pas être en retard au travail. Après un dernier regard au portrait, elle se dirigea vers la salle de bains pour se préparer.

Lorsqu'elle arriva à l'hôpital, elle fut stupéfaite de voir des ouvriers affairés dans la cour. Les travaux d'aménagement n'étaient pourtant censés débuter que deux semaines avant le gala. Le Dr Robbins avait-il exigé des réparations ? Mais lesquelles ? Et pourquoi ne lui en avait-il pas parlé ?

Elle aperçut soudain Max dans le hall. Les mains dans les poches, il contemplait lui aussi le remue-ménage.

— Que se passe-t-il ?

— Aucune idée. Je pensais que tu serais au courant.

— Pas du tout.

Elle s'interrompit avec un soupir exaspéré.

— Le plus simple serait de demander à Robbins s'il est derrière tout ça.

— Tu crois ?

— Bien sûr. Qu'il refuse de nous transmettre son discours, passe encore. Mais là, il intervient carrément dans l'organisation sans prendre la peine de nous tenir informés. J'ai des ouvriers qui doivent arriver dans deux semaines. Je ne sais pas si ceux-là sont les mêmes ou si Robbins a fait appel à une autre entreprise.

— Bon, je viens avec toi.

— Non, je peux me débrouiller toute seule. D'autant plus que, s'il me vire, il aura besoin de toi pour mener à bien l'organisation.

— Pas question. S'il te renvoie, je pars moi aussi.

Elle se figea et le regarda fixement.

— Ne fais pas ça, Max. Des gens comme Margaret Collins ont besoin de toi.

— Et de toi aussi. Au cas où tu ne l'aurais pas remarqué, c'est toi qu'elle appelle en première intention. Parce que c'est en toi qu'elle a le plus confiance.

— Je te promets que je veillerai à ne pas me faire virer. Content ?

— Oui. Tu me tiens au courant, OK ?

Elle lui donna une bourrade affectueuse de l'épaule, comme lors de leur promenade de la veille.

— Promis.

Un rayon de soleil tomba alors d'une fenêtre et nimba Max d'un halo. Comment avait-elle fait pour ne pas remarquer à quel point il était beau ? Enfin, si, elle l'avait déjà vu, et plus d'une fois, même, mais de manière purement factuelle, sans plus. Là, c'était différent. Elle éprouvait ce genre de réaction viscérale qui ne pouvait s'apparenter qu'à de l'attirance, sans doute parce qu'ils étaient sortis ensemble pas plus tard que la veille. Max avait été d'une élégance folle dans ce costume.

Et puis, autant l'admettre : oui, elle avait toujours eu un faible pour Max. Autrement, il n'y aurait jamais eu ces baisers, non ? Pourtant, jusqu'à hier soir et ce matin, elle n'avait jamais vraiment pris le temps de réfléchir à ce qu'ils signifiaient. Tout au long de la soirée, ils avaient partagé une complicité différente de celle qu'elle avait connue avec lui jusqu'alors. Et cela, sans échanger le moindre baiser. Tant mieux, d'ailleurs. Max l'avait embrassée deux fois, et deux fois, il l'avait blessée. Le portrait qui trônait chez elle, dans l'entrée, en était le souvenir. Malgré cela, elle l'adorait et ne s'en serait séparée pour rien au monde. Parce qu'il était de Max. Et qu'il avait été fait pour elle.

Elle s'éclaircit la gorge.

— Bon, j'y vais. Je te dirai comment ça s'est passé.

Il lui donna à son tour une légère bourrade, et un frisson la parcourut.

— Bonne chance, murmura-t-il.

— Merci. Je vais en avoir besoin.

Arrivée devant le bureau du Dr Robbins, elle se présenta à la secrétaire. Oui, il était là, et non, celle-ci ne savait pas s'il pouvait la recevoir. Mais elle allait vérifier. Evie se laissa tomber sur un siège de l'espace d'attente. Si Robbins refusait de lui parler, qu'allait-elle faire ? Rester assise, les bras croisés, à se demander si ses ouvriers auraient encore quelque chose à faire quand ils arriveraient, dans deux semaines ?

Bon sang, elle se sentait complètement démunie. Une chose était sûre : c'était la dernière fois qu'elle dirigeait un comité d'organisation si le Dr Robbins était impliqué, de près ou de loin. Pour le gala de l'année prochaine, ils seraient priés de se débrouiller sans elle. Même si elle avait eu plaisir à travailler avec Max, elle ne se sentait pas capable de s'asseoir une fois de plus à table avec le directeur pour l'entendre dire avec condescendance qu'il ne lui transmettrait pas son discours. Elle espérait vraiment que les membres du conseil d'administration finiraient par cerner le personnage avant qu'il ne commette un acte préjudiciable à l'hôpital. De deux choses l'une : Robbins était soit très, très malin, ce dont elle doutait fortement, soit il n'était qu'un incapable narcissique, uniquement motivé par son intérêt personnel, sans le moindre égard pour les autres.

Robbins sortit enfin de son bureau et elle se leva pour lui serrer la main.

— Que puis-je faire pour vous, Evie ?

Était-ce son imagination ou avait-elle entendu une pointe d'irritation dans sa voix ?

— J'ai vu des ouvriers dans la cour et je n'ai pas vraiment compris ce qu'ils font. Les préparatifs du gala doivent démarrer dans deux semaines. Leur présence a-t-elle quelque chose à voir avec ce projet ?

— Ah, je vois. Non, ils ne sont pas là pour le gala. Enfin, pas directement. Je me suis dit qu'une seconde sculpture avait toute sa place dans la cour. L'effet général sera plus impressionnant, vous ne pensez pas ?

Sauf qu'Evie n'avait pris en compte qu'une seule sculpture pour le tracé des chemins de promenade. Elle allait sûrement devoir revoir sa copie.

— Elle prendra beaucoup de place ? Il ne faudrait pas que ce soit au détriment du nombre de convives.

— Mmmh... Si je me souviens bien, vous avez dit vous-même que les invités auraient accès à d'autres zones de l'hôpital, non ? Donc ils ne seront pas tous dans la cour au même moment.

Oui, c'était vrai. Mais lorsqu'elle avait dit cela, Evie ne pensait pas que la cour serait encombrée par tout un fatras de nouveaux objets plus ou moins volumineux. Mais à quoi bon parlementer avec ce type ? Autant se taper la tête contre un mur. Si encore il avait proposé de lui montrer une photo de cette sculpture... Mais non. Preuve, s'il en était encore besoin, qu'il se contrefichait de son avis. Elle était coincée.

— OK. Je verrai comment elle s'insère dans la cour et j'adapterai les voies de promenade.

— Parfait. Autre chose ?

Il se frotta les mains comme si, pour lui, la conversation était close.

— Non, ça ira. Merci.

Sur ces mots, Evie se détourna pour s'en aller, la mâchoire crispée. Elle brûlait pourtant de lui dire ce qu'il pouvait faire de sa sculpture. S'il avait érigé une statue à sa gloire, elle se ferait un plaisir de la démolir à coups de masse. Enfin, dans ses rêves, bien sûr. Mais cela faisait du bien de rêver, parfois.

Evie lâcha lentement son souffle pour se calmer et se sentit plus légère. Après tout, les gens n'étaient pas bêtes, et les membres du conseil d'administration avaient des yeux pour voir. Il fallait qu'elle se raccroche à cette idée. Elle n'était pas la seule à se défier du Dr Robbins. Max, par exemple, pensait la même chose qu'elle. D'une manière ou d'une autre, les choses finiraient par rentrer dans l'ordre.

Deux jours plus tard, la fameuse statue trônait à côté de l'ancienne, au milieu de la cour. Quant à savoir ce qu'elle représentait au juste, mystère. C'était une sorte de grand obélisque de forme ovale. Evie avait pris ses dimensions afin de réévaluer le tracé du chemin de promenade. Puisqu'elle n'avait pas le choix, mieux valait qu'elle en prenne son parti.

Par ailleurs, le quotidien continuait, avec son lot de patients. Par exemple, Delilah, quatorze ans. Athlète de haut niveau, elle était arrivée aux urgences en fin de matinée en se plaignant de toux et d'essoufflement pendant l'entraînement. Elle n'avait aucun antécédent d'asthme, mais Evie avait rencontré des cas similaires. Par bonheur, le traitement eut un effet immédiat. Déjà, l'adolescente respirait plus profondément et elle avait cessé de tousser.

— Ça va mieux ?

— Oui, beaucoup mieux. Je ne sais pas ce qui s'est passé.

La jeune fille prit une longue inspiration qu'elle relâcha dans un soupir. Evie jeta un coup d'œil à la mère de Delilah, assise à côté de sa fille.

— C'est la première fois que ça se produit ?

— Oui. Parfois, à la fin d'une course, je me sens super fatiguée. Mais aujourd'hui, je n'ai même pas pu arriver au bout.

Evie lui présenta à nouveau le spiromètre pour mesurer sa capacité pulmonaire après une prise de Ventoline. Delilah souffla fort dans l'embout buccal et Evie hocha la tête d'un air appréciateur.

— C'est beaucoup, beaucoup mieux qu'à ton arrivée aux urgences.

— Du coup, qu'est-ce que j'ai ?

Evie déposa l'instrument médical sur un plateau pour le faire stériliser, puis elle retourna s'asseoir sur un tabouret en face de sa patiente.

— Je pense que tu souffres de ce qu'on appelle une bronchoconstriction à l'effort. Tes bronches se rétrécissent et tu as du mal à respirer, un peu comme dans le cas de l'asthme. D'ailleurs, on voit ça chez beaucoup de patients asthmatiques.

— Vous voulez dire que Delilah fait de l'asthme ? demanda sa mère.

— Plus ou moins. Avant, on parlait d'asthme de froid. Sauf qu'en plein été dans le Nevada, le froid n'est pas l'élément responsable, bien sûr. On pense à présent que le coupable, c'est l'air sec. Et comme l'air est moins humide quand il est froid... Bref, nous connaissons une sécheresse particulièrement sévère même pour cette région, qui en a vu d'autres, donc l'air est encore plus aride que d'habitude. Résultat, les voies respiratoires se déshydratent, ce qui peut entraîner des spasmes lors d'un effort physique.

— Mais pourquoi ça m'arrive à moi et pas à tout le monde ?

— Pour l'heure, on ne comprend pas vraiment pourquoi certaines personnes sont plus à risque que d'autres.

Le visage de Delilah se décomposa.

— Mais alors, je vais devoir abandonner l'athlétisme ?

— Non, pas du tout ! Je vais te prescrire un inhalateur et tu l'utiliseras avant chaque entraînement pour détendre les voies respiratoires. Un échauffement plus long est, lui aussi, bénéfique. Si le problème persiste malgré tout, il existe d'autres options.

Elle ponctua ces paroles d'une tape rassurante sur l'épaule de la jeune fille.

— Tu as répondu très vite à l'albutérol. C'est bon signe.

Delilah fondit en larmes et serra sa mère contre elle avant de reporter son attention sur Evie.

— J'avais tellement peur que vous me disiez d'arrêter le sport.

Evie sourit.

— Je ne suis pas sportive, donc je ne suis pas sensible à l'attrait de ce genre d'activité, mais l'un de mes amis pratique la course assidûment et lui aussi serait anéanti si on lui interdisait de s'adonner à sa passion. Donc continue de courir et moi, je ferai en sorte que tes bronches fonctionnent correctement. OK ?

Delilah hocha la tête avec un grand sourire. Evie se tourna alors vers la mère de l'adolescente pour lui donner sa carte.

— La secrétaire vous fixera un rendez-vous de suivi. D'ici là, je vais rédiger une ordonnance pour l'inhalateur. Si vous avez des questions, n'hésitez pas à m'appeler.

— Delilah a une autre compétition après-demain. Elle peut y aller sans risque ?

— A priori oui, si elle utilise son inhalateur avant l'effort. De toute façon, au moindre signe d'essoufflement, il faut qu'elle arrête. Le traitement devra sans doute être ajusté, mais j'ai bon espoir. Vous avez d'autres questions ?

Delilah et sa mère échangèrent un regard.

— Non, ça ira, répondit cette dernière.

— Parfait. Comme ton état s'est bien amélioré depuis ton arrivée, je ne vois pas d'utilité à te garder à l'hôpital. Je vais préparer les documents de sortie et le secrétariat vous les fournira. Appelle-moi pour me dire comment s'est passée cette compétition, ajouta-t-elle à l'attention de Delilah.

— Vous êtes sûre que ça ne vous dérangera pas ?

— Absolument sûre.

D'un bond, Delilah descendit du divan d'examen pour la serrer dans ses bras. Evie lui rendit son geste avec émotion. Elle ne donnait pas sa carte à tous ses patients, loin de là, mais d'une certaine manière, elle se reconnaissait dans cette jeune fille. Bien des années plus tôt, Evie ne serait jamais devenue médecin si elle n'y avait pas été aidée. Une fois son rêve accompli, elle s'était juré de faire son possible pour permettre à d'autres de réaliser leurs aspirations.

— Prends soin de toi et tiens-moi au courant de ce qui t'arrive, OK ?

— Ça marche.

La consultation terminée, l'après-midi était déjà bien entamée et Evie n'avait pas encore eu le temps de déjeuner. Elle résolut de prendre une pause pour son repas et se dirigea vers l'ascenseur. Quand la cabine s'ouvrit, elle eut la surprise d'y voir Max.

— Tiens, tiens. Drôle d'endroit pour une rencontre. Tu as des patients aux urgences ?

— Non. En fait, c'est toi que je cherchais.

Le cœur d'Evie bondit dans sa poitrine.

— Ah bon ?

— Tu as d'autres consultations ?

— Non, je viens de terminer. Tu voulais me parler de quelque chose ?

— Oui, et ça pourrait concerner le gala.

L'humeur d'Evie plongea instantanément.

— Oh ! non. De quoi s'agit-il encore ? Robbins a commandé une troisième sculpture ?

— Non, rassure-toi... Écoute, on peut se parler en dehors de l'hôpital ? Je ne sais pas si ce que je vais te dire est officiel.

Bigre... Ses paroles étaient presque aussi obscures que l'œuvre d'art commandée par le Dr Robbins.

— Comme tu veux. Ça t'embête si on va au restaurant ? Je meurs de faim. Depuis ce matin, je n'ai pas touché terre et j'ai dû sauter le repas de midi.

— Que dirais-tu d'aller dans ce petit resto italien où l'on avait nos habitudes, toi, moi et Darby ?

Le visage d'Evie s'éclaira.

— Avec plaisir, d'autant plus que je n'y suis pas retournée depuis quelque temps. Mais n'importe quel endroit fera l'affaire, à part la crêperie où nous a conviés Robbins.

— Ce n'est plus la peine que tu t'inquiètes pour ça.

Elle inclina la tête d'un air interrogateur.

— Pourquoi ? Elle a fermé ?

— Mieux que ça. Viens, je t'expliquerai pendant le repas.

Quelques instants plus tard, une fois qu'ils furent attablés dans le restaurant, Evie repartit aussitôt à la charge.

— Alors ? Qu'as-tu à me raconter de si mystérieux ?

Max se renversa sur son siège.

— Tous les chefs de service ont été convoqués en début d'après-midi pour une réunion extraordinaire avec le conseil d'administration. Le Dr Robbins a été remercié : on lui a notifié aujourd'hui son renvoi avec effet immédiat. Par contre, la nouvelle ne doit pas se répandre avant qu'on lui ait trouvé un remplaçant.

Evie scruta son visage, à l'affût du moindre signe laissant croire qu'il plaisantait. Si jamais il se payait sa tête, il allait le regretter.

— Tu es sérieux ?

— Tout ce qu'il y a de plus sérieux. Comme tu chapeautes l'organisation du gala, ils ont essayé de te joindre pour te convier à la réunion, mais tu étais prise par une urgence. Donc, j'ai été chargé de te rapporter la nouvelle.

Evie trempa ses lèvres dans son verre de vin. Elle avait du mal à réaliser que l'homme avec lequel elle avait failli avoir une prise de bec deux jours plus tôt ne faisait plus partie du Vegas Memorial.

— Que s'est-il passé ?

— Son assistante personnelle a contacté le conseil d'administration pour leur faire part de préoccupations qu'elle avait à l'égard de Robbins.

— Et ils l'ont viré pour ça ? Et le gala, alors ? Il est annulé ?

— Non, il est maintenu comme prévu. Ils ont gardé tes idées, notamment la seconde partie de soirée dans la cour de l'hôpital.

— Ah bon ? Ne me dis pas que Robbins leur avait parlé de nos projets ?

— Si, mais par contre, il a omis de leur raconter deux ou trois petites choses. Par exemple, il a sollicité deux donateurs pour obtenir un prêt personnel.

— Quoi !

— Bien sûr, il avait fait l'objet d'une enquête avant son recrutement, mais elle n'a pas mis en évidence le fait qu'il avait un gros problème de jeu et des dettes qui n'apparaissaient pas sur ses rapports de crédit. Nous n'étions pas les seuls à trouver qu'il avait un comportement bizarre. Surtout, des individus louches sont passés l'autre jour à son bureau. Robbins était absent, mais ils ont fait suffisamment peur à Amanda, son assistante, pour qu'elle se décide à regarder ses affaires de plus près. Tu te souviens qu'il était pressé de se rendre à une réunion le jour où il a dîné avec nous ?

Eh bien, il devait voir un usurier qui lui réclamait un arriéré. D'où son coup de fil aux donateurs.

— Bon sang… C'est fou ! Mais alors, qui va prononcer le discours d'ouverture du gala ?

Max se pencha vers elle, les poings en appui sur la table.

— Tu ne vas pas me croire.

Cette fois-ci, Evie éclata de rire.

— J'ai du mal à croire à peu près tout ce que tu viens de me dire.

— Pourtant, je te jure que tout est vrai, répondit-il, une main sur le cœur. Bref, c'est Morgan Howard qui va ouvrir le gala. Enfin, tout le monde l'espère. Ils vont tenter de le faire revenir au moins le temps d'étudier de nouvelles candidatures. Cette fois-ci, ils devraient analyser leur profil plus sérieusement.

— J'adore Morgan. Je ne lui en veux pas d'avoir pris sa retraite, mais ce sera difficile de lui trouver un remplaçant. Ils auraient dû prendre le temps de vérifier les comptes de Robbins avant de l'embaucher. À mon avis, ils ne répéteront pas cette erreur de sitôt.

— Je l'espère.

Alors que la serveuse déposait leurs assiettes sur la table, Evie ne put s'empêcher de sourire.

— On ne se refait pas, hein ?

— C'est-à-dire ?

— Tu as choisi les rigatonis, comme avant.

— Et toi, c'étaient les aubergines *alla parmigiana*. En tout cas, ils cuisinent toujours aussi bien, dit-il, la bouche pleine. Les patrons ont su rester simples, même si leur resto est bien plus populaire qu'il y a sept ou huit ans, quand on a commencé à le fréquenter.

— C'est vrai. Tu te souviens ? Darby commandait toujours une salade César.

— Avec des anchois, bien sûr.

Evie éclata de rire, en proie à une joie aussi soudaine qu'inexplicable.

— Il va falloir que je lui raconte la bonne nouvelle. Ces dernières semaines, je n'ai pas arrêté de lui rebattre les oreilles au sujet du gala.

Alors qu'elle attaquait son plat, une pensée lui vint à l'esprit.

— Au fait, que vont-ils faire de cette horreur que Robbins a fait installer dans la cour ?

— Le conseil d'administration n'en a pas parlé, mais j'ai du mal à croire qu'ils la gardent.

— Croisons les doigts. En tout cas, c'est une journée parfaite. Et d'une, je n'ai pas été obligée de tuer dans l'œuf les rêves d'une ado, et de deux, j'apprends que le pire directeur au monde s'est fait mettre à la porte.

— Tu n'as pas tué dans l'œuf les rêves d'une ado ? Tu peux m'en dire plus ?

— Oh ! c'est une patiente que j'ai eue tout à l'heure, dit-elle en se massant la nuque. Comme quoi, certaines histoires se terminent bien. Pour le médecin que je suis, ça fait du bien.

— Oui. Mais c'est pareil avec cet homme qui avait chuté d'un échafaudage. Là aussi, il y avait un happy end.

— C'est vrai, surtout quand je pense à ce qui aurait pu arriver. Tu aurais pu te retrouver sous un monceau de métal. Sans parler de ces deux hommes. Un peu plus et…

— Et rien du tout. Justement, il ne s'est rien passé de tout cela. Tout s'est bien terminé, au contraire.

— Oui…

Evie resta silencieuse un instant avant de reprendre :

— Tu as bien fait de m'amener ici. Ce restaurant réveille une foule de souvenirs, n'est-ce pas ?

— Oui. De très bons souvenirs.

Comme il la regardait dans les yeux, Evie dut se retenir de lui prendre la main pour la presser dans la sienne.

— Merci pour ton aide sur le gala, Max. Et aussi pour m'avoir invitée à cette comédie musicale. Tu n'imagines pas à quel point l'un et l'autre sont importants pour moi. C'est un peu comme de voir la lumière au bout d'un tunnel long et sombre.

— Je sais que je n'ai pas été suffisamment présent pendant toutes ces années et je te demande pardon. J'ai été aux abonnés absents tout le temps où tu étais avec Brad. Je n'arrêtais pas de me dire que je ne pouvais pas laisser la situation en l'état, mais je n'arrivais pas à sauter le pas. Du coup, je me suis tenu à l'écart et j'ai laissé tout le boulot à Darby.

— Je suis sûre que tu serais venu si je t'avais appelé.

Il réfléchit un instant, puis il hocha la tête.

— Oui, c'est vrai. Je serais venu.

Evie lui lâcha la main et termina son verre.

— Tu viens boire un café chez moi ? On pourrait regarder un film, bavarder... Il est trop tôt pour dormir, mais je n'ai pas envie de sortir.

À nouveau, Max hésita et elle crut qu'il allait dire non. Qu'il allait invoquer une excuse, comme d'habitude. Mais alors, il sourit.

— Pourquoi pas ? Va pour un café et un film. Moi non plus, je ne suis pas d'humeur à me balader. On passe à l'hôpital pour que tu récupères ta voiture ?

— D'accord. Mais ne te sens pas obligé de venir si tu préfères rentrer chez toi et décompresser.

La serveuse arriva alors avec l'addition.

— Vous pouvez payer au comptoir en partant.

Ils attendirent qu'elle s'éloigne avant de reprendre leur conversation.

— Si, je veux venir, dit Max. Ça va me faire du bien de passer un peu de temps avec quelqu'un qui comprend ce que ça fait de donner ses journées à un hôpital. Tu sais quoi ? J'ai hâte que le gala arrive.

— Même si tu n'es sans doute plus tenu d'y participer, maintenant que Robbins est parti ?

Max hocha la tête.

— Avec le recul, je sais que j'aurais dû venir. Simplement, à force, c'est devenu une habitude. J'ai fait un peu comme Walter Grapevine, à rester sur mon quant-à-moi. J'avais besoin qu'on me pousse un peu.

— Sauf que Robbins n'y est pas allé de main morte.

— Peu importe. Je viens, c'est l'essentiel. D'autant plus que j'ai pris conscience du travail de préparation pour le gala.

— Et puis, la soirée sera animée par DJ Electric Nights, ajouta-t-elle avec un sourire.

— Oui, ce sera sympa de le voir à l'œuvre. Par contre, ne le laisse pas prendre ses aises avec toi.

— Prendre ses aises comment ?

Avant qu'il ne puisse dire quoi que ce soit, elle éclata de rire.

— Je blague ! On en a déjà parlé et j'ai compris ce que tu voulais dire. Mais il est vraiment sympathique et je comprends pourquoi il plaît aux femmes.

— Sauf à toi.

— Sauf à moi, oui. Après ce qui m'est arrivé avec Brad, je suis sur mes gardes.

— Tu as raison.

Une fois l'addition réglée, Max la ramena à l'hôpital et se gara à côté de sa voiture.

— Je passe devant, dit-elle en s'installant au volant.

— Pas de problème. Je te suis.

Elle démarra et sortit du parking.

9

Le nouvel appartement d'Evie était situé dans un quartier voisin du précédent. D'ailleurs, elle avait dit que son déménagement avait été beaucoup plus simple qu'elle ne l'avait pensé. Comme elle avait laissé l'essentiel des meubles à Brad, elle n'avait eu qu'à emporter ses vêtements et les objets auxquels elle tenait le plus.

Max se gara devant la résidence et coupa le contact, puis il rejoignit Evie sur le trottoir.

— Je n'ai vu ton appartement que de l'extérieur, mais c'est un bel immeuble. En tout cas, tu as bien fait de déménager.

— Je n'avais pas vraiment le choix puisque Brad était au chômage et qu'il avait besoin d'argent. Mais c'était un mal pour un bien. Je n'ai pas de mauvais souvenirs associés à cet endroit, d'autant plus que je fais très attention à qui j'invite.

Max savait ce qu'elle ressentait. À la mort de son père, il avait hérité de la maison de son enfance. Il aurait pu y emménager et économiser de l'argent, mais le poids du passé et des absents lui avait causé un tel malaise qu'il avait préféré s'en débarrasser et reverser le produit de la vente à une association de lutte contre le cancer.

Il évacua ces pensées et observa le bâtiment. Le grand complexe immobilier s'incurvait autour d'une piscine sur laquelle tous les appartements avaient vue. Il emboîta le pas à Evie, et un ascenseur les mena au deuxième étage.

— C'est joli, chez toi, dit-il en entrant.

— Oui, mais j'avoue que cette piscine au centre de la résidence détonne un peu par rapport aux restrictions imposées par la sécheresse. Il est interdit de laver sa voiture plus d'une fois par semaine, il est recommandé de raccourcir la durée des douches...

— Ou de supprimer les pelouses. Il n'y en avait pas une en bas de chez toi ?

— Si, mais il a fallu arrêter de l'entretenir. Après tout, on vit dans le Nevada. Cependant, ce serait difficile de vivre dans une ville totalement dénuée d'espaces verts.

Il faisait délicieusement frais dans l'appartement, surtout par contraste avec la fournaise de l'extérieur. Le carrelage de marbre devait être très agréable sous les pieds. Il n'en fallut pas plus pour qu'il l'imagine chez elle, sans rien d'autre qu'une robe de chambre en soie sous laquelle pointaient ses seins.

À présent, il se demandait s'il avait bien fait de venir. Lorsqu'il avait accepté son invitation, Max avait pensé qu'ils se contenteraient de regarder un film en tout bien tout honneur, chacun à l'abri dans une petite bulle. Dans le salon, il aperçut un canapé et un fauteuil. Mieux valait éviter de s'asseoir l'un à côté de l'autre...

Son attention s'arrêta sur un dessin accroché dans l'entrée, au-dessus d'un guéridon de verre. Il le regarda une seconde avant de se rendre compte qu'il s'agissait du portrait qu'il avait fait d'elle d'après *Wicked*. Bon sang, il l'avait presque oublié, celui-là. Elle l'avait encadré avec des baguettes de bois brut aux contours irréguliers et noircis, comme s'il avait brûlé. Il offrait un contraste frappant avec le blanc immaculé de la toile.

— Oh là là, tu l'as conservé, dit-il avec de grands yeux.

Elle haussa légèrement les épaules.

— Je l'aime beaucoup, d'autant plus parce qu'il est de toi.

— Et le cadre ?

— Ça, c'est l'œuvre de mon père. Il a noirci le bois avec un chalumeau afin de lui donner un aspect vieilli.

— Bonne idée. Ça fait ressortir le noir de la robe d'Elphaba.

Evie caressa le portrait en souriant.

— Mon père ne dessine pas, mais il aurait fait un bon encadreur. Il s'est occupé de tous les tableaux que tu vois autour de toi.

Et il y en avait beaucoup. Tous étaient encadrés avec des bordures différentes, la plupart en bois peint ou patiné.

— Il travaille aussi pour des amis ?

— Pour toi, je suis sûre qu'il dirait oui.

Elle jeta ses clés dans un bol en bois sur le guéridon, puis elle lui fit signe de passer dans le salon. Après un dernier coup d'œil au dessin d'Evie en Elphaba, Max la suivit. Il avait du mal à identifier les émotions qu'il éprouvait à voir son portrait ainsi mis en valeur. Certainement, cela lui faisait chaud au cœur. Mais cette chaleur ne demandait qu'une étincelle pour se transformer en une flamme beaucoup plus dangereuse. Et justement, il n'avait pas l'intention d'encourager Evie.

D'un geste, elle l'invita à s'installer sur le canapé et il s'assit sur le rebord en espérant qu'elle choisirait le fauteuil. La pièce était garnie chichement d'un meuble à tiroirs, qui supportait la télévision. Elle prit une télécommande et alluma un ventilateur accroché à un plafond voûté.

— Je te sers un café, un thé ?

— Un café s'il te plaît.

— Noir, c'est ça ?

— Oui, merci.

Max essaya de se souvenir comment elle aimait son café, sans y parvenir. Il comprit pourquoi lorsqu'elle revint avec un plateau chargé d'un grand mug et d'une tasse délicate d'où pendait le fil d'un sachet. Elle avait toujours préféré le thé. En cela, elle faisait une entorse à ses origines brésiliennes.

— Tu ne bois pas de café ?

— Non, pas beaucoup. J'en achète par habitude, et au cas où je recevrais des invités.

Par habitude ? Cela devait remonter à l'époque de son mariage. Brad devait être un buveur de café. C'était fou comme le moindre détail les ramenait à ce type. Max aurait voulu revenir en arrière et changer l'histoire, mais le passé était ce qu'il était, pour Evie comme pour lui. Et pour ses parents, aussi. Parfois, il fallait accepter que les malheurs arrivent sans rime ni raison. Inutile d'y voir l'œuvre d'un grand horloger divin.

— Tu utilises souvent la piscine ? demanda-t-il pour changer de sujet.

— Non, presque jamais. Quand je suis chez moi, je suis trop fatiguée pour me changer et descendre. Par contre, j'adore profiter de la vue depuis le balcon.

— Je peux y aller ?

— Bien sûr. C'est un coin tranquille et discret. Et avec le ventilateur de plafond, on y est au frais.

Elle fit coulisser une porte en verre qui ouvrait sur un petit espace rempli de plantes en pot. Dans une jardinière, un plant de tomates ployait sous les fruits, mais son voisin n'en avait aucun.

— Ton plant de poivrons ne donne rien ?

— Si, mais je les cueille dès qu'ils grandissent un peu.

Elle s'installa sur une balancelle à deux places et tapota le coussin à côté d'elle. Il la rejoignit et posa son mug sur une table, puis contempla la vue qui s'étendait par-delà le garde-fou de verre. Ici, il faisait chaud et sec, et le sol carrelé ne comportait aucune trace de cette poussière soulevée par les tempêtes de sable qui, de temps à autre, noyaient la ville dans une brume aveuglante. Cela faisait partie des joies du désert.

Max s'efforça de se redresser, mais leurs cuisses se frôlaient. Peut-être aurait-il dû s'abstenir de monter chez elle. Tout à l'heure, il avait été gêné à l'idée de partager avec elle le canapé du salon, mais ici, c'était dix fois plus intime.

— Si j'avais un balcon comme celui-ci, j'y passerais toutes mes soirées.

Il étala ses jambes et jeta un coup d'œil vers la piscine. Malgré la chaleur, il n'y avait pas un seul baigneur.

— Les gens viennent plutôt le soir, après le repas, expliqua-t-elle comme si elle avait deviné sa pensée. Dans une heure, les choses devraient s'animer. Avec les enfants, ça peut devenir assez bruyant.

— Je veux bien te croire.

— Ça t'embête si j'enfile un short ? Il fait un peu chaud ici.

— On peut rentrer, si tu préfères.

Evie fit non de la tête.

— Je suis bien ici. J'ai juste besoin de m'habiller plus léger. Je reviens tout de suite.

Lorsqu'il fut seul, Max se leva et observa l'espace aménagé autour du bassin. L'éclat du soleil qui se réverbérait sur la surface de l'eau lui fit plisser les yeux. Il adorait le désert, même lorsque la chaleur était insupportable comme en ce moment. À la tombée de la nuit, les températures devenaient plus clémentes. Et puis, c'était ici qu'il avait ses souvenirs, ses amis.

C'était bizarre, mais en dehors de cette soirée pour voir *Walter Grapevine*, Evie et lui n'avaient jamais été ensemble pour autre chose que le travail ou le gala. Ou alors si, mais Darby avait été avec eux. En tout cas, il appréciait d'être ici, seul avec Evie. Il se sentait à l'aise en sa compagnie, un peu comme lorsqu'il portait un vêtement confortable et affectionné.

Elle revint bientôt, vêtue d'un débardeur blanc et d'un short en lycra qui épousait les courbes de ses hanches et de son derrière. Les minces bretelles d'un soutien-gorge rose dépassaient de son top, et il fut tenté de faire glisser son doigt dessus, surtout lorsqu'elle se pencha sur la balustrade. Il aurait voulu la caresser jusqu'au creux des reins, au-dessus de ses fesses rebondies et...

Elle tourna soudain la tête et vit qu'il la regardait fixement.

— Quoi ?

Bon sang, que pouvait-il dire ?

— Je croyais que tu ne courais pas.

— Pourquoi dis-tu ça ? Ah, oui, mon short. Y a-t-il une loi qui interdit de porter du lycra quand on ne fait pas de sport ?

— Non... Il te va bien.

— Merci. Quand je rentre du travail, j'aime bien me mettre à l'aise et m'habiller léger.

— Ah bon ?

À nouveau, il se la représenta nue sous un peignoir de soie... Et s'imagina, lui, arrivant derrière elle, soulevant le tissu fluide jusqu'en haut de ses cuisses et... Elle se tourna alors vers lui en souriant.

— Désolée, je me suis mal exprimée.

— Ce n'est rien, répondit-il d'une voix étranglée. J'ai bien compris que tu ne danses pas toute nue sur ton balcon.

— Tu sais, la nuit tombée et les lumières éteintes, personne ne verrait rien.

Elle accompagna cette phrase d'un rire de gorge qui acheva de le rendre fou. Se rendait-elle compte de ce qu'elle racontait ? Les images mentales suscitées par ces paroles allaient rester gravées dans son esprit un bon moment.

— Evie...

— Quoi ?

Elle promena le regard sur lui et ses yeux s'agrandirent, et pour cause : il était quasiment sûr que toutes ses pensées s'étaient matérialisées en un point précis de son anatomie.

— Oh ! Je ne m'étais pas rendu compte que... Enfin que je...

Elle se mordit la lèvre et appuya une hanche contre la rambarde.

— Est-ce que ce serait si affreux, Max ?

Elle avait dit cela d'une voix si douce qu'il l'entendit à peine. Mais les mots avaient été prononcés. Et... non, ce qui pouvait arriver entre eux ne serait sûrement pas si horrible que cela. Du moins, pas pour lui. Pour autant, était-ce bien malin de céder à leur désir ? Oh ! et puis, quelle importance ? Ils étaient adultes tous les deux. Evie avait déjà fait des choix qu'elle avait regrettés par la suite, et lui aussi. Cela ne voulait pas dire qu'ils étaient partis pour regretter ce qui allait se passer, non ? Après tout, ils s'étaient embrassés et leur amitié n'avait pas disparu dans les flammes.

En revanche, une chose risquait de se consumer sur place : lui-même. Et ce, dès qu'il la toucherait. Il fallait qu'il mette un terme à ces pensées. Tout de suite. Oui, mais elle avait murmuré ces paroles avec un tel accent d'incertitude qu'il en était ébranlé. Sans réfléchir, il lui saisit le poignet.

— Non, cela n'aurait rien d'affreux. Ce serait même tout l'inverse.

— C'est vrai ?

Elle s'approcha de lui, si près que leurs corps se touchèrent. Ce dont il avait rêvé un instant plus tôt devenait réalité. Il longea du doigt une bretelle de son soutien-gorge jusqu'à ce qu'elle disparaisse sous le débardeur. Sa main plongea alors sous le tissu élastique, et le velouté de la peau d'Evie fit vibrer chacune de ses terminaisons nerveuses.

— Rentrons, si tu le veux bien.

Un sourire dansa sur les lèvres d'Evie.

— Oui, mais pas pour regarder un film.

— J'espérais que tu dirais cela.

Il l'entraîna à l'intérieur et referma la porte de verre derrière eux. Puis il la fit pivoter vers lui.

— Tu es sûre que tu es d'accord ?

— Plus que sûre.

Comme pour le prouver, elle se haussa sur ses orteils afin de l'embrasser. Ses lèvres étaient douces et souples contre les siennes. Un bras autour de sa taille, il la pressa contre lui tandis qu'il glissait une main dans ses cheveux et insinuait sa langue entre ses lèvres entrouvertes. Bon sang, c'était si bon de sentir le corps d'Evie tout contre son érection. Mais il en voulait tellement plus. Et cette fois-ci, il n'allait pas en rester là prétendument pour sauver leur amitié ou Dieu savait quoi d'autre encore. Surtout lorsqu'elle gémissait contre sa bouche. Il couvrit son sein gauche d'une main et en apprécia la fermeté. En une milliseconde, son téton durcit contre sa paume.

— Ton lit…, murmura-t-il dans un souffle étranglé.

— Par là.

Il la souleva dans ses bras et se laissa guider jusqu'à sa chambre. Sans prendre la peine de fermer la porte, il s'assit avant de s'allonger sur le matelas en l'entraînant avec lui à la renverse. Elle l'enfourcha rapidement et pressa contre son torse cette poitrine qu'il avait caressée un instant plus tôt. Max était au paradis. Jamais, dans ses rêves les plus fous, il n'avait imaginé vivre un truc pareil. Et pourtant, il ne rêvait pas. Evie était sur lui, contre lui, et elle l'embrassait comme si sa vie en dépendait. Il prit ses fesses en coupe et la plaqua contre lui. La barrière de leurs vêtements lui parut soudain insupportable, et il tira sur le bermuda de lycra, dénudant une chair ronde et douce. Son désir atteignit des sommets.

— Evie...

Il fit descendre le short plus bas sur ses hanches, mais elle se redressa pour s'en débarrasser. Alors qu'elle commençait à enlever son débardeur, Max s'assit dans le lit et arrêta son geste.

— Attends... Laisse-moi faire.

Doucement, il remonta le petit top sur son ventre plat, sur sa poitrine, et elle tendit les bras au-dessus de la tête pour lui permettre de lui enlever le vêtement. Cela fait, il emprisonna ses poignets d'une main et admira ses seins dans le soutien-gorge rose. On aurait dit qu'ils aspiraient à la liberté, et Max se réjouit déjà de les délivrer de leur carcan de dentelle. Mais d'abord, lui lâchant les poignets, il la fit basculer vers lui jusqu'à ce que sa bouche rencontre sa poitrine. Sa langue lécha la dentelle et trouva un mamelon qu'il aspira entre ses dents. Gémissante, Evie se pressa davantage contre lui avant de sortir ses seins de leur gangue de tissu pour mieux les lui offrir. Il en mordilla les pointes et les suça goulûment tandis que, les mains sur sa nuque, elle lui maintenait la tête.

Finalement, n'y tenant plus, il dégrafa son soutien-gorge et le fit voler à travers la pièce. Puis il se renversa en arrière sur l'oreiller et se cambra pour sortir son portefeuille de la poche arrière de son jean. Pourvu qu'il lui reste une petite réserve. Cela faisait quelque temps qu'il n'avait pas été avec une femme. À son grand soulagement, il ne trouva pas un, mais deux préservatifs. Il en posa un sur la table de chevet et déchira l'autre sachet avec les dents. Mais avant qu'il ne l'enfile, Evie le lui prit des mains et se redressa sur ses genoux. Elle plaça le sachet sur le matelas puis, d'un geste vif, elle déboutonna le pantalon de Max et défit sa braguette avant d'empoigner son érection. Elle leva les yeux et croisa son regard avec un mince sourire tandis que sa main allait et venait sur lui avec juste ce qu'il fallait de pression. Bon sang, c'était trop... C'était...

— Evie, arrête, s'il te plaît...

Elle obtempéra, le temps de dérouler lentement le préservatif sur son sexe érigé. Max jura en sourdine et serra les poings pour tenter de retenir le peu de contrôle qu'il lui restait. Les doigts d'Evie traçaient sur son ventre des cercles ensorcelants qui chatouillaient délicieusement ses terminaisons nerveuses. Submergé par le plaisir, il ferma les yeux et sentit qu'elle s'empalait sur lui. Un cri étouffé s'échappa entre ses dents serrées. Il lui prit les hanches pour tenter de ralentir la vague qui montait en lui inexorablement, mais Evie, impitoyable, ne lui laissait aucun répit. On aurait dit qu'elle recherchait quelque chose que personne d'autre à part lui n'était en mesure de lui apporter. Mais c'était réciproque. Car ce dont il avait besoin, elle seule pouvait le lui donner.

Il glissa une main entre leurs corps et effleura des boucles humides au creux desquelles nichait le bourgeon de sa féminité. Elle gémit tandis qu'il la caressait avec ses mains, avec son corps, pour tenter de lui rendre dans une égale mesure le plaisir qu'elle lui procurait.

— Max. Oui...

Elle accéléra ses mouvements. Chacun de ses coups de hanches l'emmenait au plus profond de la volupté. Max sentit monter en lui une vague aux proportions monstrueuses qui allait l'emporter d'un instant à l'autre. Soudain, les mains d'Evie se crispèrent sur ses épaules et elle fut parcourue de spasmes violents. Sa chair se contracta autour de lui et il se sentit sombrer dans un précipice. Un éclair blanc l'éblouit. Lorsqu'il en émergea, il ne fut conscient que de leurs va-et-vient frénétiques et du souffle saccadé de leur respiration. Evie ralentit au moment où le plaisir devenait insupportable et ses mains errèrent doucement sur son torse.

Ça avait été… énorme. Phénoménal. En tout cas, il n'avait jamais rien vécu de tel.

Evie ne bougeait plus. Assise sur lui, elle le regardait comme si elle le voyait pour la première fois. Quelque chose remua au plus profond de son être. Il n'y avait qu'Evie pour le chambouler ainsi. Elle touchait en lui un point sensible qu'il aurait voulu garder caché. Une main sur son dos, il la fit basculer doucement pour qu'elle s'allonge à côté de lui. Au moins, comme cela, elle ne voyait plus ses yeux, ni lui les siens. Car ce qu'il avait vu dans son regard menaçait de faire basculer son monde et ses certitudes.

Mais ces pensées pouvaient attendre demain. Demain, il pourrait envisager la situation sous un angle rationnel. Pour l'heure, il voulait juste rester couché et savourer les légers soubresauts qui parcouraient son corps électrisé. Il était à bout de forces. N'avait pas envie de bouger. Encore moins de réfléchir. De toute façon, ses idées n'allaient pas plus loin que l'instant présent. Il se contenta donc de rester immobile, parfaitement détendu à côté d'elle, anéanti par l'extase. Le fait qu'il avait encore ses vêtements sur lui entamait quelque peu son plaisir, mais il réglerait ce détail plus tard. Pour le moment…

Evie ne bougeait plus, et il s'aperçut qu'elle respirait avec régularité. Elle s'était endormie. Max sourit, heureux qu'elle ne cherche pas à discuter du pourquoi et du comment de ce qui venait de se passer. Il n'avait pas envie de se casser la tête. Il voulait juste être là, avec elle, tranquille.

Avec toute autre femme, il se serait sans doute déjà levé et serait parti. C'était très rare qu'il se prélasse ainsi dans le bien-être après l'amour. Mais là, c'était différent. Il n'avait pas envie de s'enfuir parce qu'il s'agissait d'Evie et qu'elle était son…

Max buta sur cette pensée. Après ce qu'ils venaient de vivre, pouvait-il encore l'appeler son « amie » ?

Cesse de te torturer les méninges. Reste avec elle, tranquille, un point c'est tout.

Oui, c'était ce qu'il allait faire, en attendant qu'elle se réveille ou que le jour se lève, selon ce qui arriverait en premier. Il allait savourer ces instants avec elle sans songer à rien d'autre.

10

Max fut tiré du sommeil par un bourdonnement près de sa tête. Il se passa une main dans les cheveux comme pour chasser un insecte importun, puis il ouvrit les yeux. Il se demanda où il se trouvait. Une jambe pesait sur la sienne : celle d'Evie. Les événements de la veille lui revinrent alors à la mémoire avec la force d'un train lancé à pleine vitesse.

Ils avaient fait l'amour.

La gorge serrée, il songea à toutes ces conséquences qu'il avait évacuées la veille. Cette fois-ci, il ne pouvait plus se contenter de les ignorer. Il s'était dit que leur amitié résisterait à une histoire de coucherie, mais à présent, une fois la passion retombée, il n'en était plus aussi sûr. Qu'allait-il faire, maintenant ? Il avait brisé toutes les promesses qu'il s'était faites à lui-même. Pas sur le sexe, puisqu'il n'y avait jamais renoncé. Mais il s'était fixé comme règle de ne pas coucher avec une femme pour laquelle il éprouvait des sentiments.

Pour autant, avait-il vraiment enfreint cette règle ?

Évidemment, quelle question ! Il avait des sentiments pour Evie. Beaucoup, même. Simplement, il avait toujours refusé de se rendre à l'évidence. Donc, une fois de plus, comment allait-il résoudre la situation ?

Le bourdonnement recommença et il comprit qu'il ne s'agissait pas d'un insecte, mais de son téléphone. Au fait, il était quelle heure ? Alors qu'il tendait le bras pour prendre l'objet, sa main tomba sur le second préservatif. Il l'avait posé là avec l'intention de l'utiliser, mais au lieu de cela, il s'était endormi. Encore une promesse non tenue.

Son téléphone à la main, il s'assit sur le bord du lit pour répondre. Quelque chose de doux effleura son épaule. Des lèvres tièdes lui chatouillèrent le cou et un frisson le parcourut. Son regard s'arrêta à nouveau sur le préservatif...

Mais ce n'était pas le moment.

— Allô ?

— Max, c'est vous ?

En reconnaissant la voix de son assistante, il se réveilla complètement en un clin d'œil.

— Oui. Qu'y a-t-il, Sheila ?

Evie interrompit ses baisers et s'assit à côté de lui avec un regard interrogatif. Il leva un doigt pour lui signaler d'attendre une minute.

— C'est au sujet de Margaret Collins. Elle devait commencer son traitement aujourd'hui.

— Comment cela, « elle devait » ? Que s'est-il passé ?

— Elle est morte cette nuit. Son fils a signalé le décès quand il est allé la voir ce matin.

Morte cette nuit... Pendant qu'il batifolait avec Evie.

Margaret n'avait même pas eu le temps de démarrer son traitement. À cette pensée, un sentiment atroce de déjà-vu lui serra la gorge. Avec sa mère, ça avait été pareil.

Mais non, tu mélanges tout.

Peut-être, mais savoir cela n'empêchait pas son cœur de battre comme un fou.

— Merci d'avoir appelé, parvint-il à dire. J'arrive.

Il se leva en chancelant et trouva Evie debout devant lui, enveloppée dans un drap.

— Max, que s'est-il passé ?

— C'est Margaret... Elle est morte cette nuit.

Il la saisit par les épaules comme pour l'écarter. Il aurait voulu fuir.

— Je suis tellement désolé, Evie.

Elle ferma les yeux et deux larmes perlèrent à ses paupières.

— A-t-elle souffert ?

— Non, je ne pense pas. Elle est morte dans son sommeil.

Elle le contempla de ses grands yeux bruns, et il eut l'impression qu'une sorte d'étau lui enserrait la poitrine. Il ne supportait pas de la voir triste. Margaret avait été sa patiente pendant de nombreuses années et, pour ne rien arranger, elle n'avait même pas eu le temps de commencer sa chimio, ou de faire ses adieux à sa famille. En tant que médecin, il s'était rarement senti aussi dérisoire. Au milieu du chaos qui régnait dans son esprit, une certitude émergeait : il ne pouvait pas rester ici dans l'état où il était.

Il lâcha Evie et ferma les yeux.

— Je suis navré, Evie. Vraiment, vraiment navré pour Margaret. Mais je dois m'en aller.

Alors qu'il ramassait ses vêtements et qu'il les enfilait avec précipitation, il s'efforçait de brider ses pensées. Mais elles montaient en lui, transportées par un tourbillon d'émotions.

— Max, arrête-toi une minute, veux-tu ?

— Non. Il faut que je file à l'hôpital.

— Non.

Elle se posta devant lui et mêla ses doigts aux siens.

— Parle-moi.

— Pas maintenant. Plus tard, peut-être. Laisse-moi digérer la nouvelle.

— Digérer quoi ? La mort de Margaret ? C'était peut-être ce qui pouvait lui arriver de mieux, Max. Elle n'a pas souffert.

Non, pas elle. Mais sa famille, alors ?

— Il ne s'agit pas seulement de Margaret. J'ai besoin de réfléchir à tout ça.

— Ah. OK, je comprends, dit-elle sans conviction.

Elle laissa tomber sa main.

— Appelle-moi si tu as besoin de quoi que ce soit, d'accord ?

— Oui, pas de problème.

Evie hésita un instant avant de demander :

— Par « tout ça », tu sous-entends la nuit qu'on vient de passer ensemble ?

— On en reparle plus tard, s'il te plaît.

— C'est bon, j'ai compris.

Max sentit sa gorge se serrer. Il ne voulait pas lui faire de peine, mais au point où ils en étaient, c'était inévitable, non ? La simple idée de s'engager dans une relation avec qui que ce soit provoquait en lui un malaise dont rien ne pourrait venir à bout, même s'ils en discutaient pendant des heures. C'était une réaction instinctive et totalement irréfléchie, mais il n'avait jamais été capable de s'en débarrasser. Au fond, il était un peu comme Walter Grapevine : coincé dans une voie sans issue et incapable d'en sortir. D'ailleurs, il n'en avait pas envie.

Il lui prit la main.

— Evie, on a fait une bêtise.

— Une bêtise. Et pourquoi ?

— Je ne trouve pas les mots pour m'expliquer. Simplement, je ne suis pas fait pour me donner à quelqu'un. Ça vient peut-être de mon enfance, de mes gènes, je n'en sais rien. Tout ce que je sais, c'est que tu mérites un autre homme que moi.

Elle libéra sa main d'un geste sec.

— Tu m'excuseras, mais je suis la mieux placée pour en décider. Et comme chaque fois qu'on essaye d'aller plus loin, tu finis toujours par te défiler et par dire que c'était une erreur. Eh bien, cette fois-ci, je te crois. Donc restons-en là, OK ?

Max accusa le coup. C'était un choc de l'entendre dire tout haut ce qu'il avait pensé en son for intérieur. L'espace d'une seconde, il se demanda s'il avait pris la bonne décision. Mais bonne ou mauvaise, il était trop tard à présent. Comme pour souligner ses propos, Evie s'empara du préservatif sur la table de chevet, puis elle le plaça au creux de la paume de Max et lui fit replier les doigts dessus.

— Prends-le, tu en auras besoin pour la prochaine. Mais si je peux me permettre un conseil, ne lui dis pas que c'était une bêtise.

Avant qu'il ait pu dire quoi que ce soit, elle se dirigea vers la salle de bains et ferma la porte doucement. Max aurait dû être content de s'en tirer à si bon compte. Et pourtant, les paroles d'Evie lui avaient planté comme un couteau dans le cœur. C'était vraiment ce qu'elle pensait de lui ?

Au fond, elle n'avait pas tort, non ? Oui, il ne couchait qu'avec des femmes qui ne signifiaient rien pour lui. Il s'en était fait la réflexion pas plus tard que tout à l'heure. Consterné, Max regarda fixement l'objet qu'il tenait au creux de la main avant de le jeter à la poubelle. Puis il termina de s'habiller et quitta l'appartement d'Evie comme un voleur.

Il roula au hasard, sans savoir où il allait. Il voulait seulement s'échapper. Fuir la nouvelle de la mort de Margaret. Fuir le fait que tout était fini entre lui et Evie. Et qu'il n'y avait pas de retour en arrière possible.

— Bref, c'était une bêtise. Enfin, d'après Max.

Evie s'était rendue à l'agence de Darby peu après le départ de Max. Elle n'en revenait toujours pas de la facilité avec laquelle il lui avait asséné des paroles aussi blessantes.

— Laisse-lui du temps, Evie. J'ai toujours eu l'impression qu'il désirait te dire quelque chose sans jamais y parvenir.

— Ah bon ? Moi, je crois qu'il m'a raconté tout ce qu'il avait sur le cœur, au contraire. Et quand je lui ai affirmé que c'était fini, il n'a pas dit un mot. Rien du tout.

— Mais toi, est-ce que tu l'aimes, Evie ?

Ces paroles plongèrent celle-ci dans un silence choqué. Puis elle hocha la tête d'un air malheureux.

— Oui. Depuis très longtemps, même, mais j'avais trop peur de me l'avouer. Et j'avais raison d'avoir peur, ajouta-t-elle avec un rire sans joie. Dieu merci, je ne lui ai pas déclaré mes sentiments. À coup sûr, il m'aurait envoyée sur les roses.

— Tu n'en sais rien.

— Si. Tu n'as pas vu sa tête quand je lui ai simplement demandé de me parler. Il m'a regardée comme si j'étais venimeuse.

— Je suis tellement navrée, ma chérie. Veux-tu que je lui parle ?

À cette idée, Evie ouvrit des yeux horrifiés.

— Non, non ! Surtout pas, s'il te plaît. Je ne veux même pas qu'il sache que tu es au courant.

— Ce n'est pas possible, voyons. Il sait que tu ne me caches jamais rien.

Evie réfléchit un instant.

— Oui, tu as raison. Pour preuve, je suis ici alors qu'il était chez moi il n'y a pas deux heures. Et je ne suis même pas venue pour tes conseils. J'avais besoin de me confier. Coup sur coup, j'ai perdu et Margaret, et Max…

Darby posa sa canne en appui contre son bureau et serra Evie dans ses bras avec fermeté.

— Je suis navrée, ma belle. Du fond du cœur. Je pensais que… Oh ! laisse tomber, ça ne fait rien. Tu ne veux pas de mes conseils, de toute façon. Je me contenterai de dire que vous avez besoin de temps et d'espace pour vous réparer, tous les deux. Qui sait ? Vous vous rendrez peut-être compte que ce n'est pas la fin du monde. Ou alors si, et que vous ne pouvez pas vivre l'un sans l'autre.

— La seconde hypothèse m'étonnerait beaucoup. Je pencherais plutôt pour la première. De toute façon, comme Margaret était notre seule patiente en commun, on ne devrait plus être amenés à nous voir avant quelque temps.

— Mais le gala ?

— C'est bon, tout est organisé. Les réunions sont terminées, et le jour J, il y aura assez de monde pour qu'on évite de se croiser, lui et moi.

Elle haussa les épaules avec un soupir.

— Je n'ai jamais envisagé de quitter le Nevada mais ça me ferait sans doute du bien de rendre visite à ma famille au Brésil une semaine ou deux. Il me reste beaucoup de congés à prendre. Si je pars maintenant, je pourrai être de retour à temps pour le gala.

— Pourquoi pas ? Bonne idée. Mais s'il te plaît, ne quitte pas Las Vegas. Enfin, pas pour toujours. Pas sans t'être donné du temps pour réfléchir et pour pleurer. Et tu peux pleurer sur lui, Evie. Tu l'aimes. Alors lamente-toi autant que tu veux, maudis le ciel, mais ne pars pas définitivement tant que tu es dans cet état d'esprit.

— Non, ne t'inquiète pas. De toute façon, je ne peux pas laisser mes patients en plan. Je dois assurer la continuité de leurs soins. Ensuite, je m'envolerai pour le Brésil. Lorsque le gala sera passé, j'aurai les idées plus claires.

Il était, notamment, hors de question qu'elle s'en aille sans s'assurer que Delilah allait mieux. La jeune fille avait une rencontre sportive le lendemain et Evie comptait bien l'appeler ensuite pour savoir comment la course se serait passée. De même, il fallait encore qu'elle ajuste le traitement de deux patients. Ces priorités réglées, elle pourrait alors partir l'esprit libre et cesser de penser à Max.

Cela dit, Max avait raison sur un point : ce qui s'était passé entre eux ne devait plus jamais se reproduire. Elle en serait complètement détruite. Elle allait donc faire en sorte qu'il ne soit plus jamais en capacité de lui faire du mal.

Et tant pis si leur amitié devait en faire les frais.

Max fit virevolter un stylo entre ses doigts avant de le laisser tomber sur son bureau avec un gros soupir. Il s'était rendu aux funérailles de Margaret deux jours plus tôt et avait aperçu Evie de loin. Il avait été tenté de lui parler pour prendre de ses nouvelles, mais elle s'était éclipsée sitôt la cérémonie terminée. Il ne l'avait pas vue à l'hôpital, mais cela n'avait rien d'anormal. À moins d'avoir un patient commun, ils ne bougeaient pas souvent de leurs services respectifs. Le problème, c'était qu'il n'arrêtait pas de penser à elle et à la façon dont ils s'étaient quittés. Ils n'auraient pas dû laisser les choses en l'état.

Enfin, non : pas « ils »... C'était lui, le fautif. C'était lui qui avait piqué une crise, lui qui avait proféré ces horreurs. Il aurait donné n'importe quoi pour revenir en arrière. Il avait accusé Evie d'être entrée dans son cœur par effraction, alors qu'en fait, il lui avait ouvert la porte en grand.

Ces reproches avaient été une excuse commode pour fuir ses sentiments. En fait, ce qu'il n'avait pas supporté, ce n'était pas tant la nouvelle du décès de Margaret que de l'avoir apprise dans la chambre d'Evie. Pourquoi en avait-il fait une telle tragédie ? Pourquoi avait-il eu l'impression que le monde s'arrêtait de tourner ?

Un silence soudain se fit dans son esprit. Ses pensées, ses muscles se figèrent, son cœur eut un à-coup. La vérité venait d'exploser en lui et elle avait brûlé tout ce qu'il croyait savoir.

Il l'aimait.

Et c'était pour cela qu'il avait été aussi horrifié. Pour cela qu'il avait prétendu avec autant d'insistance que ce qui s'était passé entre eux ne voulait rien dire. Tout cela, c'était à cause des traumatismes de son enfance. Il avait fini par se convaincre que les problèmes de ses parents allaient forcément se répéter dans sa propre vie. Mais c'était faux. Il n'y avait pas de fatalité. Il ne s'était pas réfugié dans l'alcool quand Evie avait mis un terme à leur relation.

Ce dont il n'était pas sûr, en revanche, c'était d'arriver à oublier Evie. Il aurait voulu la tenir dans ses bras, lui demander pardon pour toutes les inepties qu'il lui avait débitées. Cette nuit avec elle n'avait pas été une bêtise, bien au contraire. Ça avait même été la chose la plus intelligente qu'il ait jamais faite. Elle l'avait contraint à réexaminer ses sentiments et à se rendre à l'évidence : oui, il l'aimait. C'était pour cela qu'il n'avait pas supporté de voir Dale et Brad s'intéresser à elle.

Bon, à présent qu'il y voyait clair, que faire ? Lui parler. Il allait la retrouver, la prendre dans ses bras et lui dire à quel point il l'aimait. Et la supplier de lui pardonner. Max prit le stylo, le lança en l'air et le rattrapa par la pointe. Il fallait qu'il se bouge. Il ne savait pas si Evie allait lui pardonner, ni même s'il le méritait, mais il devait au moins tenter sa chance. Maintenant.

Sans plus attendre, il se rendit dans le service d'Evie.

— Le Dr Milagre est-elle ici ? demanda-t-il au secrétariat.

— Non. Elle est partie en vacances ce matin.

Max eut l'impression de recevoir une douche glacée. Elle était partie ? Pas pour de bon, quand même ?

— Savez-vous quand elle sera de retour ?

La secrétaire consulta un calendrier.

— Elle a dit que, si tout allait bien, elle reviendrait... voyons... une semaine avant le gala. Le 25 juillet.

« Si tout allait bien »... Et dans le cas contraire ?

— OK, merci.

Max tourna sur ses talons et fit la seule chose qui lui vint en tête. Il téléphona à Darby.

— *Não sei.*

Bon sang, combien de fois Evie devrait-elle expliquer à sa famille que, non, elle ne savait pas si elle allait se remarier. Ni si elle aurait des enfants avant ses quarante ans. Ses proches étaient gentils, mais au bout d'une semaine de vacances, elle se demandait sérieusement si elle n'avait pas commis une grosse erreur en venant ici. Tout lui manquait : son boulot, son appartement, et surtout Max.

Malgré tout ce qu'ils s'étaient dit, elle regrettait qu'ils en soient restés là. Elle aurait voulu qu'ils soldent cette dispute, même si cela signifiait mettre un terme à leur amitié. Elle regrettait aussi de ne pas lui avoir dit la vérité dès lors qu'elle l'avait comprise : elle l'aimait. Elle ne s'attendait même pas à voir ses sentiments payés de retour. C'était tout simplement faire preuve de franchise. De toute façon, au point où ils en étaient tous les deux, ils ne pouvaient pas tomber plus bas.

— Evie !

Celle-ci sursauta. Sa tante lui avait dit quelque chose et elle ne l'avait même pas entendue.

— *Como ?*

— Je t'ai demandé si tu pouvais m'accompagner à l'aéroport.

Je dois récupérer un ami et je déteste conduire seule dans cette circulation.

— Tu ne veux pas y aller en bus ? Tu y serais en quarante minutes.

— C'est un ami spécial et je tiens à ce qu'il voyage dans les meilleures conditions.

Evie haussa les sourcils.

— Tu as un *namorado, titia* ?

Pourquoi pas, après tout ? Sa tante allait sur ses soixante-dix ans, mais il n'était jamais trop tard.

— Bien sûr que non, *moça*. Allez, prends tes affaires, on file.

En une minute, la demande de service était devenue un ordre. Evie réprima un soupir et s'exécuta de mauvaise grâce. Son vol de retour avait lieu dans deux jours, mais c'était encore trop long à attendre.

— C'est bon, j'arrive tout de suite.

Elles allaient faire le trajet en pleine heure de pointe à São Paulo, mais tante Maria savait comme personne zigzaguer entre les files. Evie avait remarqué qu'au Brésil, quand on croisait le regard d'un autre conducteur, une règle tacite voulait qu'il ou elle vous cède le passage. Or, tante Maria était une force de la nature et personne n'aurait osé lui tenir tête.

À l'aéroport, celle-ci consulta le tableau des arrivées tandis qu'à l'écart, Evie boudait en silence.

— Je l'ai trouvé. Allez, on y va.

Tante Maria la prit par la main et l'entraîna jusqu'à la zone d'arrivée. Pourvu que l'ami en question ne les fasse pas poireauter pendant des heures. Evie voulait surtout retourner à la maison le plus vite possible pour commencer à faire ses valises. Par l'intermédiaire de Darby, qui elle-même le savait de Max, Evie était au courant de l'avancement des préparatifs du gala. Les travaux dans la cour étaient terminés et l'obélisque du Dr Robbins avait été enlevé, Dieu merci.

— Ah, le voilà.

Evie leva les yeux avec indifférence. Elle n'était pas revenue au Brésil depuis longtemps et doutait de connaître l'ami de tante Maria.

— Où ça ?

— Mais regarde ! Tu vas le voir.

Ah, zut. Evie avait beau regarder, elle ne distinguait parmi la foule aucun visage familier. Soudain, son attention s'arrêta sur une démarche masculine et nonchalante qui lui disait quelque chose. Elle fronça les sourcils et scruta la cohue, puis elle cligna les paupières, la gorge serrée par un afflux d'émotions. Non... Ce ne pouvait pas être lui...

Elle le perdit de vue une seconde Alors qu'elle le cherchait d'un regard affolé, elle l'aperçut derrière quelqu'un. Oh ! bon sang, c'était bien lui.

C'était Max !

Evie se tourna vivement vers sa tante, qui se contenta de hocher la tête avec un sourire.

— Oui, *querida*, c'est lui.

— Mais comment ?

— Ton amie Darby a appelé ta mère, qui nous a téléphoné pour dire qu'il venait au Brésil. C'est pour cela que j'ai insisté pour que tu m'accompagnes.

Pourquoi avait-il fait ce voyage ? Pour assister à une conférence ? Sa bouffée de bonheur se dégonfla aussitôt. Mais alors, leurs yeux se croisèrent et il s'arrêta, forçant la foule autour de lui à se scinder comme de l'eau autour d'un rocher. Puis il sortit de son immobilité et avala à grandes enjambées la distance qui les séparait. Avant qu'elle ait eu le temps de dire ouf, il la serrait entre ses bras à l'étouffer.

Était-ce un rêve ? Et pourtant, non, cette étreinte était bien réelle. À son oreille, Max murmurait en boucle le nom d'Evie. Elle se mit à sangloter, accrochée à lui comme si sa vie en dépendait. Il s'écarta pour contempler son visage et passa délicatement son pouce sous ses yeux.

— Ce sont des larmes de joie ou de tristesse ?

— Ça dépend. Tu viens pour moi ?

— Oui.

Evie attira à elle la tête de Max et appuya sa joue contre la sienne.

— Alors, ce sont des larmes de joie, dit-elle, les yeux clos. Je t'aime, Max.

Il effleura ses lèvres d'un baiser si doux qu'elle faillit pleurer à nouveau. Car ce baiser ne pouvait dire qu'une seule chose. Et pourtant, elle avait besoin de l'entendre prononcer ces mots. Ils échangèrent un regard, et il hocha la tête.

— Moi aussi, je t'aime, mais j'avais peur de l'admettre. Ou de croire que je le méritais. Alors, j'ai fui. Pire, pour t'éloigner de moi, j'ai dit qu'une belle chose avait été une bêtise. Et ça a marché. Mais c'était un mensonge, une stupidité sans nom. Tu seras toujours ma meilleure amie, Evie. Je souhaiterais aussi que tu deviennes plus que cela, si tu le veux bien.

— Oui !

Il éclata de rire et glissa un bras autour de sa taille.

— Oui, quoi ?

— Oui à tout ce que tu me proposes, du moment que tu fais partie de ma vie.

— C'est à prendre ou à laisser.

Max jeta un regard vers tante Maria, qui les considérait avec un grand sourire.

— C'est ta tante ?

Evie se tourna en rougissant vers la vieille dame.

— Pardon. Tante Maria, je te présente Max, mon...

— *Teu namorado. Ja sei.*

Celle-ci s'avança et fit claquer une bise sur chacune des joues de Max.

— *Bem-vindo ao Brasil.*

Comme Max inclinait la tête d'un air perplexe, Evie éclata de rire.

— Je t'expliquerai plus tard ce qu'elle a dit. Pour l'instant, je veux juste faire ceci.

Hissée sur la pointe des pieds, elle l'embrassa à nouveau.

— Je veux juste te tenir la main pendant tout le trajet jusque chez ma tante. Et la tenir encore dans deux jours, pendant le vol de retour.

Main dans la main, ils emboîtèrent le pas à tante Maria, qui se dirigeait vers la sortie. Dehors, le téléphone d'Evie émit un *ping*.

— Oh ! mon Dieu, murmura-t-elle.

Il la regarda avec inquiétude.

— Quoi, qu'est-ce qu'il y a ?

— C'est Darby. Elle dit qu'il pleut à Las Vegas et que ça va continuer pendant deux jours. La sécheresse est terminée.

— C'est vrai.

Mais ce n'était pas son téléphone que Max regardait : c'était elle. Et ses yeux débordaient d'un amour si pur qu'il semblait d'un autre monde. Elle lui pressa la main avec effusion. La sécheresse était enfin terminée et elle remerciait le ciel pour cette pluie.

Épilogue

Deux ans plus tard

Max aperçut Evie alors qu'elle traversait la cour de l'hôpital pour le rejoindre. Ce gala était le deuxième qu'ils animaient en tant que mari et femme, mais il ne se lasserait jamais de la voir en robe de soirée. Enceinte de huit mois, elle était tout simplement la plus belle des belles. Et elle était sienne.

À trente-huit ans, elle vivait une grossesse qui était considérée comme étant à risque, et Max devait résister à l'envie de la dorloter. Il aurait voulu qu'elle lève le pied, mais Evie jurait qu'elle ne ferait rien qui puisse mettre le bébé en danger. L'anxiété de Max était à la mesure de son impatience, et il n'était pas le seul à compter les jours jusqu'à l'accouchement. Les futurs grands-parents étaient fous de joie, de même que le reste de la famille étendue au Brésil. Max les adorait, et c'était réciproque : ils l'avaient tous accueilli à bras ouverts, comme s'il avait toujours fait partie des leurs. D'ailleurs, il s'était mis au portugais, même si Evie continuait à lui servir d'interprète.

Il noua son bras au sien et posa un baiser sur son front.

— Je t'ai dit que je t'aime dernièrement ?

— Mmh...

En sourdine, elle émit ce petit bruit de gorge qui ne manquait jamais de le rendre fou.

— Seulement une quarantaine de fois.

— Alors, j'ai du retard à rattraper. Danse avec moi.

— Là, maintenant ? Je ne suis pas sûre que je vais faire la meilleure partenaire, dit-elle en posant les mains sur son gros ventre.

D'un doigt, il lui souleva le menton pour la regarder dans les yeux.

— Tu seras toujours la meilleure des partenaires. Allez, s'il te plaît… Pour moi.

— Bon, d'accord.

Ils se dirigèrent vers la piste. Comme les deux années précédentes, la seconde partie de soirée dans la cour de l'hôpital avait un succès fou. Evie avait été reconduite à la tête du comité d'organisation et un remplaçant avait enfin été trouvé pour succéder à Morgan Howard : son fils, médecin également. Et le Dr Howard junior avait hérité des qualités humaines de son père. Tout le monde l'appréciait.

DJ Electric Nights les vit approcher et adressa un clin d'œil à Max.

— Vous êtes prêts ?

— Oui, c'est bon. Tu peux y aller.

Evie se tourna vers Max avec une question dans les yeux. Mais alors, une mélodie se répandit doucement avant de gagner en volume sonore. C'était un air de country chanté avec la sincérité d'un homme qui savait de quoi il parlait. Evie se mordit la lèvre inférieure.

— Max, tu sais que cette chanson me fait toujours pleurer.

— C'est justement pour cela que je l'ai choisie.

Il la prit dans ses bras et, lentement, ils évoluèrent au rythme de la musique. La tête posée contre sa poitrine, Evie ferma les yeux tandis qu'ils se balançaient. Rien ni personne ne comptait pour lui à part cette femme merveilleuse qu'il serrait dans ses bras. Chaque mot, chaque phrase de la chanson devenaient pour lui comme un vœu qu'il se jurait de tenir toute sa vie. Evie était la meilleure chose qui lui soit jamais arrivée.

Enfin, le chœur reprit le dernier refrain, et le chanteur sembla s'accrocher aux notes finales pour les faire durer le plus longtemps possible. Et sur ces notes suspendues dans le temps, Max chantonna tout doucement à l'oreille d'Evie : « Tu es ma meilleure amie… Ma meilleure amie… Ma meilleure amie… »